D·I·O
디오

박건 게임 판타지 소설
GAME FANTASY STORY

D.I.o 11

박건 게임 판타지 소설

초판 1쇄 찍은 날 § 2016년 6월 20일
초판 1쇄 펴낸 날 § 2016년 6월 27일

지은이 § 박건
펴낸이 § 서경석

편집책임 § 이창진

펴낸곳 § 도서출판 청어람
등록번호 § 제1081-1-89호
등록일자 § 1999. 5. 31
어람번호 § 제1-2463호

주소 § 경기도 부천사 원미구 부일로 483번길 40 서경B/D 3F (우) 14640
전화 § 032-656-4452 팩스 § 032-656-4453
http://www.chungeoram.com
E-mail § chungeoram@chungeoram.com

ⓒ 박건, 2010

ISBN 979-11-04-90855-2 04810
ISBN 978-89-251-2108-6 (세트)

※ 파본은 구입하신 서점에서 교환하여 드립니다.
※ 저자와 협의하여 인지를 붙이지 않습니다.
※ 이 책은 도서출판 청어람과 저작자의 계약에 의해 출판된 것이므로,
  무단 전재 및 유포·공유를 금합니다.

Dynamic island on-line

D.I.O
디오

박건 게임 판타지 소설
GAME FANTASY STORY

불가해 11
[완결]

Contents

Chapter 57 꺼져 버린 빛	7
Chapter 58 꺼져 버린 빛 II	47
Chapter 59 레비아탄(Leviathan)	91
Chapter 60 간섭자들	125
Chapter 61 불가해(不可解)	177
에필로그	287
작가 후기	309

아더가 가진 최강의 힘을 이야기하자면, 당연히 그것은 그의 고유한 깨달음으로 완성된 광자화(光子化)일 것이다. 본디 그가 사용하던 광자화는 내공에 빛의 성질을 부여하는 정도에서 그쳤지만, 그가 초월지경에 오르게 되면서 마나 그 자체는 물론이고 스스로의 육신조차 빛으로 만드는 게 가능해졌기 때문이다.

광자화를 완전히 체득한 아더는 물리법칙의 한계를 뛰어넘어 광속(光速)의 영역에 다다른 자다. [고작] 음속의 몇 배에 불과한 저격탄조차 제대로 인지하지 못하는 타 능력자들에게 그의 공격은 방어도, 회피도 불가능한 절대적인 위력을 발휘할 정도.

그러나 상대가 초월자라면 상황이 조금 다르다.

키잉!

뿜어진 빛줄기가 탄의 주위에 펼쳐져 있는 결계에 충돌해 사

꺼져 버린 빛 9

방으로 산란(散亂)한다. 단순한 빛줄기가 아니라 강대한 기운의 결집체인 강기(剛氣)였음에도 흩어져 힘을 잃어버리는 것이다.

"과연 속도 하나는 엄청나군. 하지만 그 근본이 빛인 이상 굴절되고 산란되는 걸 피할 수는 없지."

모든 속성으로 화(化)할 수 있으며 또한 모든 속성에 저항 가능한 강기는 뜨거워지려 하면 수억 도 이상 달궈질 수도 있고 차가워지려면 절대영도까지 차가워질 수 있다. 빛처럼 퍼져 나갈 수도 있고 금속처럼 단단해지는 것 역시 가능한 것.

때문에 강기를 자유자재로 사용하는 적과 싸우기 위해서는 모든, 아니, 적어도 대부분의 속성에 저항할 줄 알아야 하며, 특히나 무(無)속성의 강기는 오직 순수한 힘으로만 막아낼 수 있다.

하지만 광자화에 성공함으로써 자신의 속성을 완전히 특정해버린 아더의 강기는 오직 빛 속성에 한정된다.

'제길, 기운의 결집이 너무 약해.'

아더의 길이 잘못된 것은 아니다. 다양성을 포기한 대신 완전히 빛의 특성을 가지게 된 그의 강기는 생겨난 약점 이상의 강점을 가지게 되었기 때문이다. 애초에 다른 그랜드 마스터들은 자신의 강기를 광속으로 뿜어내는 것도, 몸을 광자화해 광속으로 이동하는 것도 불가능하니 더 말할 필요도 없을 정도.

무엇보다 완전한 광자화는 그의 존재를 생명체가 가지는 대부분의 제약에서 자유롭게 한다.

광속으로 움직이며 식량도 호흡도 필요 없는 존재!

바꿔 말하면 그는 단독으로 우주여행이 가능한 존재다. 광자화를 사용해 지구에서 달까지 가는 데 1.3초밖에 걸리지 않는 그가 강기를 자유자재로 활용해 아스트랄계에 들어설 수 있다면, 그는 다른 항성계 정도가 아니라 다른 은하계조차 자력으로 이동하는 것이 가능하다. 우주 전체를 뒤집어봐도 결코 흔치 않은 깨달음을 완성한 것이다.

키잉!

그의 길은 잘못되지 않았다.

'강해.'

그러니까 결국 문제는, 역량의 차이다.

펑!

폭음과 함께 몰아쳤던 광검결이 흩어진다. 지구를 수호하는 성계신의 대천세계에 의한 랭크 다운 상태임에도 불구하고 탄의 전투력은 상상 이상이었던 것이다. 당연하다면 당연한 것이, 능력이 억제되었다고 해도 그는 수천수만, 어쩌면 그 이상의 시간을 살아왔을지 모르는 괴물 중의 괴물이다.

번쩍!

빛살이 허공을 가르자 세상이 둘로 갈라진다. 그러나 탄은 너무나 자연스럽게 공간을 넘어 피해냈다.

"합!!"

그리고 다시 빛이 뿜어진다. 그렇다. 뿜어졌다. 검을 휘둘러 쏘아내는 형태가 아니라 포대에서 뿜어낸 것 같은 하전입자포(荷電粒子砲)!

꺼져 버린 빛 11

"가소롭군."

그러나 탄이 가볍게 손짓하자 빛줄기가 구름을 태우고 사라진다. 탄이 빛줄기를 굴절시켜 방향을 틀어버린 것이었는데, 그럼에도 아더는 전혀 놀란 기색 없이 물었다.

"결국 이유는 말하지 않을 작정인가?"

"하! 도대체 너희 인간들끼리 죽고 죽인 걸 왜 나한테 따지는지 알 수가 없군. 뭔가 증거라도 있나? 누명을 씌우려면 그만한 단서 정도는 있어야 할 텐데."

누가 봐도 전혀 관련이 없다 여길 정도로 떳떳한 태도이지만 사실 아더의 짐작은 정답이다. 아더의 모친을 살해한 것이 일본의 극우 인사라 하더라도 그들이 아더의 모친을 살해하도록 유도한 것은 바로 그였으니까.

하지만… 그럼에도 그는 별다른 걱정을 하지 않았다. 직접적인 개입도 아니고 디오로 벌어들인 어마어마한 재화 중 일부로 멍청한 인간들을 배후에서 조종했을 뿐이니 그 누구도 진실을 알아낼 수 없다는, 혹여 알아낼 수 있어도 증명할 수 없다는 확신이 있었기 때문이다.

탄은 감히 가늠할 수도 없을 정도로 긴 세월을 살아왔으며, 그 나이만큼이나 간교하고 용의주도한 존재.

그는 숨길 수 없는 일을 제외한 모든 문제를 완벽하고 철두철미하게 처리해 왔다. 아더의 모친을 죽이는 [사소한] 일에서조차 그랬다.

온 우주에 이름 높은 연합의 감찰부(監察部)가 출동한다 하더라도, 그들이 아무리 빼어난 조사 능력을 가졌다 하더라도 그 어떤 꼬투리도 잡을 수 없다. 모든 물리학적인, 그리고 영능학적인 조사도 상관없을 정도로 완벽한 일 처리를 그는 해내고 말았으니까.

"증거? 증거라고?"

그러나.

"푸하하하하하!!! 너는 내가 검사로 보이냐? 판사로 보여?"

아더는 밝은 빛이 줄기줄기 뿜어지는 엑스칼리버를 들고 으르렁거렸다.

"나에게 필요한 건 확신뿐이었다. 그리고 바로 지금."

아더는 탄을 노려보며 말했다.

"나는 확신한다."

"……"

너무나 확고한 어조에 탄이 잠시 침묵을 지켰다. 그는 깨달았다. 이미 무슨 말을 해도 소용없다는 것을.

어차피 아더는 개인이다.

그가 확신한다면, 그리고 그것이 초능력에 가까운 백경 그 특유의 직감에 의한 것이라면 그 앞에서는 그 어떤 변명도 의미가 없다. 설사 자신의 주장을 증명할 수단이 없다 하더라도 개인인 그는 스스로의 확신만 있다면 얼마든지 자신의 태도를 결정할 수 있다.

"이거……"

그리고 그렇다면, 탄으로서도 소용없는 일에 매달릴 이유가 없었다.

"이거 참 일이 웃기게 되었군."

모든 계획이 완벽하다고 생각했다. 그리고 상황이 실제로 그랬다.

그는 디오의 최고 권한을 가지고 있던 마도황녀 제니카를 순조롭게 배제하였으며 천문학적인 가치를 가진 초월자 양산 시스템 디오를 손에 넣는 데 성공했다.

지속적으로 초월자를 양산해 낼 것이라고 기대되는 다이내믹 아일랜드가 미션 시스템에 의해 유저들을 우주 어디로든 유저들을 쏘아 보낼 수 있게 되면, 디오는 노블레스들조차도 절대 쉽게 볼 수 없는 엄청난 재화와 영향력을 창출하는 게 가능해진다.

당장에야 배보다 배꼽이 크지만 앞으로 100년, 1,000년이 지난다면 얼마나 많은 수의 초월자가 만들어질지 수많은 존재가 기대하고 있는 상황이다. 어쩌면 탄은 태초에 가지고 있던 힘을 잃어버리면서 함께 잃어버린 영향력을 디오로 인해 되찾을 수도 있었다.

"그런데 어느 순간부터… 뭐 하나 되는 일이 없단 말이지. 대체 누구냐. 누가 날 방해하는 거지? 엘로힘에서 나온 떨거지들인가?"

사소한 곳에서부터 조금씩 틀어지기 시작한 그의 계획은 지금에 와서는 파탄지경에 이르렀다. 무엇보다 마도황녀를 배제하고 손에 넣은, 완벽히 통제해야 마땅할 디오의 시스템을 일개 유저에게 강탈당한 것은 도저히 이해할 수 없는 사태였다.

'심지어… 저 녀석은 초월자가 아니다.'

탄은 아더를 바라보면서도 반대쪽에 위치한 멀린을 향해 감각을 집중하고 있다. 차라리 그가 초월자였다면, 그래서 지금 대마법사의 경지에 이르렀다면 이렇게 시간을 끌지 않았을 것이다. 모든 것이 명쾌하니 바로 제거해 버리면 그만이었겠지.

하지만 뜻밖에도 멀린은 벽을 넘지 못했다. 그는 여전히 세계의 진리를 깨닫지 못한 하등한 존재였던 것이다.

'이상해.'

그리고 그 사실은 오히려 탄을 긴장하게 만들었다. 초월지경에 이르지 못한 멀린으로서는 초월병기를 가지고 있던 레드 드래곤 이그니스를 처치하는 게 불가능하다고 그는 판단했기 때문이다.

아무리 그가 드높은 지혜와 경험을 가진 존재라 하더라도 지금 이 시점에서 멀린이 만들어낸 무리수(無理手)를 짐작하기란 불가능한 일이다. 세상 어느 누가 100갑자의, 그러니까 6,400년의 내공이 집중된 일격을 비초월자가 날릴 수 있다고 상상할 수 있을까?

때문에 그는 생각했다.

'제3자가 있다. 수작질을 부리는 녀석들이 있어. 대체 누구지?'

물론 그건 그의 오해였지만, 그렇게 생각했기에 큰 기술을 사용하지 못했다. 누군가가 자신의 빈틈을 노리고 있을 수 있다고 생각했기 때문이었다.

사실 아직까지 전투가 대치 상태로 이어질 수 있었던 것에는 그런 이유도 있었다. 아무리 레벨 다운을 먹었다 하더라도 그는 반쪽짜리 초월자와 그보다도 약한 존재들이 감히 막을 만한 존재가 아니었으니까.

하지만 그것도 여기까지였다.

"제법 공들인 말이었는데… 아깝군."

진심이 된 탄의 분위기가 급변함과 동시에 그의 주변으로 강대한 영압이 퍼져 나가기 시작한다. 언제나 차분하기만 하던 탄의 얼굴이 무서울 정도로 식어가며 그에 걸맞은 살기가 찌릿찌릿할 정도로 퍼져 나갔다.

"역시 어머니를 죽인 건 너였군."

"확신하고 있다면서 재확인할 것까지야."

탄이 빈정거리며 허공으로 떠오른다. 아더는 즉시 빛으로 화해 그의 비행을 방해하려 했지만 그 순간 수명처럼 투명한 얼음 수정이 나타나 그의 몸을 후려쳤다.

"큭……!"

마치 망치에 얻어맞은 것처럼 아더의 몸이 땅에 처박힌다. 빛으로 화했던 몸은 이미 원래대로 돌아온 상황. 하늘로 날아오른 탄이 놀랍다는 표정으로 말한다.

"뚫고 지나가야 하는데 관통 피해가 아니라 타격 피해를 입다니. 성질 변환을 제법 자유롭게 다루는군. 그래봐야 선택지는 2개뿐인 모양이지만."

"후."

아더는 대답하지 않고 호흡을 골랐다. 박살 났던 그의 육신이 한순간 빛으로 화했다가 원래의 몸으로 돌아온다. 그리고 다시 원래의 몸으로 돌아왔을 때, 이미 그의 부상은 흔적조차 찾아볼 수 없다. 일격에 해치우거나 그의 모든 영기를 소모시키지 않는 이상 절대 죽일 수 없는, 불사신에 가까운 회복력이다.

'이렇게 강력한 힘을 얻었는데도…….'

아더는 이를 악물었다. 신위, 신성, 신격 모두를 획득해 마침내 초월자의 경지에 올라선 그는 신이라 불러도 무방할 정도의 힘을 가지고 있다. 실제로 대우주에서는 초월지경에 갓 들어선 존재를 하급의 신으로 규정한다. 초월자라는 단어는 그런 의미인 것이다.

그러나 탄은 그 이상의 존재.

비록 성계신에 의해 랭크 다운을 먹어 현재의 아더와 동급인 하급 초월자가 되었다고는 하지만 압도적이지 않을 뿐 레벨의 차이는 여전히 존재했으며, 지구 인류의 역사보다 더 기나긴 삶을 살아온 그의 경험은 아더에 비할 바가 아니다. 만약의 상황에 몸을 사린 것이지 승산 자체는 처음부터 희미한 정도에 불과했었다.

―나는 그대를 짓밟고 울부짖게 할 자로다.

"시작되었군."

그리고 그때 하늘로 날아오른 탄에게서 거대한 울림이 시작된다. 마침내 탄이 여태껏 사용하지 않았던 궁극마법을 시전하기 시작한 것이다.

그가 사용하는 방식은 언령(言令)이다. 복잡하게 수식을 계산하고 마나를 배치할 것도 없이, 단지 의지를 발하는 것만으로 그 말에 힘이 실렸다. 용언(龍言)이라고 불리는 용종 고유의 능력이지만, 지금 그가 발하는 힘은 어지간한 용종은 감히 꿈도 못 꿀 수준이다.

끼긱——!

빛살과도 같은 강기가 탄의 몸에 직격했지만 유리를 긁는 것 같은 소리와 함께 튕겨 나간다. 이어 아더의 몸이 허공으로 솟구쳤지만 그 역시 탄의 몸을 중심으로 수백 미터 이상 펼쳐진 에너지장에 가로막혔다.

"합!"

그러나 아더는 낙담하는 대신 새로운 검을 꺼내 들어 휘둘렀다.

촤악——!

천이 찢어지는 소리와 함께 투명한 보석으로 치장된 은색의 검이 에너지장을 뚫고 탄의 머리 위로 떨어진다. 그것은 용살검(龍殺劍) 아스칼론(Ascalon). 오직 용을 죽이기 위해 만들어진 SS급의 마법기!

"흥!"

탄이 가볍게 코웃음 치며 손을 내젓자 그 동작 자체가 마법을 발동시켜 영기의 방패를 만들어낸다. 그야말로 보고도 믿지 못할 정도로 매끄러운 마법 운용이었다.

카앙!

그러나 그 순간 날아든 저격에 탄의 신형이 휘청거리고—

촤악!

그런 탄의 어깨를 아스칼론이 스치고 지나간다. 실행 중이던 궁극주문의 영창은 이미 깨어져 나간 상태.

그러나 아더는 기뻐하는 대신 이를 악물었다.

'얕았어!'

안타까움에 탄식을 내뱉는 아더였지만 그보다는 탄의 분노가 더욱 컸다. 자신의 의도가 무산되어 버린 상황에 언제나 차분하던 눈동자가 새파랗게 빛난다.

―감히.

이미 완벽한 전투태세에 들어갔기 때문인지 으르렁거리는 한 단어의 말에도 힘이 실려 심장을 옭죈다. 저격을 가해 한순간 아더가 공격을 날릴 틈을 벌어줬던 크루제는 등 뒤로 식은땀이 흐르는 걸 느꼈다.

"으, 눈길 너무 무서워."

"긴장 풀지 말고 한 번 더."

흑창을 들고 있는 랜슬롯이 크루제의 앞을 가로막으며 기세를 끌어 올린다. 비록 방어보다는 공격에 특화된 그지만, 어차피 그로서는 탄에게 접근하는 것조차 불가능하니 크루제를 지키는 쪽이 합리적이었기 때문이다.

그리고 그렇게 그가 앞에 서고 크루제가 힘을 모으려는 순간 그들의 머리 위로 파랗게 빛나는 수정이 떠오른다. 그 안에 담겨 있는 파괴적인 마력은 보는 이를 질리게 만들 정도다.

"집중해라!"

"과연 그런 말을 할 정도의 여유가 될까?"

주문을 완성한 탄은 그들을 돌아보지도 않은 채 아더를 상대했다. 그 일격으로 틀림없이 크루제가 죽을 거라고 확신했기 때문이다.

"흡!"

하지만 그 순간 랜슬롯의 양팔이 흐릿해진다. 그리고 그의 앞쪽 공간이 일그러지며 빛나는 수정을 집어삼키자.

뻐엉——!

그대로 풍선이 터지는 것 같은 소리와 함께 빛나는 수정이 사라져 버린다.

"…뭐라고?"

탄의 눈썹이 꿈틀거린다. 단지 눈여겨보지 않던 유저가 자신의 공격을 막아냈다는 것 때문만은 아니다. 한순간 그가 [무엇]을 한 것인지 '알 수 없었기' 때문이다.

"크윽!"

그러나 랜슬롯이라고 탄의 공격을 문제없이 막아낸 것은 아니었다. 한 번의 공격을 한 번의 찌르기로 상쇄한다는 단순하다면 단순한 과정이었지만, 그것만으로도 그의 양팔은 박살이 나 버렸던 것.

만일 지금 이 순간 방금 날아들었던 공격이 재차 이어진다면 그대로 끝장이겠지만… 또다시 고개를 돌린 탄의 머리를 향해 빛으로 화한 아더가 달려든다.

"집중하라고… 했지!!"

그리고 달려든 것은 그뿐이 아니다.

쩌저정!

거의 동시에 가해진 수십 발의 저격이 자신의 몸을 후려치는 것을 느낀 탄의 얼굴이 일그러진다. 마음 같아서는 하찮은 인간 종을 잡아다가 생체 실험이라도 해서 자신의 공격을 [지운] 원리를 파악하고 싶었지만 안타깝게도 여유가 없었다.

우웅―! 우웅―!

여기저기에서 공간이 열리더니 독특한 복장의 인영들을 쏟아내기 시작한다. 온몸을 뒤덮는 철갑주를 입은 검사, 로브를 입고 있는 마법사, 마치 갑주처럼 단단한 육신을 가진 격투가.

"오! 나 저 녀석 알아! 운영자 아냐?"

"설마하니 운영자하고 싸우게 될 줄이야. 그야말로 최후의 전투랑 어울리네."

"긴장 풀지 마, 멍청이들아. 저거 현재 20레벨 중후반대의 괴물이라던데."

"이그니스보다 강한가?"

유저들이 쏟아져 내리기 시작했다. 하나같이 마스터 레벨에 이른 강력한 존재들. 그리고 그렇게 그들을 불러낸 방식을 깨달은 탄의 검푸른 영기가 타오른다.

"미션 시스템… 크하하하하! 지금 나를! 감히 나를! 보스 몬스터 취급하겠다는 거냐!!"

콰득! 찌저적!

외침과 함께 주변으로 모여들었던 마스터들에게 해일 같은 영파가 쏟아진다. 그들 중 몇은 그것을 효과적으로 막아내었지만, 또 그들 중 몇은 거기에 휩쓸렸다.

"우와아악!! 조심해!"

"젠장! 역시 엄청 강해!"

"버프 없습니다! 모두 긴장하고 상대해 주세요!! 그래도 우리 편에 아더가 있으니까 완전히 불리하지는 않아요!"

바로 옆의 동료가 죽어나갔음에도 눈 하나 깜빡이지 않는다. 왜냐하면 지금의 그들은 완벽하게 [유저]이기 때문이다.

여기에 불려 온 것은 그들의 실체가 아니기 때문에 죽는다 해도 다소의 페널티가 있을 뿐 영원한 죽음이 아니다. 디오를 플레이하며 흔히 겪는 죽음인 것.

'젠장! 영혼 소멸 따위 간단하지만.'

탄은 이를 갈았다. 그러나 영혼을 소멸시킬 수 있다 해도 그러면 안 된다. 지금이야 적이지만, 아더와 멀린을 해치우고 디오의 운영권을 되찾는다면 그들 모두가 그의 유용한 자원이 될 것이기 때문이다. 현실의 육체를 죽이는 건 상관없지만 영혼을 해치는 건 여러모로 곤란하다.

"결국 어쩔 수 없군. 어차피 현현할 게릴트가 떨어지면 나타나지도 못하겠지."

으르렁거리며 탄이 거대한 영기를 피워 올렸다.

"다 죽여주마."

콰르릉!

떨어지는 벼락에 저격을 가하고 있던 수십 마리의 원숭이가 전부가 잿더미로 변해 흩어진다.

사실 정확히 말하자면, 전부는 아니다. 그중 한 마리는 단지 그을렸을 뿐 흩어지지 않았던 것. 랜슬롯의 뒤에 숨어 저격을 가하고 있던 크루제가 놀라 소리친다.

"오공! 괜찮아?"

"안 괜찮아! 35분의 1이라 피해가 없을 수도 있지 않을까 했는데 그걸 다 때려 버리다니!"

"…우는소리 하는 걸 보니 죽지는 않았네."

"죽지는 않았네. 가 아니지! 직격했으면 죽었을 거야!"

"그러니까 직격 안 했다는 말이잖아?"

"으으으! 이놈의 유저 놈들 인간성이 없어, 인간성이!"

크루제의 펫 오공은 자신 쪽으로 고개도 돌리지 않는 주인의 모습에 탄식했지만 상황이 상황이니만큼 더 항의하지 않고 몸을 추슬렀다. 직격이 아니었기에 목숨은 건졌지만 적지 않은 부상을 입었기 때문.

그러나 그때 적색의 기운이 크루제의 펫 오공의 몸을 휘감더니 새카맣게 그을린 그의 육신을 치유한다. 그뿐이 아니다. 부서진 양팔을 오오라로 고정한 뒤 포션을 이용해 치유하고 있던 랜슬롯 역시 빠른 속도로 회복되었다.

"그 귀하다는 대치유 주문이야. 영광스럽게 받아."

그들의 옆으로 하얀색의 외투에 자신의 신장보다 더 큰 붉은색의 스태프, 히드라(Hydra)를 들고 있는 소녀가 내려선다. 그녀는 별로 유명한 유저는 아니었지만 적어도 지금 이 자리에서 그녀를 모르는 사람은 없었다.

"미호……."

멀린과 아더를 싸움 붙이기 위한 탄의 음모 때문에 여우족의 몸을 가지고 지구로 내던져진 그녀는 당연히 여우족 특유의 꼬리를 달고 있었지만 지금의 경우는 그 꼬리가 모두 사라지고 없다. 유저로서의 육신이 현실의 육신에 [겹쳐]지게 되는 현현을

행하면서 한순간이나마 인간이 되었기 때문이다.

그들의 옆으로 내려선 건 그녀뿐이 아니다.

"끊임없이 부서져 내리리라. 나의 분노를 남김없이 끌어모으리라……."

온몸을 검은색의 갑주로 뒤덮은 아크가 조용히 속삭이듯 주문을 외우며 걸어 나온다. 그녀의 양어깨에는 한껏 영기를 끌어올린 멀린의 펫 정천과 아크의 펫 엘리가 앉아 있다. 그리고.

"…응?"

그리고 없었다. 그들이 전부였다. 당황한 오공이 슬쩍 허공으로 날아오른 붉은 깃털의 독수리를 바라보았다.

"뭐야, 정천. 네 주인은 어디 간 거냐?"

"멀린이라면 잠깐 할 일이 있어서 안 왔어."

"뭐? 지금 저 망할 괴물 녀석이 쳐들어왔는데 따로 할 일이 있다고?"

오공은 어이가 없다는 표정으로 자신의 오랜 친구를 바라보았지만 뜻밖에도 정천은 고개를 끄덕였다.

"그럴 만한 일이 있어."

"그, 그럴 만한 일이라니. 지금 이것보다 더 급한 일이 어디 있어?"

"있어. 하하, 있더라고……."

"어이, 이봐? 정천? 세퍼드 씨?"

황당해하던 오공은 고개를 돌려 은은한 푸른빛이 감도는 검은 털에 녹색의 눈동자를 가진 고양이를 바라보았다.

"셸리, 이거 뭔 상황이야?"

"본명 쓰지 마, 멍청아… 라지만 이제 계약이 끊어졌으니 상관없나? 어쨌든 그렇게 알아. 우리는 최대한 시간을 끌어야 해."

"아니… 너희 지금 되게 이상한 거 알아? 저 녀석 탄이라고, 탄! 노블레스의 원로인 데다 왕년에 거만한 자들의 왕, 묵시록의 마수라 불리던 존재야. 아무리 지금 저 꼴이라고 해도 우리 지금 되게 암울한 상황이라고! 여기서 제일 센 편에 속하는 놈이 빠지면 어떻게 해?"

비명을 지르는 오공이었지만 그 외의 모든 이가 진지하게 전투를 준비한다. 아무도 그를 신경 쓰지 않는다.

"하나, 둘, 셋, 넷!"

미호가 자신의 키보다 큰 붉은색의 스태프를 마치 봉술을 펼치듯 휘두르자 그녀의 주위로 팔랑거리는 불꽃이 만들어진다. 여우족 고유 능력 중 하나인 여우불에 마법의 힘이 더해져 증폭되기 시작한 것.

"그렇게 모여 이루어내리라. 그리하여 감싸고 또 단단히 굳혀낼 것이다……."

아크는 여전히 주문을 외우며 걷고 있다. 그리고 그런 그녀의 걸음걸음마다 그녀를 감싼 마력이 미친 듯이 증폭되고 있었다.

"아니… 이것들아? 멀린은 어쩐 상태냐니까? 그 녀석 지금 뭐 하고 있어? 야, 정천! 네 주인이잖아?"

황당하다는 오공의 항의는 충분히 있을 만한 종류의 것이다.

상황은 이미 클라이맥스.

지금 이 전투로 디오와 디오를 플레이하는 유저들, 그리고 거기에 얽힌 수많은 존재의 운명이 바뀔 것이다. 어쩌면 인류 역사에 한 획을 그을지도 모르는 중대한 순간인 것이다.

그런데 그 와중에 누구나 인정하는 최강의 전력 중 하나가 빠지다니?

그러나 멀린의 펫인 정천은 가볍게 혀를 찰 뿐이다.

"쯧쯧, 오공이라는 이름이 울겠다. 호들갑 떨지 마."

"아니, 내 이름이야 제천대성님의 위명이 이런 촌구석까지 퍼져서 지어진 거고. 멀린은 뭐 하고 있냐니까?"

"연구 중이지."

간단한 대답에 오공의 굵은 눈썹이 꿈틀한다.

"연구? 연구우??"

오공은 뒤를 돌아보았다. 굉음과 함께 빛과 같은 강기가 하늘을 가르고 지나간다.

"지금?"

새로 가세한 전력들이 공격을 시작하자 궁극마법의 사용이 막힌다. 마스터들 역시 대규모 궁극마법이 발동하면 모든 게 끝장이라는 것을 알고 있는 만큼 온몸을 던져 제지하는 것이다.

"정말?"

그리고 그런 필사적인 전투를 보며 오공은 기가 막힌다는 표정을 지었다.

"이런 상황에?"

*　　　*　　　*

한편 멀린은 탑 안에 있는 연구실로 들어와 있는 상태였다. 아주 잠깐 사이였지만 그는 온갖 방식으로 무스펠하임을 조사하고 있었다.

"틀림없어. 두 개 다 진짜 무스펠하임이야. 설혹 가짜라도 완벽하게 동일한 힘과 성능을 갖추고 있다."

주인으로 인정받지 못해 병기로 쓰지도 못하고 그 구조와 발동 원리를 파악하는 것조차 할 수 없어 어디에 활용하지도 못했다.

이그니스를 해치우고 무스펠하임을 얻었던 것은 지금까지 그가 얻었던 모든 아이템을 다 합친 것보다 더 대단한 득템이었지만, 막상 얻었을 뿐 별다른 이득이 없었다.

그러나… 타고난 연구자인 멀린은 무스펠하임을 얻은 그 순간부터 지금까지 계속해서 그것을 연구해 왔다. 적어도 이제 와서 그 진가를 알아보지 못한다는 건 있을 수 없는 일.

물론 누군가, 그것도 멀린보다 훨씬 상위의 존재가 작정하고 그를 속이려고 한다면 또 어떨지 모른다. 그러나 누가 그런 쓸데없는 짓을 한단 말인가? 그것도 초월병기라는 막대한 재화를 소품으로 사용해서?

"이건, 어쩌면."

멀린은 에디터 블레이드를 소환했다. 그리고 그걸 빤히 바라보며 하나의 가설을 떠올렸다.

"데이터 패치(Data patch)."

카앙—!

속삭임과 동시에 에디터 블레이드가 거센 반동과 함께 튕겨 나가 천장에 박힌다. 멀린은 얼얼한 손목을 가볍게 주무르며 손을 들었다. 천장에 박혀 있던 에디터 블레이드는 깜빡이듯 사라져 그의 손으로 돌아왔다.

"역시 이건 안 되는군."

초월자가 [홀로 오롯한 자]라면 초월병기 또한 그러하다. 특히나 무스펠하임은 초월병기 중에서도 특별히 강력한 1,000개 안에 들어간다는 넘버링이 아니던가?

무스펠하임은 스스로의 힘으로 불타며 스스로의 의지로 존재하기 때문에 압도적인 힘을 가지고 있지 않다면 외부에서 간섭하는 게 불가능하다. 탑 안에 들어왔다 하더라도 스스로 존재하는 무스펠하임은 디오의 시스템에 속하지 않는 것. 이그니스를 마주함과 동시에 해치운 것도 마찬가지의 이유로, 만약 그의 [시스템]에 간섭하는 게 가능했다면 성묵을 자신의 펫으로 만든 것처럼 그 힘을 제약해 붙잡았을 것이다.

"내 손에 이렇게 들려 있는데도 아무것도 할 수 없다니."

순간 멀린은 그것이 마치 락이 걸린 압축 파일 같다고 생각했다. 틀림없이 자신의 손에 있지만, 도저히 락을 해제할 수 없어 이용도 활용도 불가능한 파일.

그런데 자연스럽게 그 생각에 따라오는 발상이 있었다.

"잠깐. 하지만……."

커다랗고 새로운 프로그램, 예를 들어 하나의 걸작 게임을 만들려 한다면 어마어마한 인력과 금력이 소모된다. 일단 프로그래머들이 필요할 것이고 게임 내 일러스트를 그릴 일러스트레이터가 필요할 것이다. 퀘스트와 스토리를 만들어낼 시나리오

작가와 스토리텔러가 필요할 것이고 소프트웨어 제작에 관련된 모든 사항을 총괄적으로 지휘하고 감독하는 기획자 역시 필요할 것이다.

대형 게임의 경우는 하나 만드는 데 수십수백억도 우습다. 그리고 그러고도 몇 년의 시간이 필요하다. 프로그래머, 일러스트레이터, 스토리텔러 등등 수많은 사람이 수십수백억을 쓰고도 수년의 시간이 필요한 것이다.

"하지만 복사라면?"

그러면 상황이 전혀 달라진다. 수많은 사람이 수백억의 돈을 들여 몇 년 동안 만든 게임이어 봤자, 일단 그 파일을 구할 수만 있다면, 복사는 너무나 간단하다.

컴퓨터와.

손가락만 있으면 될 것이다.

"…말도 안 돼."

멀린은 어처구니없는 가정에 헛웃음을 지었다. 어찌 그런 일이 가능할 수 있겠는가?

그러나 언제나, 이론보다 중요한 것이 증거였다.

"해보자."

정신을 집중한다. 에디터 블레이드를 가동하고, 마침내 발동시킨다.

그를 주시하던 노블레스도. 엘로힘도. 심지어 세계를 초월한 신들조차도 예상하지 못한…….

"데이터 카피(Data copy)."

[세계의 오류]가.

고오오————

거대한 마나가, 극히 적은 기척과 함께 몰려드는 모습에 멀린은 빠르게 그 출처를 찾았다. 예상대로 마나가 빨려 들어가는 장소는 그에게도 익숙한 곳이다.

"지옥로."

[끄아아아악——!]

지옥로에 사로잡힌 이계의 악령이 비명을 지른다. 그것은 이 차원의 고등학생 관영민과 함께 넘어온 대마귀로, 은혜의 몸을 빼앗은 후 힘을 발휘하려다가 허무할 정도로 쉽게 멀린에게 잡힌 존재다.

'그러고 보면 이 녀석의 정체를 아직도 모르는군.'

정확히 말하자면 굳이 알려 한 적도 없다. 중요한 건 그가 가진 악업이 그야말로 상상을 초월하는 수준이라는 것뿐이었으니까.

비록 영맥이 존재하지 않는 지구에 떨어지는 바람에 허무하게 잡히고 말았지만… 어쩌면 그는 마왕이라 불려도 부족함이 없는 악의 화신이었을지도 모른다. 죄 없는 사람 수십만 명을 학대하고 타락시킨 후 살해하지 않는다면 도저히 설명할 수 없을 정도로 막대한 악업이 그에게 쌓여 있었으니까.

그리고 그렇게나 무시무시한 악업을 쌓아 올린 이계의 악령은.

[끄아… 아아… 아…….]

완벽하게 자신의 모든 악업을 태워 새로운 존재로 거듭나고 있었다.

우우웅——!

마침내 모든 악업을 불태워 쏟아진 마나가 허공에 뭉쳐 불꽃으로 화한다. 그리고 그것으로 끝. 멀린은 직감적으로 에디터 블레이드가 복사에 [실패]했다는 걸 알았다. 이계의 악령은 거대한 악업을 가진 존재였지만, 이미 한 번 무스펠하임을 복사함으로써 대부분의 힘을 빼앗긴 상태였던 것이다. 남은 악업을 모두 태워봤자 무스펠하임을 완벽하게 만드는 건 무리였다.

"그나저나… 정말 상큼하게 세상의 법칙과 이치를 무시해 주는군."

멀린은 두 개의 무스펠하임을 바라보았다. 그에게는 초월병기를 만들어낼 [자원]이 없었다. 아니, 그 정도가 아니라 지구 전체를 탈탈 털어도 초월병기를 만들어낼 만한 자원은 절대 나오지 않으리라. 만약 지구가 그런 자원의 보고였다면 아무리 성계신이 있어도 외계의 존재들이 필사적으로 그 방어를 뚫고 인류를 지배했을 테니까.

하지만 그럼에도 그의 눈앞에는 2개의 초월병기와 그 초월병기를 이루는 핵심 부품이 있다.

이계의 악령의 악업을 태워 만들어낸 마나가 초월병기로 화한 것이다.

"불가능한 일이지."

고작 마나 좀 모아서 초월병기를 만든다? 겨우 그 정도의 수고로 초월병기를 만들 수 있다면 어찌 초월병기를 행성 열 개를 팔아도 사기 힘든 보물이라 말하겠는가? 고위 초월자 중에는 세계의 마나를 자기 몸의 일부처럼 사용하는 이가 수두룩하다. 단지 마나만을 모아 초월병기를 만들 수 있다면, 이미 우주에는 수천만 개의 초월병기가 풀렸을 것이다.

지옥로가 생산해 내는 마나량이 엄청나다고는 하지만, 고위 초월자들에게 있어서는 그냥 평상시 사용하는 마나량에 불과하다.

"즉 마나 자체가 뭉치고 뭉쳐져 물질로 화한 것이 아냐. 오히려 이건… 이건……"

순간 생각을 정리하던 멀린은 자신의 손바닥 위에서 약동하는 불씨를 바라보며 그것을 이루는 마나의 구성이 매우 익숙하다는 것을 깨달았다.

"약견제상비상(若見諸相非相)."

모든 형상을 형상 아닌 것으로 본다는 깨달음……. 그것은 정보=에너지라는 이치를 '앎'으로써 이미 형상 그 자체가 아닌 그 안에 있는 원형을 파악하여 존재하지 않는 형상을 빚어내는 게 가능한 존재만이 품을 수 있는 개념이었다. 같은 백경의 천재인 멀린이나 아더조차 흉내 낼 수 없는 크루제의 고유한 힘이다.

그런데 지금 [복사]된 무스펠하임에서 그 마나의 구성이 보였다.

"다만 어처구니없는 건 시간이 지나도 소멸되지 않는다는 점인데… 그럼 결국 이건 물질 창조잖아? 이게 가능한 일인가?"

물리법칙은커녕 그 어떤 영능학에서도 해석 불가능한 현상이었다. $E=I$. 즉 에너지=정보라는 크루제의 깨달음은 전적으로 그녀의 정신력과 오오라 데이터를 기반으로 현실에 구현되는 종류의 힘이었다. 다시 말해 그녀의 집중력이 깨지거나 그녀의 오오라가 바닥난다면 결코 유지될 수 없다는 것.

그런데 현재 무스펠하임은 전혀 사라질 기미가 없었다. 그걸 유지하는 존재 역시 없다.

그리고 그 모습에 멀린은 깨달았다.

"버그(Bug)로군."

다른 이였다면 혼란에 빠져 어떻게든 이 말도 안 되는 현상을 자신의 지식에 맞춰 설명하려 발버둥 쳤겠지만, 멀린은 단박에 그것을 [이해]했다. 그 원리를 이해한 것이 아니다. 지금 자신의 눈앞에서 벌어진 현상이 이 세계의 이치로는 설명될 수 없다는 사실을 이해한 것이다.

"하지만 그러면 어떻게 되는 거지? 이 세상을 만드신 개발자이자 운영자인 분께서 수정하러 오시나?"

하지만 그렇게나 초월적인 존재가 움직일 거라면 벌써 움직였을 것이다. 그리고 무엇보다, 지금 지구와 인류는 앞뒤를 살피며 이것저것 잴 상황이 아니다.

철컥!

멀린은 방 하나를 가득히 채우고 있는 지옥로에 다가가 한쪽에 달린 잠금장치를 열었다. 그리고 그러자 그 안에 있던 영혼이 은은한 빛을 뿌리며 그의 마안에 비친다.

"이게 그 무시무시한 악령의 영혼이라고 누가 믿으려나."

영혼의 순수가 거기에 있다. 티끌만 한 악의도 없어 투명하게까지 보이는 영혼. 멀린은 몰랐지만 그것은 명계에 존재하는 지옥(地獄)에서도 절대 쉽게 볼 수 없는 가장 궁극적인 형태다. 만약 지금 이 장면을 명왕이 봤다면 그는 세계의 법칙을 어그러뜨려서라도 그를 명계로 끌고 가고 말았을 것이다.

[형! 미션 시스템으로 유저들을 불렀어! 나도 이제 출발할게!]

그때 멀린의 머릿속으로 영민의 귓속말이 전해진다. 멀린은 문득 떠오르는 생각에 말했다.

"영민아, 그 악령 정화가 끝났는데. 챙겨줄까?"

[어? 그래도 괜찮아?]

"악업이 떨어진 악령 따위는 쓸데가 없지. 내가 네크로맨서도 아니니."

[……]

멀린의 말에 영민이 잠시 침묵한다. 그는 이계의 악령과 함께 차원을 넘었다. 사연이 있을 게 분명하니 그 악마같이 사악하던 악령이 지금 이 꼴이 된 데에 꽤 복잡한 심정일 것이다.

[고마워. 물론 돌아가지 않으면 별로 필요도 없는 물건이긴 하지만… 그런데 형은 언제 올 거야?]

"지금 하는 일만 처리하고 갈 테니 고생해 줘. 혹시라도 탄 녀석 분위기가 이상하면 그냥 도망치고. 너무 약 올려서 멸혼기 같은 걸 쓰게 될지도 모르니까."

[알았어, 형.]

귓속말이 끊어지고 멀린은 악령의 영혼을 미리 만들어놓은 용기에 담아두었다.

이제 문제는 새로운 [복사]에 관해서이다.

"지옥로의 새로운 연료가 필요해."

단순히 악인을 구해서 될 문제가 아니다. 지옥로는 어마어마한 마나를 생산하는 기적적인 발명품이었지만 아무 영혼이나 집어넣어서 사용할 수 있을 정도로 편리한 물건이 아니었던 것이다.

필요한 것은 극악인(極惡人). 어지간한 악업 가지고는 지옥로에 시동도 걸 수 없다.

"잘 찾으면 지구에서도 구할 수 있을지 모르지만… 지금 그럴 여유는 없겠지."

단지 타인의 영혼을 [연료] 취급하는 것이 과연 옳은가에 대한 고민 때문에 망설이고 있었을 뿐 새로운 연료에 대해서라면 멀린 역시 생각해 온 바가 있다. 어차피 냉정하게 생각해 보면 이계의 악령을 지옥로에 처넣은 그 순간 이미 일은 저지른 게 아닌가?

게다가 어차피 지옥로에 들어가는 건 언제나 극악한 존재일 수밖에 없다는 점도 그의 마음을 움직였다.

"노예계약자들을 쓴다."

디오에 존재하는 NPC들이나 히어로 몬스터들은 나름대로 합당한 계약을 맺고 디오에 취직했다고 할 수 있는 존재들이다. 마을에서 일하는 직원들이 바로 그렇고 성묵 같은 히어로 몬스터 역시 그런 존재.

그러나… 몬스터 역할을 맡은 이들 중에는 절대적으로 불리한 계약을 맺은 이들 역시 존재한다. 기억을 소거당하고 노블레스들이 마음대로 활용하는 NPC들.

노블레스 소속으로 일종의 정규직이라고 할 수 있는 정천은 그들을 [노예계약]의 대상자라고 불렀다.

생전에 지은 죄가 너무나 막대해서, 죽기 전 쌓은 악업이 너무나 커 반드시 지옥에 떨어지기 때문에 어쩔 수 없이 불리한 계약이라도 맺을 수밖에 없던 존재들이 바로 노예계약자들이다. 지금 멀린과 함께하고 있는 미호 역시 바로 그 대상 중 하나였다.

'미호……'

멀린이 미호의 모습을 떠올리며 이를 악물 때였다.

쿵———!

갑자기 마탑 전체가 울릴 정도의 진동이 전해진다. 밖의 전투가 더 치열해지고 있다는 것을 깨달은 멀린은 고개를 흔들어 잡념을 떨쳤다.

"서둘러야겠군."

조용히 중얼거리며 오른손을 들어 올린다.

웅!

멀린의 심령에 따라 그의 내부에 잠들어 있던 금단선공의 내단이 각성하고 그대로 100년 내공이 외계(外界)를 향해 쏘아진다. 100년의 내공은 그대로 수성, 금성, 지구, 화성을 거쳐 200년, 400년, 800년, 1,600년의 내력으로 증폭되었다.

[컁컁!]

[카룽!!]

그리고 멀린의 몸에 깃들어 있는 두 염체, 영휘와 샤이닝이 깨어난다.

놀라운 천재성으로 수성, 금성, 그리고 지구와 화성을 열어낸 멀린이지만 본래 금단선공의 무유생계는 일계(一界)에서 이계(二

界)를 여는 것이 한계인 무공이다. 태양계를 염두에 두고 외계를 늘려만 가던 멀린조차도 화성까지가 한계였던 것.

그러나 신대륙에 존재하던 황룡을 쓰러뜨리고 여의주를 획득한 그는 자신이 가지고 있던 두 염체에 그 기운을 제공함으로써 전혀 새로운 차원의 외계인 목성과 토성을 열 수 있었다.

웅—!

그리고 그렇게 깨어난 목성과 토성이 1,600년의 내력을 3,200년으로, 6,400년으로 증폭한다.

100년의 내공을 6,400년, 즉 100갑자의 내력으로 증폭한 것이다.

"정말, 언제 봐도 질리는군."

"아, 성묵. 왔어?"

"나도 왔어. 도울 건 없고?"

자신의 곁으로 다가오는 성묵과 화련의 모습에 멀린이 내심 입맛을 다신다. 솔직히 말해 매우 아까운 전력이었으니까. 매화검법의 초고수로 극강의 전투력을 가지고 있는 성묵과 스킬 마스터로 강대한 권능을 발휘해 왔던 화련이라면 유저들 중에서도 다섯 손가락 안에 들 만한 초강자들이라 더더욱 그렇다.

그러나 디오 안에서만 존재할 수 있는 일종의 NPC라고 할 수 있는 그녀들이었기에 지금 벌어지고 있는 전투에 참여할 수는 없다. 혹 탄이 마탑이나 디오 안으로 들어와 준다면 또 모르겠지만 이그니스의 전례가 있는데 그가 그런 바보짓을 저지를 리가 없지 않은가? 멀린은 고개를 흔들어 아쉬움을 떨쳐내고 말했다.

"아, 있어. 어쩌면 너희, 특히 성묵은 좋아할 일일지도 모르겠네."

"내가 좋아할 일?"

"아, 별건 아니고."

성묵이 영문을 알 수 없는 소리에 의아해하거나 말거나 멀린은 100갑자의 내공이 실린 오른손을 들어 올렸다. 그 아래에는 활활 타고 있는 무스펠하임이 있었다.

"이걸 좀 부숴야겠어."

* * *

천둥과 벼락이 몰아친다. 불과 얼음의 비가 쏟아져 내리고 청색의 크리스털이 찌르고, 폭발하고, 모든 것을 굳혀 버린다.

탄의 전투 방식은 압도적이며 빈틈이 없었다. 무한이나 다름없는 마나량을 바탕으로 수십수백 개의 주문을 마스터들에게 쏟아내고 있는 것이다.

"달라붙어! 틈을 주지 마!"

"허무하게 죽지 말고 미리미리 전력을 다해!"

"자자, 다시 커팅 시작합니다! 잘 따라오세요! 버프 끊이지 않게 유지시켜 주시고요!"

"아, 진짜 완전 쎄! 미친 거 같아!! 드래곤, 드래곤 말은 많이 들었지만 진짜 장난이 아니네!"

그러나 마스터들 역시 절대 만만한 존재가 아니다. 그들은 하나하나가 자기의 영역을 완성해 낸 달인이었으며 수천수만 번의 전투를 경험한 스페셜리스트였으니까.

그리고 무엇보다 그들에게는 신기라 불리는 마스터 웨폰과 마스터 스킬이 있었다.

"신기 가동. 스플린터(Splinter)! 파이널 크레센트(Final crescent)!"

탄환처럼 쏘아진 소드 마스터 오제의 몸 위로 초승달이 떠오른다. 탄은 그의 검기가 자신의 결계를 후려치는 걸 봤지만 막아내지 못했다. 다른 마스터들의 공격과 그의 위치, 그리고 그 모든 것을 감안한 완벽한 타이밍의 공격이었기 때문이다. 때문에 실드가 깎여 나가는 걸 본 탄이 푸른색의 크리스털을 쏘아냈지만—

"으랏차!!! 신기 가동! 기가 헐크(Giga Hulk)!!!"

외침과 함께 온몸을 뒤덮는 녹색 문신을 빛내는 한마가 오제를 향해 쏘아진 청색의 크리스털을 후려쳤다. 폭발하여 뿜어진 크리스털은 단지 그의 피부에 박혔을 뿐 관통하거나 찢어버리지는 못한다.

—하찮은 것들이—————!!

분노해 소리치자 외침에 힘이 실리고 그에 따라 먹구름이 몰려오기 시작했다. 탄이 작정하고 힘을 써 자신에게 유리한 환경을 만들고자 한 것. 그러나 환경을 조성한 것은 그였음에도 그보다 먼저 그것을 이용하는 이가 있었다.

"신기 가동. 엑스칼리버(Excalibur)."

쿠릉!

벼락이 떨어져 빛의 검 안으로 빨려들었다가 이내 격렬한 번개가 되어 탄의 실드를 후려친다. 간단한 일격이었지만 마법사가 자신을 위해 준비한 환경에 강제적으로 간섭해 활용하는 그 묘기는 경이적이라고밖에 표현할 단어가 없을 정도로 뛰어난 기술이다.

웅—!

그러나 그 순간 탄을 중심으로 마치 수천 개의 수정이 가시를 세운 고슴도치처럼 원형을 그리며 쏘아진다.

"이런! 탱커 뒤로 숨――!"

콰득! 퍼벙!

파이널 크레센트를 발동했던 오제가 비명조차 지르지 못하고 빛으로 화해 사라진다. 기가 헐크를 잠시 취소했던 한마 역시 전신에 수십 개의 수정을 박은 채 추락한다.

마스터들의 합공은 실로 놀라운 위력을 가지고 있었지만 그럼에도 탄은 굳건했다. 어마어마한 집중포화를 당하면서도 흔들림 없는 그는 과연 피해를 입기나 하고 있는 것인지 알 수 없는 모습으로 마스터들에게 초조함을 안겨주고 있었다.

"위험합니다, 협회장님! 벌써 3분의 1이 넘는 마스터가 당했어요."

"부활은?"

"멀린에게 제공받은 잼 포인트가 거의 떨어져 갑니다. 무엇보다 사망 페널티 때문에 전력이 급감하고 있어요."

몇몇 마스터에게 보고를 받으며 전체적인 전투를 지휘하고 있던 크리스찬 마이클베이는 인상을 찡그렸다.

"아더가 말했던 지원자들은 어떻게 됐지?"

"거의 도착했습니다! 도달까지 30초!"

"방송국은?"

"마탑 근처에 대기하던 기자가 많아서 이미 촬영 중입니다! 그리고."

그렇게 말하며 자신의 뒤편을 가리킨다. 이미 그들이 데려온 인원 중 몇이 카메라를 설치하고 있다.

"…좋아. 장단을 맞춰 드려야지!"

크리스찬은 이미 차기 대통령으로 손꼽히는 몸이다. 그리고 단지 부자였을 뿐인 그가 세계 최강국이라 할 수 있는 미국의 유력한 대통령 후보가 될 수 있었던 것은 지금껏 [미국의 영웅] 이라는 역할을 충실하게 수행했기 때문이다.

물론 마스터 중에는 그보다 더 강한 이들도 있었고 무엇보다 영웅이라는 이미지에 완벽하게 걸맞은 아더가 있었지만, 지금의 그는 감히 대통령이라는 자리로 묶어둘 수 없을 정도로 높이 올라가 버렸다.

'스케일이 다르군.'

그는 미국 대통령을 목표로 하고 있다. 그리고 그것은 틀림없이 지구에서 가장 높은 자리였다.

그러나 지금… 그런 자리 따위는 아무런 소용도 없는 전투가 벌어지고 있다. 지구를 구석에 처박힌 변두리 행성으로 여기는 대우주의 존재들, 그리고 그들 중에서도 신적인 힘을 가진 존재와 싸우고 있는 것이다.

크리스찬은 자신이 이곳의 주인공이 될 수 없다는 것을 알았다. 언제나 자기중심적으로 세상을 보던 그였지만, 지금 이 전장에서 그는 철저한 조연에 불과했으니까.

'하지만. 하지만 그렇다면… 가장 완벽한 조연이 되어주지.'

피식 웃으며 크리스찬이 몸을 곧게 폈다. 멀리 있는 것까지 치면 수십 대 이상의 카메라가 그를 촬영하고 있었다.

"브루스 웨인."

그리고 그의 전신을 검은색의 갑옷이 뒤덮었다. 후회하는 이반의 암흑 투구, 절망하는 카라의 건틀릿, 고통받는 세릴의 부츠, 알리스터의 그리브즈, 슬퍼하는 아둔의 갑옷.

그것이야말로 디오에서 가장 유명한 세트 아이템 [+11망령의 갑주)로 크리스찬, 아니, 브루스는 그 세트를 완성하고 강화하기 위해 수십억 달러 이상을 사용했다.

그리고 인류 역사가 수없이 증명해 왔듯이—

돈의 힘은 위대하다.

철컥! 철컥! 웅—!

갑옷의 파츠들이 서로 맞물리며 기동(起動)한다. 각 파츠만 해도 1급 레어 아이템이었던 망령의 갑주는 모두 모이게 됨으로써 S급의 아이템이 되었으며 열한 번의 강화가 더해지면서 SS급에 도달해 버렸다.

이것은 현재 아더가 들고 있는 용살검 아스칼론과 비슷한 성능으로, 유저 중에 이만한 성능의 아이템을 가진 건 오직 그뿐이다. 농담이 아니라 어설픈 마스터 웨폰이라면 오히려 밀릴 정도의 힘을 가지고 있는 것이다.

더불어 그의 손에 들린 것 역시 멀린의 역작인 +10암흑마검이며 갑옷 안에 있는 옷, 액세서리, 그가 타고 다니는 블랙 유니콘에 씌워진 마갑까지 무엇 하나 보물이 아닌 것이 없었다. 심지어 그 모든 장비는 치밀한 계산과 설계에 의해 완벽한 상호 보완을 이루고 있는 상태였기에 실질적으로 낼 수 있는 효과는 그 이상이다.

그리고 거기에.

"신기 가동. 다크 나이트(Dark knight)."

검은색의 영기(靈氣)가 피어올라 망령의 갑주를 뒤덮고 그 뒤로 망토처럼 흩뿌려진다. 촘촘하고 강력한 마력이 그의 전신을 뒤덮었다.

그의 실력은 최강이 아니다. 천외삼천을 제외하고도 그렇다.

그는 틀림없이 강력한 마스터였지만, 최상위급의 마스터들, 속칭 천상인(天上人)이라 불리는 이들 중에서는 그저 중간 정도의 실력에 불과하다. 그는 끊임없이 수련하고 강해지기 위해 궁리했지만, 그거야 다른 최상위급 마스터들 역시 마찬가지였으니까.

그러나 지금 이 순간.

쿠아아아ーー!

그는… 틀림없이 천외삼천을 제외하고 가장 최강에 가까운 마스터였다.

쩌어엉ーーー!

"큭! 이놈이!"

브루스가 끼어들자 수세에 몰려 있던 전황이 일순간 변한다. SS급에 도달한 망령의 갑주로 자신의 안전을 완벽하게 지키고 있는 그는 가장 강력한 탱커라고 할 수 있는 한마나 아돌조차도 함부로 들어가지 못했던 간격까지 탄에게 파고들어 암흑마검을 휘둘렀다.

"나는 다리안의 영광된 검……."

그리고 그렇게 그가 벌어놓은 틈을 이용해 뒤로 물러난 아돌이 마치 영창을 하듯 읊조리기 시작한다.

"나는 약한 자들을 보호하고, 신념에 따라 행동하며."

거대한 신성력이 몰려든다. 아돌이 들고 있는 타워실드는 물론이고 전신을 뒤덮은 갑옷과 그의 검에도 신성한 힘이 어린다.

"언제나 겸손하되 용기를 잃지 않을 것이니……."

마력이 폭풍처럼 몰아치는 와중에도 고요하게 정신을 집중해 능력을 완성한다.

"지금 시련에 마주해 굳건히 무너지지 않는 힘을."

방패를 들고 다시 앞으로 나아가는 그의 모습은 기차가 전진하는 듯한 어마어마한 박력이 있었다. 바라보는 것만으로도 전의를 상실할 것 같은 묵직한 기세. 그는 자신의 마스터 스킬을 발동했다.

"기사도의 맹세(An oath of chivalry)."

대상의 모든 스탯을 상승시키고 막대한 항마력과 방어력을 선사하는 일종의 버프에 가까운 이 마스터 스킬은 그사이 더욱 더 강력해져 있었다. 강철같이 단단한 그의 정신, 그리고 굳건한 그의 신념이 고뇌와 흔들림을 겪으면서 더욱 성장했기 때문이다.

쾅!

폭음과 함께 탄이 뿜어낸 마력의 폭풍이 완벽하게 가로막힌다. 그의 앞에는 빛과 어둠이 모여 거대하게 타오르고 있다.

"…너희, 꽤 쓸 만하군."

어느새 그들 뒤로 내려선 아더는 놀랍다는 표정을 짓고 있었다. 왜냐하면 그는 다른 마스터들을 그리 대단한 전력이라고 생각하지 않았기 때문이다.

똑같이 레벨 1에서 시작한 유저였다고는 하나… 지금에 와서 세 명의 백경과 나머지 인간들 간의 간격은 너무나 벌어져 버렸다. 발휘할 수 있는 힘과 경지 자체에 큰 차이가 있었던 것.

그러나 강대한 적을 맞이한 지금, 아군이 된 그들은 결코 경시할 수 없는 존재가 되었다. 백경의 재능을 가진 그에게는 미치지 못한다 하더라도 사실 그들은 하나하나가 수십억이 넘는 인간 중에서 거르고 걸러진 영웅으로 완성되었기 때문이다.

"전, 아직 당신을 용서하지 않았습니다."

그리고 그렇게 놀라고 있는 아더를 보며 아돌이 나직하게 중얼거리다. 인류를 위한 대의 때문에 함께 싸우고 있다 해도… 그는 역시 개인의 복수 때문에 수천수만의 사람을 희생한 아더의 행동은 잘못되었다고 생각하고 있었다.

"후후, 여전히 낭만적이군. 하지만 소용없는 이야기야."

아더는 고개를 들어 거대한 마력을 뿜어내고 있는 탄을 바라보았다.

"누구도 감히 나를 용서할 수 없어."

어느새 그의 몸은 다시 빛으로 화하고 있다.

"어떤 누구도."

Chapter 58
꺼져 버린 빛 II

"누구도 감히 나를 용서할 수 없어."

어느새 그의 몸은 다시 빛으로 화하고 있다.

"어떤 누구도."

사라진다. 그리고 천지가 양단된다. 세상을 찢어버리는 신의 분노와도 같은 일격이었지만, 둘로 양단되는 세상에서 오직 목표인 탄의 모습만이 온전하고 또렷하게 자리하고 있다. 강대한 방어 주문과 용언으로 빛의 강기를 산란시켜 버린 것이다.

촤앙! 끼이이익—!

그러나 예상했다는 듯 천지가 빛으로 가득 찬다. 일대일 상태에서는 아무래도 밀릴 수밖에 없는 전투였지만, 다수의 마스터가 참전하면서 전투에 여유가 생긴 것.

다만 중요한 것은 그가 전력을 아끼고 있다는 점이었다.

'오히려 이 녀석이 전투를 장기전으로 몰고 있다?'

팽팽한 전투가 이루어지고 있다고는 하지만 전투는 탄에게 절대적으로 유리하다. 마스터들의 공격이 제법 적중되고 있다고는 하나, 결과적으로 탄이 입은 피해는 없다 해도 무방할 정도였기 때문이다.

힘을 소모시킨다는 개념으로 이해할 수도 없다.

탄이 제약당한 것은 오직 레벨.

마스터들에게 있어서는 안타깝게도 그의 마나량 자체는 별다른 제약을 당하지 않았다. 폭풍처럼 소비하고 있다 하더라도 그는 아직도 무진장의 마나를 그 안에 품고 있는 것이다.

그뿐이 아니다.

집행자의 역할을 위해 신이 직접 창조한 그는 몰락한 지금에 와서도 마치 살아 있는 용맥(龍脈)처럼 세계 그 자체의 마나를 퍼 올릴 수 있다. 농담이 아니라… 고작 이 정도 소비라면 일 년 내내 마력을 방사한다 하더라도 그에게는 아무런 부담이 되지 않는다. 비록 전투가 생각대로 풀리지 않는다 하더라도, 그건 단지 짜증스러운 일일 뿐 위협이 될 수 없는 것이다.

반면 마스터들의 상황은 어떠한가?

비교적 잘 버티고는 있다 하나 전력이 떨어지는 이들이 탄의 공격에 휩쓸려 하나하나 사망하고 있다. 대미지 교환에서 절대적인 손해를 보고 있으니 고작 수십, 수백 배 많은 숫자 정도로는 희망이 없는 것이다.

'하지만 그러면 뭘 노리는 거지?'

의아해하면서도 꾸준히 적의 공격을 막아내고 또 반격하여 새롭게 두어 명의 마스터를 처리한다. 이미 한 번씩 죽었던 이들이니 다시 나타나도 제대로 된 전력이 되기 힘들 것이다.

'흥. 제법 부활을 하는 모양이지만… 녀석들이 다룰 수 있는 게럴트에는 한계가 있어. 슬슬 바닥이 보일 때가 되었다.'

탄은 그렇게 생각하며 다시금 주문을 완성했을 때였다.

쿠우우우――!!

하늘 저편에서부터 대여섯 대의 전투기가 굉음을 내며 전장으로 날아온다. 다만 연신 충격파와 온갖 주문이 터져 나가고 있는 탄과 마스터들의 근처로는 다가오지 못하고 하늘에서 무언가를 아래로 투하했다.

쿵쿵쿵!

수백 미터 상공에서 던져졌지만 허공에서 몇 번 감속해 안전하게 내려선 이들은 12명의 마스터. 사실 마스터 정도 되면 그리 놀랄 것도 없는 묘기였지만, 그들의 모습을 본 탄의 눈썹이 꿈틀거린다.

"저 녀석들은……?"

"한눈팔지 마시―――― 즈엌!"

호쾌하게 소리치며 달려든 한마가 땅으로 추락해 망치에 얻어맞은 못처럼 처박힌다. 한마의 얼굴이 일그러졌다.

"아, 바닥 너무 물러!"

"바닥이 무르긴 뭐가 물러, 아스팔트구만! 바보짓 말고 공간 고정으로 버텨! 생체력은 몸만 단단하게 하려고 배웠냐?"

마력이 떨어져 그 혼탁한 와중에도 가부좌를 취한 채 눈을 감고 있던 제로스의 핀잔에 한마가 뚱한 표정으로 투덜거린다.

"매 순간 유지하는 게 힘들어서 그러지……. 근데 넌 이 와중에 명상하는 거야?"

"당연하지. 내가 마법 게시판에 올린 [어디서든 회복을! 전투명상(Battle meditation)]이 벌써 한 달째 베스트 게시물이거든? 이걸로 온갖 대학에 강의도 하러 다녔는데 이 정도쯤이야."

"허. 되게 활동적――― 우왓?!"

콰득!

투덜거리던 한마는 두 손을 들어 방어 자세를 취했지만 떨어져 내린 수정은 그의 양팔을 부수고 머리까지 파괴해 버린다. 바닥에 박혀 움직이지 못하는 그는 탄에게 있어 좋은 표적이었던 것이다.

샤아앙―――

빛으로 변해 사라졌던 한마는 이내 바로 옆에서 멀쩡한 모습으로 다시 나타났다. 그러나 사망의 충격 때문인지 약간은 멍한 표정이다.

"야, 괜찮아?"

"아? 아아, 괜찮아. 스탯이 좀 많이 깎여서 한두 번 더 부활하면 전력이 못 될 것 같기는 한데……."

한마는 묘한 표정으로 하늘을 올려다보았다. 하늘에 떠 있는 탄, 그리고 그의 몸에서 뿜어지는 수많은 마력의 폭풍이 보인다.

"…왜 그래. 역시 자꾸 죽다 보니 몸 상태가 맛이 가버렸나? 교양으로 익힌 힐링이라도 걸어줘?"

연속된 부활의 충격에 문제가 생긴 게 아닌가 걱정하는 제로스의 모습에 한마가 고개를 흔든다.

"아, 으응. 괜찮아. 다만……."

"크악!"

그 순간 외각에서 활을 쏴대고 있던 마스터급 유저 하나가 떨어지는 벼락을 맞고 새카맣게 타 쓰러진다. 물론 몇 번이나 있던 일이라서 한마도 제로스도 놀라지 않았지만, 그렇다고 상황의 심각성조차 인지하지 못하는 것은 아니다. 그들 역시 뛰어난 전사이니만큼 전황을 보는 눈이 있었으니까.

"무슨 수를 내야 해. 결정적인 타격을 먹이든지 피해자가 생기지 않는 전투 방식을 완성하지 않으면 필패(必敗)야."

"응? 아, 아아… 그렇지."

"…한마?"

심각한 이야기였음에도 한마는 여전히 묘한 표정이다. 마치 멀리 있는 뭔가를 보는 듯 눈동자에 초점이 없다.

"흠."

자신을 보는 제로스의 시선에 신경 쓰지 않고 멍하니 있던 한마는 이내 몸을 웅크렸다. 그리고 하늘에 떠 있는 탄을 바라보며 그대로 다리에 힘을 주었다.

"싸울아비 팔식."

끼이이익……!

근육이 뒤틀리며 쇠를 휘는 것 같은 소리가 울려 퍼진다. 그의 대퇴근(大腿筋)이 크게 부풀어 오르고 온몸에서는 수증기가 피어올랐다.

"천둥지기."

순간 한마의 모습이 사라진다. 그리고 그 직후 바닥이 터져 나가고 엄청난 굉음이 주변을 휩쓸었다.

쿠아아———!

"아, 이런 미친! 옆에서 뛰면 어떻게 해!"

결계를 펼쳐 충격파를 막아낸 제로스가 혀를 찬다. 그러나 그러면서도 그의 시선은 한마를 따라 위로 올라가 있었다.

"어쩔 생각이지?"

단순히 고속으로 날아드는 것만으로 공격을 성공시킬 수 있을 정도로 탄은 만만한 상대가 아니다. 실제로 완벽한 빈틈을 노리고 들어간 조금 전의 공격도 막히고 오히려 카운터를 얻어맞지 않았던가?

"지긋지긋한 놈이군."

과연 탄은 삽시간에 한마의 공격을 파악하고 충격파를 발사했다. 한마는 총탄보다도 빠른 속도로 날아올랐지만, 그는 찰나의 찰나조차 인식 가능한 초월자이니 그 정도의 공격은 어림도 없는 것.

그러나 그 순간.

텅.

순간 한마의 방향이 비틀린다. 마치 기다렸다는 듯 완벽한 타이밍이었기에 탄조차 제대로 된 대응을 할 수 없는 움직임!

쾅!

싸울아비 십이식. 하늘걸음으로 다시 허공을 박찬 한마의 주먹이 탄을 보호하고 있던 배리어를 후려친다. 그리고 한순간 일렁이는 배리어를 '잡아 찢었'다.

"이… 자식이!!"

쿠룽—!!

사람 몸통보다 굵은 뇌전이 한마를 후려치자 배리어를 찢고 있던 한마가 버티지 못하고 추락한다. 그러나 단지 그뿐. 발끈한 그의 공격으로도 한마를 죽이지는 못했다. 분명 조금 전에 사망하여 전체적인 스탯이 떨어졌을 텐데도, 오히려 생체력 사용자인 그의 내구가 더욱 상승한 것이다.

오히려 그를 떨쳐내느라 드러낸 빈틈으로 다른 마스터들의 공격이 매섭게 박힌다.

"하압—!"

블랙 유니콘에 올라탄 브루스가 그를 스쳐 지나가자 여태껏 그의 검에 갇혀 외부로 발현되기 힘들었던 검기가 채찍처럼 뿜어져 배리어를 후려친다. 난생처음 검의 지문(地門)을 여는 데 성공한 이리아의 단검이 검기가 후려친 자리에 정확히 박혀 배리어에 구멍을 뚫는다.

—떨어져라————!

결국 견디지 못한 탄이 용언을 발동해 접근한 모든 마스터를 떨쳐낸다. 그는 믿을 수 없다는 표정으로 사방으로 튕겨 나가는 마스터들을 바라보았다.

'성장하고 있다고……?'

그렇다. 마스터들은 그와 전투를 벌이면서 엄청난 속도로 성장하고 있었다. 물론 전부는 아니다. 싸우면서 점점 힘을 소모하고 집중력이 떨어져 그의 공격을 버티지 못하는 마스터의 숫자가 훨씬 많았으니까.

그러나… 그 [대부분]이 아닌 몇몇은 단 한 번의 전투 중이라는 것을 믿을 수 없을 정도의 성장을 보이고 있다. 10분전과 20분 전이 다른, 틀림없이 마스터들의 숫자가 줄어들고 있음에도 전력이 크게 차이 나지 않을 정도의 성장을 이뤄내고 있던 것이다.

'말도 안 돼! 무슨 영웅담에서나 있을 일이!'

문자 그대로 만화 같은 일이었다. 강대한 적을 맞이해 마스터들이 변하고 있었고, 그것이 뻔하디뻔하게 끝나야 할 전투 결과에 영향을 끼치고 있는 것이다.

"인간의 신이시여, 저희가 도착했습니다."

"드디어 마지막 싸움이군요."

"아더 님……."

그리고 전투기에서 떨어져 내린 이들의 합류도 탄의 신경을 거슬렀다. 그의 초월적인 감각이 새롭게 모습을 드러낸 12명의 존재가 비정상적인 존재라는 걸 알려주고 있었기 때문이다.

"아더, 뭘 하려는 거지?"

그리고 그렇기에 탄은 아더를 보며 물었다. 용언으로 접근한 유저들을 한 번에 다 밀어버린 만큼 한순간 전장이 소강상태가 되었기에 가능한 일.

"뭘 하기는."

아더가 검을 겨눈다. 어느새 비행마법, 비공정 같은 탑승물, 그리고 펫 등의 방법으로 허공에 떠 있는 마스터들이 그를 둥글게 포위한 채 서로 마주한 아더와 탄을 바라보고 있다.

"널 죽이려는 거지."

나직한 목소리에 탄이 서늘하게 웃었다.

"그게 정말 가능하리라 생각한다면 실망이군. 설마 이렇게 싸우고 있다고 이 싸움이 대등하다고 생각하나?"

그는 패배의 가능성을 전혀 생각하지 않았다. 그리고 실제로 그건 어느 정도 사실이기도 했다.

아더가 편법을 사용해 반쪽짜리 초월자에서 온전한 초월자로 화했다지만 그래봐야 턱걸이일 뿐이다. 초월자 중에서도 최하위의, 레벨 시스템을 굳이 경험치로 구분하자면 20레벨 0.00%라고 할 수 있을 정도의 수준에 불과한 것.

반면에 그는 드넓은 우주에서도 흔치 않은 황제 클래스의 힘을 가진 존재로 다운 그레이드를 먹었음에도 그 무게감이 완전히 사라지지 않았다. 낼 수 있는 힘에 한계가 걸렸을 뿐 역량 자체는 그대로이기 때문이다.

만일 동 레벨대의 초월자가 나타난다 해도 어렵지 않게 압승할 수 있다고 자신할 정도인데 편법으로 간신히 초월자에 들어간 애송이가 인간 몇 모았다고 자신의 죽음을 논하다니?

아무리 그가 최악의 상황에 몰려 바닥으로 떨어졌다 해도 있을 수 없는 일이다.

"자만하는군."

"큭… 자만? 내가 자만하고 있다고?"

쿠구구구구―――――!

파란색의 영기가 끓어오르며 주변 공기가 진동하기 시작한다. 그러나 아더는 아랑곳하지 않고 말했다.

"그래."

답과 동시에 그의 등 뒤로 열두 개의 빛이 뿜어져 나온다.

빛을 뿜어내고 있는 건 전투기에서 떨어져 내린 12명의 마스터로, 그들의 몸에서 뿜어지는 기파가 빛으로 화해 주변으로 방출되고 있다.

"아니, 잠깐. 이게 뭐야. 이건 아더의 광자화잖아?"

주문을 준비한 채 아더와 탄의 모습을 지켜보던 제로스의 말에 방패로 몸을 반쯤 가리고 있던 아돌이 눈을 가늘게 떴다. 그 역시 내공 사용자였던 만큼 지금 상황이 얼마나 비정상적인지 알고 있다.

"내공을 빛으로 화하는 데 성공한 사람이 12명이나 더 있다니……."

있을 수 없는 일이다. 자신의 기운을 빛으로 화하는 데 성공한 것은 오직 아더뿐. 다른 마스터들은 그걸 흉내조차 낼 수 없었으니까.

하지만 아더의 뒤로 날아오른 12명의 마스터는 다른 마스터들이 위압감을 느낄 정도로 강렬한 빛을 뿜어내고 있다.

"어떻게 된 거야? 저 녀석들 별로 눈에 띄지도 않던 녀석들 아니었어?"

멀리서 마법으로 지원을 하고 있던 미호가 12명의 마스터를 보며 고개를 갸웃거린다. 왜냐하면 그들 모두 그녀의 기억에 있는 얼굴로, 그중 한 명을 제외하면 모두 높지 않은 경지의 마스터들이었기 때문이다.

물론 그들은 하나하나가 대단한 천재라 할 수 있다. 마스터란 총가입자 45억(사망자 미포함)이라는 전무후무한 숫자의 유저 중에서도 오직 350여 명만이 존재하고 있을 정도로 희귀한 존재였으니까. 단순 계산으로도 1,200만 명 중 오직 1명만이 마스터의 경지의 경지를 밟는 셈이니 어찌 그렇지 않겠는가?

그러나… 비교란 언제나 상대적이다.

마스터의 경지에 올랐다고 다 같은 마스터가 아니다. 10레벨부터 19레벨까지 마스터들 간에도 단계가 나눠지며, 흔히 말하는 [재능의 한계]에 부딪힌 자들은 어느 선에서 더 성장하지 못한다.

실제로 지금 많은 마스터가 탄과의 전투를 수행하고 있다 하더라도 모든 마스터가 여기에 와 있는 것은 아니라는 말이다. 마스터 중에는 별 전력이 되지 않는 이들 역시 존재하며, 그런 이들을 불러들이는 건 잼 포인트, 정확히는 게럴트 낭비라는 이유로 미션을 주지 않았으니까.

"맞아. 13레벨을 넘은 건 오직 울드뿐이야. 나머지는 다 고만고만했었지."

아크는 잔뜩 우그러져 있는 투구를 벗어 던지며 12명의 마스터 중 맨 앞에 서 있는 여인의 모습을 바라보았다.

아야세 사나에(あやせ さなえ).

7개 국어를 유창하게 하는 언어능력과 매력적인 미모로 톱클래스의 외교관이 되었던 그녀는 디오가 생긴 후 마스터가 되어 아더와 만나게 되었다.

이는 사실 그녀를 이용해 아더를 회유하려는 일본 정부의 계획이었지만, 일본 우익 단체에 의해 아더의 모친이 살해당하는 과정을 지켜본 그녀는 그 이후 쭉 부하처럼, 하녀처럼 아더의 옆에 붙어 그를 도왔다. 그 모든 과정이 어찌나 헌신적인지 일본 내 극우 세력들이 매국녀라는 꼬리표를 붙일 정도였다.

"때가 되었군요."

등 뒤로 빛의 날개를 펼친 아야세, 아니, 울드의 말에 아더가 고개를 돌린다. 정면에서 자신을 노려보는 탄의 모습 따위는 상관없다는 태도다.

"…괜찮, 아니, 하하. 쓸데없는 소리를."

아더는 한순간 흔들렸던 정신을 다시금 굳건하게 뭉쳐 강철처럼 단단하게 만들었다.

그리고 빛나고 있는 울드를 지나쳐 다른 마스터들을 바라보았다.

"연설이라도 하고 싶지만, 적 앞에서 그만한 여유는 없군. 다만 이것만은 기억해라."

우우우ㅡㅡㅡ!

아더의 몸에서 뿜어지던 빛이 점점 더 강해진다.

"내가 너희와 함께 갈 것이다."

"신이시여."

"아아……."

빛의 기운을 뿜어내고 있는 열두 명의 마스터가 홀린 표정으로 점점 자신의 기운을 키우기 시작한다. 그리고 그 심상치 않은 모습에 탄의 눈썹이 꿈틀거린다.

"뭘 하는 거냐!"

쾅!

폭음이 일어난다. 그러나 단지 그뿐이었다. 어느새 그를 포위하고 있던 다른 마스터들이 탄의 공격을 방해하고 막아선 것이다.

"뭔지 모르겠지만 막아!"

"…제길! 왠지 조연이 되는 느낌인데!"

"그런데 사실 이 구도에서 우리는 조연이 맞지, 뭐!"

"하하하! 인간의 신을 지키는 수호기사라니!"

유쾌하게 웃으며 다시 공격을 시작한다. 탄은 막대한 마력을 바탕으로 충격파를 뿜어댔지만 멀리서 날아온 크루제의 저격이, 아웅나나의 백보신권이, 그리고 제로스의 썬더 스피어가 마치 쐐기처럼 충격파에 꽂혀 위력을 감소시킨다. 그리고 그렇게 위력이 감소된 충격파는 아더의 앞을 막아선 아돌의 타워실드를 뚫지 못했다.

"제인 오스딘입니다."

"너와 함께하겠다."

"영광입니다, 인류의 신이여."

다가온 여인이 환하게 웃는다. 그리고 그러자 그녀의 몸이 환하게 빛났다가— 그대로 아더에게로 빨려 들어간다.

"일레인 사이올리노입니다."

"너와 함께하겠다."

다음으로 온 사내도 빛으로 화했다가, 아더에게로 빨려 들어간다.

"…뭡니까. 지금 당신 뭘 하고 있는 거죠?"

아더의 앞을 막아서고 있던 아돌은 자신의 등 뒤에서 기척이 하나둘 사라지고 있는 것을 느끼고 신음했다. 분명히 있던 사람들이, 틀림없이 있던 기척들이 모조리 아더에게로 빨려 들어가고 있다. 그리고 그러면 그럴수록 아더의 기운은 점점 더 강맹하고 또렷해진다. 그의 영압은 본래부터 강하기 짝이 없을 지경이었지만, 지금에 와서는 마치 폭발할 것만 같은 엄청난 압력이 느껴지는 것이다.

"네놈———! 이 무슨 미친 짓을———!!"

그리고 주변에 있는 이들 중 유일하게 아더가 하는 일을 정확히 이해한 탄이 비명을 질렀다.

그러나 아더는 아랑곳하지 않는다.

"신동현입니다."

"너와 함께하겠다."

"오다 카즈마사입니다."

"너와 함께하겠다."

빛으로 화한다. 그리고 아더의 몸으로 빨려 들어간다. 빛으로 화한다. 그리고 아더의 몸으로 빨려 들어간다.

아더는 멀린에게 디멘션 터미널(Dimension terminal)을 지키던 네임드급 리전의 핵심 부품, 스피릿 레코드(Spirit record)와 그로테스크의 감염자를 발생시키던 흑암(黑暗) 핵(Core)을 넘기고 그에게 성장 가능한 영맥 생성기 12개를 받았었다.

그리고 그 후… 그는 전 세계를 상대로 온갖 사건을 일으키며 강대한 영압을 뿌리고 다녔다. 그것은 물론 사람들에 숭배받아 신성을 얻기 위함이었지만, 동시에 마스터의 경지에 오를 정도로 강력한 영력을 가지고 있으면서도 자신의 영압에 굴복해 자신을 숭배하는 존재를 찾기 위함이기도 했다.

"존 카넬입니다."

"쥔 차이입니다."

"일리아예요."

아더는 그들 모두에게 성장하는 영맥 생성기를 제공했다. 다만 그냥 넘겨준 것이 아니라 특별한 가공을 거쳤다. 지구에 존재하는 이들은 아직 영맥이 없고… 그렇다면 아더 자신이 원하는 방향으로 영맥의 패턴을 조절할 수 있다는 것을 알았기 때문이다.

그리고 지금.

아더는 그들 모두와 [융합]하고 있었다.

"미친! 한번 영혼을 섞으면 절대로 원래대로 돌아올 수 없다! 잠깐 영력이 오르는 것 같아도 그건 오히려 스스로를 망치는 지름길이야!"

마스터들의 공격을 모조리 밀어낸 탄이 소리쳤다. 이건 그 역시 원하는 결말이 아니었기 때문이다. 백경의 재능을 가진 이는 우주 전체를 뒤져도 흔치 않은 '자원'이며… 그걸 잃는 건 막대한 손해였다.

그는 여전히 디오를 잠시 잃어버린 것에 불과하다고 생각하고 있다. 실제로 마스터들과 치열하게 싸우면서도 그들의 영혼을 소멸시켜 그들을 위협하지 않는 것이 그 단적인 예. 마찬가지로 그는 아더를 죽일 생각은 있어도 그 영혼에는 조금의 피해도 입힐 생각이 없다. 결국 그의 영혼이 자신의 재산목록이 될 거라고 생각하고 있었기 때문이다.

"후후후. 저 녀석이 내 목숨을 걱정해 주는군."

"왜냐하면 당신이 적조차 포기하기 아까워할 정도로 가치 있는 사람이기 때문이지요. 아더, 아니, 마지막이니 세영이라도 불러도 될까요?"

"마음대로."

결국 모든 마스터가 아더에게 흡수되고… 마침내 아더의 곁에는 울드만이 남는다. 사실 그녀는 특별했다. 아더의 영압에 홀려 반쯤은 이지를 상실한 것이나 다름없는 다른 11명의 마스터와 다르게 자신의 의지로 그의 영기로 이루어진 영맥을 설치했기 때문이다.

당연한 말이지만 아더의 기운이 담긴 영맥을 자신의 몸에 설치하고 그것을 받아들이는 건, 그냥 마음의 결심만 한다고 되는 일이 아니다. 그가 괜히 자신을 숭배하고 광신(狂信)하는 사람들을 모은 게 아니니까.

다만 울드는 그의 영맥을 설치할 적성을 갖추었으면서도 그 심지가 또렷하고 평소와 전혀 다를 바 없는 모습을 보였다. 그리고 진실을 볼 수 있는 눈을 가진 아더는 그것이 무엇을 의미하는지 알고 있다.

"우리가 다른 방식으로 만났다면, 어쩌면 지금과는 다른 관계가 되었을 수도 있었을까요?"

"…어쩌면."

아더의 대답에 울드가 웃는다.

"고마워요."

울드의 모습이 빛으로 화한다. 아더는 그 모습을 보며 이를 악물었다.

"너와 함께하겠다."

우우우우————

12명의 마스터 전부가 빛으로 화해 아더와 하나가 되자 아더를 중심으로 어마어마한 빛이 뿜어졌다. 그 빛이 너무나 강렬해 마스터들은 물론 탄마저도 뒤로 물러섰을 정도였다.

"있을 수 없어. 그냥 여러 명의 영혼을 섞는 것만으로 이런 증폭이 일어난다고?"

탄은 이해할 수 없다는 표정을 지었다. 그리고 그 모습을 멀리서 지켜보던 아크가 탄의 공격에 박살 난 갑주를 새로운 갑주로 교체하며 말했다.

"아더의 말이 맞아."

"…무슨 말이야?"

"확실히 탄은 방심했다고."

탄은 너무 자신의 상식 안에서만 모든 것을 이해하려 했다. 물론 대부분의 경우 그것이 옳으리라. 그는 기나긴 세월을 살아온 존재이며, 동시에 세계의 진리를 이해한 대마법사였으니까.

"하지만 일반적인 잣대로 백경을 재면 안 돼. 단지 경지 좀 높다고 아래 있는 존재를 다 우습게 본다면 그게 더 웃기는 일이지."

멀린은 무수히 많은 초월자조차 만들어낸 적이 없는 증폭술을 만들었다.

또한 오직 명계만이 가지고 그 누구도 원리를 짐작하지 못하

는 지옥로 역시 만들었으며,

그리고 무엇보다 에디터 블레이드를 만들었다.

이것은 경지의 문제가 아니다. 백경이라는, 지극히 예외적인 이레귤러로서의 [기능]이 없다면 발견할 수 없는 종류의 깨달음이었던 것이다.

그리고 아더 역시 탄이 상상조차 못 한 이론을 정립했다. 그는 초월적인 강자라고 할 수 있는 탄과 싸우기 위한 방법을 궁리했고, 그것은 그동안의 시간과 그의 원한, 그리고 여러 가지 환경이 더해져 전혀 다른 방식으로 완성된 것이다.

키이이익――!

아더의 손에 들린 아스칼론이 마치 비명을 지르듯 검명을 토해냈다. 어마어마하게 증폭된 아더의 영력이 쏟아져 들어갔기 때문이다.

아니, 정확히 말하면 그건 들어간다, 고 말할 수 있는 개념조차 아니다. 주변을 포위하고 있던 아돌은 그 사실을 깨닫고 신음한다.

"저게 뭐야… 신검합일(身劍合一)?"

그것은 일종의 경지를 가리키는 단어이다. 다만 이형환위(移形換位)가 그러하듯 어떤 특정한 기예를 가리키는 것은 아니어서 검을 다루는 기예가 극에 달해 검을 자신의 육신처럼 다루는 걸 신검합일이라 부르기도 하고, 검과 영혼을 통함으로써 그 모든 힘을 끌어내는 것 역시 그렇게 부르는 경우가 있다.

"너, 대체 무슨 짓을 하고 있는 거냐……."

그리고 지금의 경우는 그 이상의 상황이다. 왜냐하면 아더가 검과 [하나]가 되었으니까. 그건 무슨 비유나 상징, 뭐 그런 종류의 말이 아니었다.

탄은 과연 지금 아스칼론을 들고 있는 아더와 아스칼론 중에서 어떤 것이 그가 알던 백경의 재능을 지닌 인간인지 분간할 수 없었다. 지금 이 순간 아더의 영혼은 정말로 그의 손에 들려 있는 아스칼론과 하나가 되어… 아더는 검령(劍靈)이나 다름없는 존재가 되어버린 것이다.

"뭐 간단한 이야기지. 단시간에 네놈을 죽일 수 있는 경지에 도달할 수 없다면."

피식 웃으며 아더가 아스칼론을 들어 탄을 겨눈다. 이미 그는 인간이라는 정체성을 버린 것이나 다름없는 상황이 되었으나 그렇다 하더라도 아직 그 육신이 남아 있으니 생전의 기교를 이용해 싸우는 데에는 아무런 문제가 없었다.

"그냥 널 죽일 수 있는 무기를 들기로 한 것뿐이야."

번쩍!

빛이 폭발한다. 점점 더 커져만 간다. 탄은 자신의 영성을 자극하는 불길한 느낌에 마력을 터뜨리며 소리쳤다.

"까불지 마라! 그깟 잡기로 감히 나를 상대할 수 있다고 보나?"

"아직도 내 말을 이해하지 못했군. 나는 이걸로 너를 상대하려는 게 아니야. 나는 그냥."

슬쩍 자세를 낮춘다.

"그냥."

그리고 그대로 아스칼론을 내찌른다.

"그냥 죽일 것이다."

서걱!

너무나 간단히, 마치 푸딩을 자르듯 절대의 방벽이나 다름없는 탄의 결계를 가르고 들어간다. 탄은 경악해 아스칼론을 바라보았다.

'어떻게?'

그러나 짓쳐들어오고 있는 검신의 모습에 더 이상 생각할 여유가 없다. 다행히 찰나의 찰나조차 인식이 가능한 그였기에 찔러 들어오는 아스칼론의 궤도를 생생하게 볼 수 있다.

'막아? 피해?'

벼락같은 공격이었지만 대마법사인 그라면 충분히 새로운 방어술식을 짤 수 있었다. 공간을 넘어 공격 자체를 피하는 것 역시 가능하다.

이미 그의 결계를 가르고 들어온 공격이었지만, 대마법사인 그는 아스칼론에 더 이상의 여력이 없다는 것을 눈치챌 수 있었다. 막아도 되고 피해도 된다. 그는 단지 선택하기만 하는 입장이었던 것이다.

그러나.

"뭐?"

그 긴박한 순간에, 그는 무심코 입을 열어 신음하고 말았다. 왜냐하면 당연히 고를 수 있던 선택지 중 그 어떤 것도 고르지 못했기 때문이다.

그리고 그렇게 멈칫한 탄의 가슴에.

푸욱.

용을 죽이기 위한 검이 박혔다.

    ＊   ＊   ＊

 병아리 사이에서 독수리가 태어났다면, 과연 그는 어떤 시선으로 세상을 보게 될까?
 처음으로 세상을 [이해]하게 되었을 때 세영이 느낀 것은 지독한 이질감이었다.
 그는 누구와도 달랐다. 심지어 그를 세상에 태어나게 한 모친에게조차, 그는 일말의 소속감도 느끼지 못했다.
 "어머니."
 "…응? 으응? 어? 어어? 지금 네가 말한 거야?"
 혜란이 자신의 자식인 세영과 처음 [대화]를 한 것은 신생아실에서 그를 받아 집으로 간 후였다. 조리원으로 가라는 주변의 조언이 있었지만 예전부터 스스로의 건강에 자신이 있던 데다 아무리 좋은 조리원이라도 집이 더 안전하고 위생적이라고 판단한 그녀가 자신의 아이를 집 안에서 돌보기 원했기 때문이다.
 그리고 그렇게 집으로 들어서는 바로 그때 입을 열었다.
 그녀의 품에 안겨 있던 세영이.
 "조용히. 긴히 드릴 말씀이 있으니 호들갑 떨지 마세요."
 "……."
 제대로 대처할 수 있을 리가 없다. 생후 1개월도, 1주일도 아니고 고작 3일째. 그리고 그가 한 말은 아기의 칭얼거림 같은 것도 아니었다.

"멍청한 표정은 거기까지. 실망스러운 모습을 보이지 마세요."

"시, 실망?"

"그래요. 실망."

세영은 그런 아이였다.

아이를 데리고 돌아다닐 수 없었다. 돌잔치 같은 건 꿈도 꾸지 못한다. 물론 잠깐잠깐 정도는 참아주었기에 친정집에 데리고 간다거나 하는 일은 가능했지만, 기본적으로 세영은 거만하고 차가운 성격이었다.

"자식이라고 생각하지 마세요. 저도 그러니까."

그는 천사같이 귀여운 아이가 한다고는 믿을 수 없을 정도로 차갑고 또박또박하게 말했다.

"다만 저를 낳고 키워주신 은혜가 있으니 말년은 세상 그 누구도 부럽지 않은 호화로운 삶을 살게 해드리지요. 저에게는 그럴 만한 능력이 있을 거라는 것 정도는 당신도 짐작하고 있겠지요?"

세영은 대단한, 역사적이라 말해도 부족할 정도의 천재였지만 오히려 그랬그에 인정(人情)이라는 개념을 이해하지 못했다. 다만 받은 게 있으니 돌려준다는 식.

"잠깐. 하, 하나만 물어도 될까?"

"물론이죠."

"너는… 내 아이가 맞니?"

"정확하게 당신의 자식이 맞습니다. 외계인도 뭣도 아닌 순수한 인간."

그러나 그럼에도 그는 인간이라는 종 자체에 아무런 애착이 없었다. 적어도 그가 느끼기에, 자신을 제외한 모든 인간은 열등종에 불과했기 때문이다.

하긴 어쩌면 당연한 일일지도 모른다. 하늘을 날아다니는 독수리가 바닥을 기어 다니는 닭을 어찌 동족으로 인식할 수 있겠는가?

그러나 그는 동시에 인간이 세상을 지배하는 패자라는 것 역시 이해하고 있었다. 그리고 자신의 모친에게 이렇게 차갑게 구는 것보다는 적당한 아이의 모습을 연기하며 시간을 버는 것이 좋다는 것 역시 알았다.

'하지만 필요 없어. 이 여자는 무르다.'

그것을 본능적으로 파악했기 때문에 그는 자신을 밝혔고 그랬기에 그는 그녀의 도움에 힘입어 더욱더 빠르게 성장할 수 있었다. 세상을 통제하고 누구에게도 지배받지 않는 힘을 키우기 위해.

만일 그가 그렇게 자랐다면⋯ 어쩌면 인류는 자신들을 암중에서 지배하는 마왕을 마주하게 되었을지 모른다. 인간을 자신보다 하등한 존재로 여기고 그들을 지배하기를 원하는 인류 이상의 존재.

그러나 세상에는 예측할 수 없는 고난이라는 게 있었고⋯⋯.

"어휴 깜짝이야."

그것은 너무나도 빨리 다가왔다.

"꼬맹이가 뭐 이래? 놀랐잖아."

"끄윽⋯ 하윽⋯⋯."

칼에 찔린 채 바닥에 쓰러져 있다. 방심하지 않았지만 치명적인 상처를 입고 말았다. 아무리 그가 백경의 재능을 가지고 있다 하나… 아직 1살도 되지 못한 아이의 육체 능력에는 한계가 있다.

"아악! 세영아!"

비명을 지르는 혜란의 상태 역시 그렇게 좋지는 못하다. 어디를 어떻게 당한 것인지 전신에 힘이 들어가지 않고 칼에 찔린 부위에서는 연신 피가 흐르고 있는 상황.

"어째서… 어째서?"

혜란은 항상 봐왔던 선량한 얼굴에서 느껴지는 흉포함에 경악을 금치 못했다.

"어째서긴 뭐 어째서야."

이것은 그녀가 조심하지 못했다거나, 주변을 너무 경계하지 않았기에 일어난 일은 아니었다. 왜냐하면 그는 바로 아파트 같은 층에 거주하던 이웃사촌이었던 것이다.

"당연히 그냥이지."

모든 살인자는 누군가의 이웃이다, 라는 모 영화의 캐치프레이즈가 현실에서 벌어졌다. 경찰의 수사에 긴 시간 은거하고 있던 이웃의 연쇄살인마가 혜란이 혼자 사는 미망인이라는 사실을 알고 방문한 것이다.

"세, 세영이를 해치지 마세요. 도, 돈은 달라는 대로 드릴 테니까……."

"에이~ 에이에이에이 안 돼~ 아줌마는 나 얼굴을 알잖아? 게다가 이 자식 때문에 이빨이 나갔는데 그냥 놔둘 수는 없지."

목장갑을 낀 사내는 실실 웃으며 세영의 머리를 걷어찼다.

퍽!

쓰러져 신음하던 세영이 비명도 못 지르고 바닥을 뒹군다. 사내는 신기하다는 표정을 지었다.

"이 새끼 참 튼튼하기도 하지. 보통 이렇게 차면 죽던데?"

작은 동물들에서부터 시작해 성인 여성까지 다수의 생명을 해쳐온 사내는 상대의 어디를 어느 정도의 힘을 가격하면 그 대상이 죽는지 잘 알고 있었다. 하지만 그럼에도 그에게 얻어맞은 해괴한 꼬맹이는 죽기는커녕 혼절조차 하지 않는다. 아니, 오히려 눈을 부릅뜨고 자신을 노려보는 게 아닌가?

"이 새끼 봐라?"

사내는 입가에서 흐르는 피를 슥 닦아내고 식칼을 들었다. 평소라면 좀 더 고통을 주다가 죽이겠지만 이번만큼은 그도 그러지 않았다. 왜냐하면 바닥에 쓰러져 있는 세영에게서 위기감을 느꼈기 때문이다.

동종 살해자인 그는, 온전한 인간도 짐승도 아닌 그 사이의 무언가가 되어버린 이 연쇄살인마는 현대사회를 마치 정글처럼 노니는 이였기에 더더욱 본능이 강했고, 그렇기에 알 수 있었다.

그의 앞에 있는 것은 유치원생으로 보기에도 너무나 어린 아이였지만… 그럼에도 그는 맹수(猛獸)다.

'방심하지 말고.'

그리고 그렇기에 그는 식칼을 단단히 잡아 들었다. 껄렁껄렁한 태도를 보이고 있었지만 그 역시 긴장하고 있었던 것이다.

'죽인다.'

다행히 상대는 몇 번의 타격으로 저항할 힘을 잃어버린 상태. 그러나 그가 벼락처럼 덤벼드는 순간이었다.

"안 돼!"

푸욱!

휘둘러진 칼에 찔린 것은 세영이 아닌 혜란이다. 그녀 역시 정상적인 몸 상태가 아니었음에도 필사적으로 몸을 날린 것이다.

"아~ 이 아줌마가 진짜."

사내는 놀라지 않았다. 아이를 둔 어미의 눈물 나는 모성애는 그에게 있어 새삼스러울 것도 없는 일이었으니까.

"제발. 제발 제가 뭐든 할 테니까……."

"저리 꺼져!"

푸욱! 촤악!

칼이 마구 휘둘러졌지만 혜란은 필사적으로 세영을 감쌌다. 살이 갈라져 내부가 드러나고 피가 철철 쏟아져 나왔지만 그럼에도 아랑곳하지 않는다.

"아~ 정말 귀찮게 하네. 이렇게 눈물 나는 모성애를 보이시면 제가 꼭 나쁜 사람 같잖아요?"

사내의 얼굴에 참을 수 없는 미소가 피어오른다. 그의 나쁜 버릇이 도진 것이다. 금수저를 물고 태어나 엘리트로서 살아가야 했던 그의 운명을 뒤틀어 버린 살인마 특유의 잔혹함.

그러나 자신이 맹수를 상대하고 있다는 사실을 잊은 방심은 그에게 있어 너무나 크나큰 실책이었다.

한순간 세영을 잊고 혜란에게 칼을 휘두르던 그를 노리고 뭔가가 솟구쳐 오른 것이다.

빠각!

벼락처럼 휘둘러진 은빛이 사내의 턱을 올려치자 제법 단단하게 단련된 몸이 휘청거린다. 사내는 이를 악물며 자신을 공격한 물건의 정체를 확인했다.

"구, 국자? 이, 이 새끼가 지금 국자 따위로……."

이를 갈며 자세를 바로잡으려 하지만 흔들린 뇌는 균형을 잡아주지 못한다. 자신의 팔을 채찍처럼, 그리고 손에 들린 국자를 채찍 끝에 달린 추처럼 날카롭게 휘두른 세영의 공격이 상상 이상의 타격을 안겨주었던 것이다.

그리고 그렇게 휘청이는 그를 향해 다시 국자가 휘둘러지고—

뻑!

그것이 그의 마지막 기억이었다.

"어머니."

세영은 쓰러진 사내를 돌아보지도 않고 혜란을 향해 달려들어 벌어지는 상처를 싸매고 쏟아져 내리는 내장을 밀어 넣었다. 그러나 이미 상처가 너무나 중하다. 숱한 살인 행위를 벌여왔던 살인마가 휘두른 칼은 단순한 위협용이 아니었기 때문이다.

"세영아… 세영아 괜찮니? 어디 다치지는 않았어?"

"지금 남 걱정할 때입니까?"

신경질을 내고 있지만 그럼에도 흔들리는 눈을 감추지 못한다.

그녀가 죽어가고 있다.

"어째서."

혜란이 세영을 향하던 칼을 대신 맞았을 때 살인마 사내는 놀라지 않았다. 아이를 둔 어미의 눈물 나는 모성애는 그에게 있어 새삼스러울 것도 없는 일이었으니까.

그러나 세영에게는 아니었다.

"대체, 어째서?"

세영은 혼란에 빠졌다. 왜냐하면 조금 전 그녀가 [진심]으로 그의 목숨을 스스로의 것보다 더 우선했다는 사실을 눈치챘기 때문이다.

"어째서라니."

밀려드는 고통에 허덕이면서도 혜란은 웃었다. 언제나 어른스럽던 그녀의 자식이 처음으로 아이 같아 보인다.

"이제 보니 세영이 너 헛똑똑이였구나."

백경의 재능을 가지고 태어난 아이는 가히 괴물이라 할 만한 존재이지만, 그렇다 하더라도 지금의 그는 아이에 불과하며, 그렇기에 그의 자아[Ego]는 아직 미성숙했다.

그리고 그런 그에게 혜란이 보여준 절대적이고 무조건적인 사랑[Agape]은 어마어마한 영향을 주었다. 용노의 자아가 분노와 두려움으로 성립되고 리아 슈미트의 자아가 외로움으로 성립되었다면, 세영은 혜란의 사랑과 희생으로 성립된 것이다.

"세영아, 나의 아이야… 나는 절대 이유를 가지고 널 사랑하는 게 아니란다. 네가 특별한 사람이 되어 나를 호의호식할 수 있도록 하기를 원하는 것도 아니고 네가 반드시 훌륭한 사람이 되어서 나에게 명예를 주기를 원하지도 않아."

입가에서 피가 흘러내린다. 부상은 너무나도 치명적이어서, 그녀를 지금 이 상태 그대로 병원에 옮긴다고 해도 가망이 없을 정도다.

"하지만… 하지만 이런 건."

"울지 마렴, 세영아. 나는 괜찮단다."

진정 기쁘다는 듯 화사하게 웃으며 혜란이 말했다.

"엄마니까."

*   *   *

점점 의식이 명료해진다. 아더는 헛웃음을 흘렸다.

'이런… 잠깐 기절했었나.'

아더는 격한 탈력감을 느꼈지만 정신을 집중해 아스칼론을 단단히 삼았다. 기절했다고 하지만 그 시간은 고작해야 찰나. 고개를 든 그의 앞에는 심장을 관통당한 탄의 모습이 보인다.

"있을 수 없어. 설마, 설마 그까짓 영혼 몇 개를 섞어서 만들다니……."

분노한 짐승처럼 으르렁거리자 주변 공간이 일렁인다. 그러나 사실 그를 자극하고 있는 것은 분노보다 경악이었다.

"초월병기를……."

이해할 수 없는 일이었다. 탄은 영혼을 단련해 만들어지는 영혼기병(靈魂奇兵)을 많이 봐왔지만 그중 초월병기의 단계까지 올라서는 보물은 거의 없다시피 했다. 하물며 종족 전체의 영혼도 아니고 어마어마한 술식과 자원을 소모한 것도 아닌, 고작 12명의 영혼 [따위]로 어찌 초월병기를 만들어낼 수 있단 말인가?

'아무리 백경의 영혼이 그 근간을 이루었다지만… 이건 전례가 없는 일이다.'

셀 수 없을 정도로 기나긴 세월을 살아온 탄조차도 초월병기가 별다른 기반 시설조차 없이 만들어지는 경우를 본 적은 없다. 예로부터 별다른 자원의 소모 없이 초월병기를 만들었던 것은 상급 이상의 신격들뿐이었으니까.

'누군가 개입한 건가?'

일개 대학생이 자기 집 차고에서 혼자만의 힘으로 지금까지 존재하지 않던 획기적인 컴퓨터를 만들어낸다면 사람들은 놀라워할 것이다. 어쩌면 그를 천재라고 부를지도 모르지.

하지만 그 대학생이 별다른 기반 시설조차 없이 만들어낸 것이 우주왕복선이라면 어떨까? 이번에도 사람들은 그를 단지 천재라 부르며 경탄할까?

아니다. 만약 상황이 그렇게까지 된다면―

그들이 느낄 것은 경탄이 아닌 불신(不信)이다.

'있을 수 없다. 불가능해.'

마찬가지로 탄 역시 그 가능성을 가장 먼저 떠올렸다. 현실적으로, 아니, 비현실적인 요소까지 가미한다 해도 이런 일이 가능할 거라고는 상상조차 한 적이 없으니, 그가 배후를 의심하는 건 너무나 당연하고 자연스러운 흐름이었다.

그리고 그렇기에.

'그러고 보면 태공망 그 녀석이 이곳에 머물고 있었지. 엘로힘 녀석들이 나를, 그리고 노블레스를 견제하기 위해서······.'

탄은 자신의 실수를 되돌릴 [마지막] 기회를 놓치게 되고 말았다.

꾸욱.

"큭!"

아스칼론의 비틀림에 팽팽하게 돌아가던 머리가 멈춘다. 뭐라 표현할 수 없는 기묘한 느낌이 심장을 중심으로 퍼져 나가고 있었다.

"대체······."

뭔가가 진행되고 있다는 섬뜩한 느낌에 인상을 찡그리는 탄이었지만 단지 그것뿐이다. 그는 당장에라도 아더의 몸을 밀어내고 자신의 심장에 파고든 검을 뽑아내고 싶었지만, 만일 그런 일이 가능했다면 지금 이 상황에서 가만히 생각이나 하고 있을 리 없다.

'저항할 수 없다고?'

그는 여전히 무진장의 마력을 제어할 수 있었지만 그럼에도 저항을 하겠다는 [의지]를 일으킬 수가 없었다. 아더가 맨 처음 그의 심장에 아스칼론을 박아 넣었을 때도 마찬가지다. 그는 피할 수도 막을 수도 있었지만, 어째서인지 그는 둘 중 어느 선택지도 고르지 못했다. 그저 홀린 듯 아스칼론을 보고 있었을 뿐.

다른 이들이라면 혼란에 빠져 있었겠지만 대마법사인 탄은 즉시 그 원인을 눈치챘다.

'천룡인의 특성이 적대적인 방향으로 완성되었구나!'

최강의 유저라고 할 수 있는 아더는 빛과 같은 검기를 자랑하는 검사로서 유명하지만 노블레스들이 더 관심을 보인 특성은 그의 소환사로서의 재능, 그러니까 천룡인(天龍人)으로서의 힘이다. 용과 가장 잘 맞는, 용이 보기에 가장 아름답고 편하며 그들의 기운을 증폭시키기 때문에 용들과 함께할 때 완벽한 궁합을 자랑하는 영혼을 가진 자.

노블레스들은 그런 존재를 이 세상 모든 용의 사랑을 받는 자라 하여 드래곤 러버(Dragon lover)라고 불렀는데, 지금 그 드래곤 러버의 영혼이 용들에게 있어서는 최악의 방향성을 가진 영혼기병으로 재탄생된 것이다.

'젠장······!'

탄의 얼굴이 일그러진다. 누구라도 반할 수밖에 없는 절세 미녀가 침대로 밀어 쓰러뜨리면 남자는 육체적으로 저항할 힘이 있으면서도 그러기 힘든 것처럼, 그 역시 휘둘러지는 아스칼론의 검로를 보기만 할 뿐 막지도 피하지도 못했다.

탄 같은 고대룡조차 이러면 안 되는데, 라고 속으로 되뇌기만 하면서 당하고 말 정도로 강력한 힘.

그러나 알고서도 이겨내지 못할 정도로 절망적인 특성이냐고 묻는다면 역시 아니다. 보통의 노블레스들이라면 힘겨웠겠지만 그는 억겁의 시간을 살아온 존재인 것이다.

"건방진―!!!"

거대한 마력의 폭풍이 휘몰아치자 아더가 쓴웃음을 짓는다.

"이런, 대단하군. 아스칼론에는 무력화 기능도 있는데 그걸 심장에 찔리고도 이 정도 힘을 쓸 수 있다니."

"네놈, 정말."

분노가 극에 이르자 오히려 차분해진다. 마침내 탄은 잠시나마 자신을 붙들어 세웠던 욕심을 내던졌다.

"처리할 수밖에 없겠구나."

고오오오오―――――!!!

폭풍처럼 몰아치는 영기가 아더를 날려 버렸다. 아더는 아스칼론의 손잡이를 잡고 버텼지만, 마치 찰흙으로 만들어진 것처럼 가볍게 그의 팔이 뜯겨 나가 바닥을 뒹굴었다.

"아더!"

"제길, 방진을 짜!"

주변을 포위하고 있던 마스터들이 그를 보호하기 위해 다가왔지만, 결과적으로 말해서 그것은 실수였다.

펑! 퍼버벙!

거의 동시에 수십의 마스터가 제대로 된 비명조차 지르지 못한 채 터져 나간다. 지금까지와 전혀 다른 전투 양상에 경악한 마스터들이 멈칫한다.

"뭐야? 뭐가 어떻게 된 거야?"

"어째서야? 귓속말이 안 돼!! 아니, 그걸 넘어서 아예 친구 목록 창에서 사라져 버렸어……."

마스터들이 탄과 비교적 대등한 전투를 유지할 수 있었던 것은 마스터들의 강함 때문이기도 했지만, 거기에 더불어 유저로서의 특성 때문이기도 하다.

불사성(不死性).

그것은 유저의 가장 강력한 특성 중 하나이다. 본체는 전장이 아닌 안전한 곳에 위치하기 때문에 전투 중에 죽더라도 그것은 진정한 의미에서의 죽음이 아닌 것.

때문에 그들은 절대적인 강함을 가지고 있는 탄에게 거침없이 덤벼들 수 있었다. 어차피 죽어도 죽는 것이 아니니까. 페널티를 좀 감수하면 살아날 수 있으니까.

그러나 탄이 진심이 되며 상황은 달라졌다.

"어차피 밑바닥까지 왔다면… 감수해야겠지."

탄은 아직까지도 마스터들 영혼을 자신의 [재산]이라 생각하고 그것을 훼손하는 데 거리낌이 있었다. 마스터들을 마구 죽이는 것처럼 보일지 몰라도, 적어도 그들의 영혼에는 아무런 피해를 입히지 않았던 것이 바로 그런 이유.

그러나 지금, 탄은 그 금제를 풀었다.

퍼버벙!

다시금 몇 명의 마스터가 터져 나간다. 물리적인 폭발이 아니라 시체조차 남기지 않은 채 마치 허깨비처럼 [삭제]되어 버리는 것.

강력한 탱커였던 만큼 탄을 정면으로 마주하고 있던 아돌 역시 그 공격에 노출되었다.

펑!

"크… 억!"

방어력 하나만큼은 천외삼천과도 비견할 만하다 평가받는 최강의 탱커, 아돌은 심장이 뜯기는 것만 같은 고통을 느끼며 땅을 뒹굴었다. 몸에는 아무런 상처도 없다. 장비도 멀쩡하다. 그러나… 그는 자신이 돌이킬 수 없는 타격을 받았다는 사실을 알았다.

"멸혼기!"

"크윽. 역시 운영자 출신이라 마르둑 시스템을 회피할 수 있는 건가……."

"일단 물러서!!"

여태껏 두려움 없이 덤벼들었던 마스터들이 대경해 물러섰다. 차라리 뭔가 강력한 공격을 하고 그것을 막지 못해 아군들이 죽어나갔다면 또 모르겠는데 탄에게 접근하는 것만으로 아돌을 제외한 모든 탱커가 사망했기 때문이다.

"이런… 고작해야 인간들을 상대로 꼼수를 쓰다니. 위대한 용종으로서 부끄럽지 않나?"

탄과 마주하고 있던 아더가 쓴웃음을 짓는다. 왜냐하면 탄이 디오의 운영자로서 숙지하고 있던 시스템의 빈틈을 이용했다는 것을 알았기 때문이다.

디오에는 존재하는 마르둑 시스템(Marduk system)은 정신에 대한 간섭과 영체 공격에서 유저들을 보호하는 강력한 방어 기능을 가지고 있다. 물론 모든 방어 시스템이 그러하듯 그것이 절대적이라고 말할 수는 없었지만, 적어도 일견(一見)하는 것만으로 일정 범위 안에 있는 모든 마스터의 영혼을 이 세상에서 삭제하는 멸혼기(滅魂技)를 발동할 수 있을 정도는 아니다.

이건 그가 디오를 운영한 경험으로 마르둑 시스템의 빈틈을 파악해 놓았다고밖에 볼 수 없는 결과였다.

"정말이지 끝까지 내 신경을 긁는군."

탄은 여전히 아스칼론을 심장에 박은 채 아더를 바라보았다.

이미 자신의 영혼을 영혼기병 아스칼론을 만드는 데 소모해 버린 그는 멸혼기에 타격을 입지 않는다. 사실상 여기에 있는 그는 강한 염(念)에 의해 유지되는 허깨비에 불과하기 때문이다.

"뭐, 그래도 원망은 많이 사그라졌어. 역시 복수는 허망하다는 말은 다 개소리였나 봐."

아더의 몸이 허공에 둥실 떠올라 자신을 내려다보고 있던 탄과 눈을 마주친다. 그의 몸은 점점 희미해져 건너편이 보일 정도다.

"…무슨 소리지?"

이해할 수 없다는 탄의 대답에 아더는 웃었다.

"그야 복수를 이미 했다는 이야기지."

이미 아더의 눈에는 지금껏 그를 휘감고 있던 광기가 사라지고 없다. 극도로 차분하고 안정된 분위기. 그리고 그 모습에 탄이 불현듯 웃음을 터뜨렸다.

"큭! 하하! 푸하하하하! 뭐? 복수를 했다고?"

"그래."

"이 검을 내 심장에 꽂아서?"

"맞아."

아더는 노골적인 비웃음에도 아랑곳하지 않고 고개를 끄덕였다. 그리고 바로 그때.

―까드득!

바위를, 강철을, 혹은 그 이상의 단단한 무언가를 우그러뜨리는 것 같은 소리가 주변에 있던 모든 이의 정신에 섬뜩하게 파고든다. 멀찍이 거리를 두고 탄을 포위하고 있던 마스터들이 자신도 모르게 몸을 떨었을 정도로 강렬한 울림.

그러나 너무나 당연하게도, 그들이 느낀 감각은 그 당사자가 느낀 감각과는 차원이 다르다.

"…뭐?"

사실 탄이 아스칼론에 심장을 찔리고 느낀 경악과 당황은 반쪽짜리 초월자에게 당했다는 사실 자체의 문제일 뿐 그것이 위기감으로 이어지지는 않았었다. 인간 형태를 하고 있는 그의 육신은 어차피 허상. 당장 심장에서 아스칼론을 뽑아낼 수 없다 하더라도 어차피 즉사가 아닌 이상 이까짓 부상 따위 이 행성을 벗어나는 것만으로 상황은 해결된다는 사실을 알고 있었기 때문이다.

현재의 그는 중급 신의 권능을 가진 초월자.

성게신이 펼쳐놓은 레벨 다운에서 빗어나는 그 순간 이까짓 부상은 부상조차 아니다. 아스칼론이 아무리 초월병기에 이르렀다 해도, 일격에 중급 초월자를 죽일 정도는 아니었기 때문이다.

그리고 그렇기에 탄은 아더의 공격에 당황하면서도 다만 자존심에 상처를 입었을 뿐, 결과만 놓고 보면 공짜로 초월병기 하나를 얻어낸 상태라고 판단했었지만.

지금 이 순간 그는 자기가 중대한 착각을 했다는 것을 알았다.

"내가 왜 초월병기의 근간을 엑스칼리버가 아닌 아스칼론으로 정했는지 모르겠나?"

"…네놈."

뿌드득!

뿌득!

뿌리를 내린다. 그리고 과정을 멈추지 못해 당혹스러워하는 탄을 보며 아더는 싱긋 웃었다.

"마스터 웨폰은 일정 시간만을 현현해 사용하는 일종의 소환 병기지만 어차피 영혼을 단련해 만들어내는 영혼기병이라면 얼마든지 엑스칼리버를 그 기반으로 삼을 수 있지. 어디 그뿐이겠어? 광자화의 특성으로 굳어진 내 영혼을 근간으로 한 초월병기라면 금(金)과 수(水)속성의 아스칼론보다는 뇌(雷)와 광(光)속성을 가진 엑스칼리버가 더욱 강력한 출력과 적성을 보이는 것이 당연해."

그러나 그럼에도 아더는 자신이 만들어낼 초월병기의 궁극적인 강점을 잃어버리는 것을 감수하면서까지 엑스칼리버가 아니라 아스칼론을 선택했고, 그 사실을 깨달은 탄은 아스칼론의 이명(異名)을 떠올렸다.

"…용살검(龍殺劍) 아스칼론(Ascalon)."

"그래. 이건 용살검이기에 가능한 일이지."

용을 쓰러뜨린 성검의 이름을 따서 만들어졌다는 그 SS급 마법기는 아더가 심해에 존재하던 해룡의 신전에서 지그문트와 싸워 얻은 디오 최강의 무구 중 하나이다.

지그문트는 아스칼론을 넘겨주며 아더에게 그 유래를 말해주었고 디오의 운영자였던 탄 역시 그것을 알고 있었다.

'용들에 의해 멸망한 고대 인류가 종족의 명운을 담아 만든 검.'

그들은 아스칼론을 완성했음에도 결국 패배해 멸망의 길을 걸었지만, 오히려 그렇기에 그들이 만들어낸 역작은 망실(亡失)되는 대신 용들의, 노블리스의 전리품이 되어 디오로 흘러들어오게 되었다. 그 제작 의도부터가 용들의 심기를 건드릴 수밖에 없는 무기였음에도 노블레스들이 파괴하기보다 전리품으로 삼았을 정도로 빼어난 완성도를 가지고 있었던 것이다.

1. **드래곤 슬레이어(Dragon slayer)**
2. **종말의 나무**
3. **퍼시픽(Pacific)**
4. **멸룡아(滅龍牙)**

오직 용족을 해치기 위해 짜 올린 이 4개의 술식은 용들조차도 크게 손볼 곳이 없다. 마법의 종주로서 그 명성을 전 우주에 떨친 용들이 그러할 정도라는 것을 생각해 보면 이 검을 만든 존재가 얼마나 용들을 증오하는지 알 수 있는 상황.

그리고 지금 그 검이.

뿌득! 뿌드득!

탄의 심장에 틀어박혀 뿌리를 내린다. 탄의 강대한 마력이 오히려 그 연료가 되어 아스칼론과 그의 결합을 어마어마한 속도로 강화시키고 있었다.

"네가 죽지 않는 이상 그 검은 절대 빠지지 않는다. 이미 이 검은 네 영혼에 닻을 내렸으니 설사 여기서 살아남더라도 이 상처와 고통은 영원히 함께할 것이다."

아더의 말에 탄은 필사적으로 자신의 심장에 파고드는 마력에 저항했지만 이미 늦었다. 아스칼론이 심장에 박히는 순간 온 힘을 다해 몰아내었으면 가능했을 일일지도 모르지만, 그의 오만과 편견은 그런 가능성을 없애 버렸다.

"하, 하하! 하하하하! 네놈 따위가… 버러지가… 감히!!!"

쿠르릉!!

악귀처럼 얼굴을 일그러뜨리자 주변 공간이 마치 살아 있는 짐승처럼 으르렁거린다. 그 기세는 너무나 무시무시해 주변을 포위하고 있던 마스터들조차 제자리에 주저앉을 정도였지만, 이미 아더에게는 그 목소리가 닿지 않는다.

'어머니……'

아더의 몸이 손끝에서부터 빛으로 화하기 시작한다. 그의 영혼은 용살검을 완성하기 위한 재료로서 소진되었으니 당연하다면 당연한 결과였다.

'어머니……'

점점 흐릿해지는 아더의 의식 사이로 누군가가 나타난다. 이미 그의 영혼 속에서 녹아내린 울드가 웃으며 그의 손을 잡았다.

'어서 가요. 아더, 아니, 세영.'

'그래……'

그리고 그것을 마지막으로 아더의 모습이 남김없이 사라진다. 남은 것은 오직 탄의 가슴에 박혀 있는 아스칼론뿐이었다.

"아더… 이놈……!! 아더……!!!"

분노와 광기가 가득한 탄의 포효에도 아더는 더 이상 없다.

좋은 아들이자 인류의 영웅, 그리고 나아가 인간들의 신으로서 인류의 앞을 밝히던 아더의 존재가 마침내 꺼져 버린 것이다.

그러나… 그럼에도 그의 삶은 많은 존재의 뇌리 속에 아주 강렬하게 남았다.

마치 섬광(閃光)처럼.

Chapter 59
레비아탄(Leviathan)

쿠구구구구…….

휘오오오오ㅡㅡㅡ!

하늘 끝에서부터 어마어마한 먹구름이 몰려온다. 사나운 바람이 사방을 할퀴듯 몰아치고 묵직한 뇌성이 쉴 새 없이 울린다.

"어떻게 된 거야? 분위기가 심상치 않은데? 뭔가 최후의 일격 같은 걸 날린 분위기이긴 한데… 저 녀석 죽을 것 같지가 않아."

"젠장, 아직도 끝이 아니라니……."

"이제는 아더도 없는데 저 괴물을 상대해야 한단 말인가……."

유저들의 전투력이 놀라울 정도로 뛰어나긴 해도 그렇다고 초월자를 맞상대할 수준은 절대 아니다. 지금까지 탄과 대등하게 싸울 수 있었던 것은 어디까지나 아더가 그의 정면을 맡아주었기 때문이니까.

다른 마스터들은 단지 전투를 보조할 수 있을 뿐 탄의 정면을 맡는 것이 불가능하다. 주공(主攻)이 빠져 버린 지금 탄이 아까와 같은 신위를 발휘한다면 그들 모두가 죽은 목숨이나 다름없는 것이다.

"크윽… 아더!! 크아아!!"

탄은 아스칼론의 손잡이를 잡고 고통의 신음을 토했다. 지금의 그가 빈사 상태에 몰린 것은 절대로 아니다. 묵시록의 마수라 불리는 그의 생명력은 고작 인간의 공격 따위에 사그라들기에는 너무나도 강력했기 때문이다.

그러나… 그럼에도 그는 아스칼론을 뽑아낼 수 없다.

"네가 죽지 않는 이상 그 검은 절대 빠지지 않는다. 이미 이 검은 네 영혼에 닻을 내렸으니 설사 여기서 살아남더라도 이 상처와 고통은 영원히 함께할 것이다."

뿌득, 뿌드득.

탄의 육신이 무너져 내리고 있다. 심장에 박힌 아스칼론이 강대한 마력에 뿌리를 내리자 위기감을 느낀 그의 영혼이 껍데기에 불과한 인간 형태를 벗어버리기 시작하는 것이다.

"크윽……!!"

토해지는 비명. 그리고 그 순간—

탄의 몸이 폭발했다.

"뭐, 뭐야?!"

"물러나!"

폭발한 탄의 몸이 사방을 휩쓸었다. 정확히 말하자면, 그것은 폭발이라기보다 확장에 가까운 개념. 인간의 형상을 하고 있던 탄의 육신이 한순간 암청색으로 변해 온 세상을 뒤덮는 광경에 놀란 마스터들이 비명을 지르며 사방으로 흩어졌지만, 그보다 암청색의 기운이 더 빨랐다.

콰득!

콰드득!

암청색의 기운들이 마치 굶주린 아귀처럼 자신과 접촉하는 마스터들을 씹어 삼킨다. 마스터 중에서도 특별히 강력한 존재들은 어떻게든 그것을 피해 거리를 벌릴 수 있었지만, 그러지 못한 이들은 그대로 그 안으로 빨려 들어갔다.

콰르르르!

"막아봐! 수분쐐기는 안 먹혀!"

"전혀 반응이 없어! 자연술식이거나 마법이 아닌 것 같아!"

마스터들이 도저히 피할 수 없을 정도로 짓쳐들어오는 암청색의 파도에 비명을 지르는 모습에 크루제가 자리에서 일어나 저격총을 바닥에 내던진다. 저격총은 오오라로 환원되어 사라지고 그만큼 그녀의 메모리에 여유가 생겼지만, 지금 필요한 것은 고작 그 정도의 용량이 아니었기에 지금껏 아끼던 비장의 수단을 사용한다.

"신기 가동! 허무의 왕관(Crown of Nihility)."

중얼거림과 함께 화려하게 빛나는 백색의 왕관이 크루제의 머리에 씌워진다. 그것은 그녀의 메모리(Memory)를 순간적으로 증폭시키는 신기. 그리고 그 압도적으로 늘어난 메모리 안에서 크루제는 새로운 병기를 인스톨했다.

"한정무구(限定武具) 가동! 나와서 부숴라! 박살 내라! 어스 브레이커!"

인력과 척력을 지배하며 자체적으로 벡터를 조작하는 제4문명의 전략 병기가 모습을 드러낸다. 본디 개인화기가 아니라 테라급의 거대 함선 중에도 극히 일부만이 활용할 수 있는 초과학의 산물이거늘 크루제가 지금 이 자리에서 그것을 [검]의 형태로 재현해 낸 것이다.

어스 브레이커는 벡터 그 자체를 조작하는데 그 방향성은 물론이고 힘의 크기까지 조작하는 레벨에 이르면 그 자체만으로도 물리법칙을 붕괴시킨다. 병기의 존재 자체가 질량 에너지 법칙을 무시하기 때문이다.

이론상 주어지는 에너지만 무한하다면 어스 브레이커의 출력 또한 무한하다. 더욱더 무서운 것은 그 방향성이 완전히 통제되고 다양성도 갖췄다는 것. 그렇기에 어스 브레이커는 테라포밍이나 행성 파괴에 주로 활용되며, 어스 브레이커(Earth braker)라는 이름이 바로 여기에서 비롯된 것이다.

쿠우우우————!!

거대한 척력의 파도가 몰려오는 암청색 기류와 충돌한다. 크루제는 평소 어스 브레이커를 일종의 벡터 캐논으로 활용해 왔지만 탄의 몸에서 뿜어진 힘은 고작 그 정도로 막을 수 없다고 그녀의 본능이 경고했기 때문이다.

과연 그녀의 판단은 탁월했는지 거대한 척력의 파도가 무시무시한 기세로 암청색의 기류를 밀어낸다. 해일이 밀려나는 것 같은 광경은 실로 장엄하기까지 했지만, 그 엄청난 기적을 일으키고 있는 크루제의 얼굴은 시시각각 창백해졌다.

"제… 길! 12초만 쓸 수 있어도 오히려 압축해 버릴 텐데!"

마스터 스킬 되풀이되는 환상(Repeated phantasm)까지 가동했지만 그럼에도 어스 브레이커의 유지 시간은 4초에 불과하다. 벡터 캐논으로 가볍게 사용한다면 20초도 가능하겠지만 탄의 힘은 그 정도로 막아낼 수준이 아니었기 때문. 하지만 그녀가 한계에 도달하는 순간 그녀가 확 밀어놓은 공간으로 뛰어 들어가는 존재가 있었다.

"어스퀘이크(Earthquake), 파트 투(Part two)."

속삭이는 목소리였지만 크루제에게는 마치 천둥소리처럼 들린다. 그제야 크루제는 아크가 전투를 시작함과 동시에 지금까지 단 한 번도 마법을 사용하지 않은 채 캐스팅만 기나실게 이어가고 있었다는 사실을 깨달았다. 기나긴 영창으로 모아놓은 어마어마한 마력은 어지간한 동급의 술식과 비교조차 하기 어려운 위력을 가질 것이다.

하지만.

"이 멍청한! 당장 물러서!! 아무리 블랙야크 학파(Blackyak Sect)의 전투영창이 강력하다 해도 저걸 막을 수는 없어!"

일개 마스터가 가지는 전력에는 한계가 있다. 마스터들이 믿을 수 없을 정도로 빠르게 이능을 깨달아 높은 경지에 올랐다 해도 주어진 시간 자체가 너무나 짧았기 때문이다.

앞으로 10년, 100년, 그리고 그 이상의 시간이 지난다면 또 모르겠지만… 지금 당장 시간이라는 절대적인 벽을 이겨낼 수 있는 건 천외삼천이라는 규격 외의 천재들뿐.

때문에 크루제는 고함을 내지른 후 어스 브레이커를 다시금 불러들이기 위해 정신을 집중했다. 신기의 보정이 없어 영구적인 손실을 감수해도 구현 시간이 1초나 갈지 걱정이었지만 아더가 사라진 지금 탄에게 저항할 수 있는 존재는 자신이 유일하다고 판단 내렸기에 무리를 하려는 것.

하지만 그녀가 어스 브레이커를 다시 불러들이기 전에 아크의 마력이 먼저 격발했다.

"웨일링 월(Wailing Wall)."

콰득.

검은색의 갑주로 둘러싸인 주먹이 대지를 후려치자 탄의 힘에 마치 거울처럼 반듯하게 갈려 있던 대지에 금이 가는가 싶더니 지각이 무지막지한 기세로 솟구쳤다.

"뭐? 뭐야? 뭐야 이건?"

순간 폭발하는 무진장의 마력에 크루제는 물론이고 다른 마스터들까지 할 말을 잊었다. 땅이 흔들리고 있다. 대지가 마치 과자 껍데기라도 되는 것처럼 그 몸체를 들어 올린다. 지각이 통째로 쪼개지기라도 한 것 같은 광경이었다.

쿠구구궁――!

단 일격에 좌우 수십 킬로미터에 이르는 거대한 지각이 통째로 들려 다시금 몰아쳐 오던 암청색의 기류를 가로막는다. 그것은 대지가 단순한 지표의 일부가 아니라 그 자체만으로 어마어마한 힘을 품고 있었기에 가능한 일이다.

　우우우----!

어지간한 도시 정도는 가볍게 매장할 어마어마한 대지의 벽이 자신들의 앞을 가로막아 주자 필사적으로 물러나고 있던 마스터들이 바닥에 주저앉는다.

"뭐야? 뭐가 어떻게 된 거야?"

"다들 괜찮아?"

정신을 차리고 보니 전투를 촬영하던 촬영팀이 있는 곳까지 밀려온 상태. 그들은 서로의 안위를 확인하며 벽 너머로 끝없이 그 크기를 불려 나가고 있는 암청색 기류를 바라보았다. 이미 탄의 모습은 어디에서도 확인이 불가능하다.

"저 녀석… 저 녀석은 뭐야?"

그리고 그 와중에도 크루제는 아크의 모습을 바라보고 있었다. 거의 기적이나 다름없는 힘을 발휘했음에도 그녀는 비교적 평온해 보인다.

"크루제, 방금 그거……."

"응."

크루제는 미처 날뛰려는 자신의 오오라를 간신히 제어하며 답했다.

"궁극마법……."

기가 찰 일이다. 그녀는 이해조차 할 수 없었다. 이건 단순히 성장했다고 판단하기에는 너무나 맥락 없는 변화가 아닌가? 차라리 멀린이 그랬다면 이해라도 하겠는데 그냥 적당히 뛰어나다고 생각하던 녀석이 궁극마법이라니?

그러나 상황은 그녀를 더 지켜볼 수 없을 정도로 급박하게 흘러간다.

쿵!

"어, 어어 이거 설마……."

거대한 대지의 벽에 가로막혔지만 암청색의 기류는 끝도 없이 확장했다. 마치 끝도 없이 부푸는 풍선처럼 암청색의 기운은 온 세상을 뒤덮을 듯 커졌다. 어지간한 도시 하나쯤은 가볍게 뒤덮을 만한 대지의 벽조차 뛰어넘어 암청색 기운이 벽처럼 솟구쳐 오른다.

그러나 정말 심각한 문제는 단지 그 기운이 커지는 데 있지 않았다.

정말 심각한 문제는.

쿠드드드드득!!!

그 거대한 기운이—

[실체]와 [질량]을 가지기 시작했다는 것이다.

"…말도 안 돼."

인간은 기본적으로 자신보다 큰 [생명체]에 익숙하지 않은 존재이지만 마스터들은 상대적으로 다른 생명체의 덩치에 크게 구애받지 않는다. 개가 자신의 허리춤이 넘는 덩치만 가져도 본능적으로 두려움을 느끼는 평범한 현대인과 거대한 [적]과 신물나게 싸워온 플레이어가 같은 입장일 수는 없으니까.

그러나 지금 이 순간, 그들의 전투를 촬영하던 일반인들도, 드래곤과의 전투마저 수행했던 마스터들도 비슷한 감정을 느꼈다.

쿠오오오—!

단지 [고개를 든다]는 행위만으로도 제대로 서 있을 수가 없을 정도의 광풍이 몰아친다. 일반적인 감각으로는 감히 그 전신을 눈에 담을 수조차 없는 크기.

"뭐야? 뭐야? 대체 저게 뭐야?"

"이런 미친……."

땅이 흔들린다. 그 규모가 막대하다고는 하나 어디까지나 통제되고 있던 아크의 마법과는 본질적으로 다른 그야말로 물리적인 지진. 문제는 그게 뭔가 적대적인 힘 때문이 아니라 그들의 눈앞에 있는 존재의 [하중]을 버티지 못한 대지의 비명이라는 점이다.

일반인이라면 그저 땅이 흔들리는 것만 느꼈겠지만, 마스터들은 온갖 방식의 초인적인 인지능력으로 박살 나는 도시의 모습을 보았다.

그들이 전투를 벌이고 있던 곳은 마탑의 안뜰과도 같은 곳이다. 과거 멀린이 리전과 그로테스크의 공격으로 완전히 파괴되었던 천안시를 통째로 밀어버려 평원으로 만들고 그 한가운데에 마탑을 세웠다는 것을 생각해 보면, 지금 저 [괴물]의 몸에 도시가 [깔리는] 광경이 얼마나 비정상적인지 알 수 있을 것이다.

[맙소사… 이게 대체 얼마나 큰 거야. 천안을 넘어가서 온양… 아니, 이 정도면 평택이랑 진천군까지 날아갔겠어.]

[왼 다리가… 바다까지 닿았어.]

[신장이 몇십… 아니, 이 정도면 백 킬로미터에 가깝군. 이런 생명체가 존재할 수 있다니…….]

비공정에 탑승해 하늘로 날아오른 마스터들이 보내온 무전에 너무나 거대한 괴물의 모습을 제대로 인지하지 못하던 마스터들까지 사색이 되었다.

용종, 그러니까 드래곤 역시 거대한 덩치를 가진 초대형 몬스터였지만, 그래 봐야 몸길이가 100~300미터밖에 되지 않았다는 것을 생각해 보면 이건 그야말로 상식 밖의 존재였기 때문이다.

"이걸 망했다고 해야 하나 영광이라고 해야 하나."

"절망적이라고 해야지."

그리고 혼란에 빠진 인간들과 다르게 그 정체를 파악하고 있는 세 마리의 펫 중 정천과 엘리는 초탈한 기색이다. 사실 그들도 말로만 들었지 탄의 본신을 보는 것은 처음이었다.

"하지만 노블레스의 원로께서 갈 데까지 갔는걸. 설마하니 이런 변두리 행성에서 본체를 꺼낼 줄이야."

"그걸 떠나서 이쯤 되면 엘로힘이라도 출동해야 하지 않을까… 이런 신화적인 전투는 나 같은 소시민과 어울리지 않아서……."

그것은 인간의 존재를 먼지로도 인식할 수 있을까 싶을 정도로 너무나도 크다.

전신을 뒤덮고 있는 암청색의 피부, 머리가 구름을 뚫고 올라갈 정도로 압도적인 체고(體高).

사실 일반적인 용족과 판이하게 다른 외양이다. 굳이 비교하자면 용의 머리에 거북의 몸을 가진 현무(玄武)와 비슷했지만 그것은 어디까지나 전체적인 형태일 뿐 비늘과 털이 공존하는 육신은 그로테스크하기까지 한 수준이었으니까.

마스터들이 그것을 정말 [용종]이라는 카테고리에 넣을 수 있는지 의심할 정도의 외양이었지만 그는 태초부터 존재한 태고의 용 중 하나로 전 우주에 이름이 알려진 존재다. 셀 수 없는 세상을 멸망시키며 메시아와 대적했던 신화적인 존재.

"결국 모습을 드러내고 말았군… 거만한 자들의 왕, 묵시록의 마수."

가만히 있던 오공이 딱딱한 목소리로 입을 연다.

"레비아탄(Leviathan)이."

혹 하고 바람이 분다. 어지간한 도시급 규모의 눈동자가 천천히 떠져 세상을 응시한다. 그 눈에서 느껴지는 압력이 너무나도 강해 직접 마주하고 있는 마스터들은 물론이고 카메라를 통해 그 모습을 지켜보고 있는 전 세계의 모든 이가 공포에 질렸다.

홀로 태산을 마주하는 듯 묵직한 위압감. 영혼까지 태워 버릴 듯 강렬한 증오.

단지 그 눈동자를 보았을 뿐이지만 마주한 모든 이가 거기에서 한 문장의 말(言)을 느꼈다.

―너희가.
―밉다.

카메라로 탄의 모습을 촬영하던 일반인들은 버티지 못하고 자리에 주저앉아 오줌을 지렸다. 심지어 개중 몇은 심장을 부여잡고 바닥을 뒹굴다 이내 움직임이 멈춘다.

"본성 나오는구만……. 수만 년간 해온 이미지 메이킹 다 허공으로 흩날리는 소리가 들려. 뭐, 그나마 사탄(Satan)이 아닌 걸 다행이라고 해야 하나?"

혀를 차는 엘리의 모습에 정천이 고개를 흔든다.

"이곳이 말세(末世)가 아니니 그건 저놈이 원해도 할 수 있는 일이 아니야. 하지만 상태가 심각하긴 심각한 모양이군. 탄 정도 되는 고룡이 스스로의 감정조차 감추지 못할 정도라니."

비교적 차분한 둘에 비해 오공은 안절부절못하고 있다.

"야, 지금이라도 도망가야 하는 거 아니냐? 아니, 엘로힘 놈들은 왜 소식이 없어? 노블레스가 이렇게 막가는데 견제도 안 하나? 신선, 신선 해주니까 재미 들렸는지 신선놀음에 도끼자루 썩는 줄을 몰라!"

"어머~ 우리 위대하고 위대하신 손오공 씨? 평소 그렇게 살랑거리던 선계한테 이 무슨 막말이실까."

"내가 언제 선계한테 살랑거렸다는 거야? 내가 존경하는 건 제천대성님 하나뿐이라고!"

석원(石猿), 돌원숭이라는 이름을 가진 이들은 그 투박한 이름과 달리 노블레스에서도 꽤나 큰 세력을 가진 종족이지만 그 원류라 할 수 있는 존재는 노블레스가 아니라 엘로힘에 소속되어 있다.

제천대성(齊天大聖) 손오공(孫悟空).

그는 엘로힘에서도 몇 없는 최상급의 투선(鬪仙)으로 그 존재감이 [세계]에 새겨진 존재다. 덕택에 이런 변두리 행성에 있는 인류의 잠재의식 속에서도 그 이름이 명확히 튀어나와 그 성명을 지금 그가 사용할 수 있게 되었지만… 지금 상황에 그 이름 따위 아무런 도움이 되지 않는다.

"직접 온다면 모르지만 말이지."

"제천대성님까지는 바라지도 않아! 아니, 적어도 그 아래 급이라도 움직여야 하는 거 아냐? 그것들 매일 질서와 정의를 부르짖으면서 저렇게 난리를."

거기까지 말하고 멈칫한다. 오공은 고개를 들어 탄을 올려다보았다. 가까이에 서면 감히 그 형태조차 제대로 알아볼 수 없는 이 태고의 마룡은, 아무런 움직임 없이 그대로 그 자리에 서 있을 뿐이다.

"난리를… 왜 안 치지?"

이제는 궁극마법도 필요 없다. 그저 대지를 박차고 뛰어올라 한 바퀴 구르기만 해도 세계적인, 아니, 지구적인 재앙이 벌어질 것이다. 너무나 압도적인 질량은, 그 자체로 어지간한 물질병기를 초월하기 때문이다.

그러나 그들이 더 이야기를 진행하기 전에 끼어드는 목소리가 있었다.

"어이, 거기 새."

"정천이라고 불러라."

"그래, 새. 멀린은 아직?"

"뭐… 그렇지."

"늦어도 너무 늦잖아, 그 자식!"

크루제는 바닥까지 떨어진 오오라를 회복시키며 이를 갈았다. 기본적으로 폐쇄적인 성격을 가진 그녀에게 있어서도 아더는 절대 남이라 부를 수 없는 존재였다. 비록 최근에 들어 멀어지게 되었다지만 그가 죽는 모습을 목격하니 가슴이 먹먹한 상태.

그러나 상황은 급박했다. 도저히 아더의 죽음을 애도할 여유가 없을 정도다. 거의 1킬로미터 이상 떨어져 있음에도 머리를 보려면 목이 꺾어져라 고개를 올려야 하는 거대한 탄의 육신은 그것만으로도 어마어마한 박력이 있었기 때문이다.

'결국… 그걸 해야 하나? 지구에서?'

그녀가 지금까지 프로그래밍한 무기들 중 규격 외라고 부를 만한 한정무구(限定武具)는 총 세 가지다. 인력과 척력을 지배하며 자체적으로 벡터를 조작하는 제 4문명의 전략병기 어스 브레이커(Earth braker). 마찬가지로 4문명의 물건이며 시간과 공간을 괴리시켜 그 안의 것들을 절대적으로 보호하는 인피니티 셸터(Infinity shelter).

그리고—

"제노사이더(Genocider)."

3문명의 산물이다. 물론 그것도 아직 2문명에 있는 지구의 기술 수준을 가볍게 넘어가지만 결과물을 던져줘도 지구의 과학자들이 감히 그 구조조차 이해할 수 없는 두 병기와 다르게 적어도 현재 인류가 이해할 수 있는 범위 안에 있는 평균적인 문명레벨의 병기.

그러나 구현이라는 특성상 사용할 수 있는 에너지 총량에 한계가 있다는 것을 생각해 보면… 제노사이더는 앞의 두 병기보다 더더욱 큰 의미를 가진다.

"설마 반물질포(反物質砲)를 사용할 생각이야?"

랜슬롯의 말에 크루제가 이를 악물었다.

"그 수밖에 더 있겠어? 저 덩치를 봐, 직경이 100킬로미터에 달하는 저 괴물을 보라고. 저놈한테 어지간한 공격이 통할 것 같아? 창으로 눈을 찔러도 각막조차 통과하지 못할걸?"

물질에 반대되는 개념을 가지고 있는 반물질(反物質)이 물질과 결합하면 그 순간 대상을 소멸시켜 에너지로 전환시킨다.

반물질이 뿜어내는 에너지는 두 물질을 합친 질량으로, 이론상 반물질이 쌍소멸하면 투입되는 질량의 430억 배에 달하는 에너지가 나온다. 즉, 단 1g씩의 반물질만으로도 TNT 4만 3,000톤의 폭발력을 가지게 되니 핵폭탄보다도 강한 위력을 발휘할 수 있다는 뜻.

작정하고 제노사이더를 사용한다면 그 파괴력이 지구에 어떤 상처를 남길지 크루제조차도 감히 장담할 수 없다. 농담이 아니라 대한민국과 일본, 그리고 중국의 일부 지역에 거주하는 대부분의 인간이 거기에 휘말릴지도 모르는 것이다.

"그게 아니라."

그러나 랜슬롯은 차분한 목소리로 묻는다.

"너, 괜찮은 거야?"

"아……."

크루제의 몸이 휘청거린다. 사실 이미 그녀는 한계에 가까운 상태다. 장시간 초월자인 탄을 견제했고 그녀의 체력과 정신력을 어마어마하게 소모하는 한정무구를 한계치까지 소환했으니 당연한 일.

레비아탄(Leviathan) 107

그리고 그것은 그녀의 일만이 아니다.

"다리안의 자비여……."

"신체(身體), 현문(賢門) 개방(開放)."

"제길… 이제 먹어도 잘 회복도 안 되네……."

서로의 부상을 치료하거나 소비한 영력을 회복하고 있는 마스터들의 숫자가 처음과 비교조차 할 수 없을 정도로 줄어 있다. 앞서의 치열한 전투도 전투지만, 진짜 문제는 멸혼기 쪽이다.

"확인했습니까?"

웨인의 질문에 양복 차림의 백인 사내가 답한다.

"예. 모두 아이디와 계정이 삭제되었고… 현실의 몸 또한 혼수상태라고 합니다."

"망할……."

비록 전문 계열이 아니라 해도 웨인 역시 영능학을 학습한 자로서 육체와 영혼의 상관관계 정도는 알고 있다. 아무리 육신이 살아 있다 해도 영혼이 사라졌다면 그는 죽은 것이라는 사실은 그야말로 상식이라 해도 좋을 정도.

비록 식물인간처럼 보일지 몰라도… 그들의 상태는 식물인간 같은 것과 차원이 다르다. 엄밀하게 말하자면 이건 일반적인 죽음보다도 훨씬 더 상황이 안 좋다. 그의 영혼이 올바른 흐름에 따라 명계로 흘러가지도 못하고 소멸했다는 이야기니까.

'전력이 급감했군. 그 타이밍에 거리를 두고 있었다는 걸 다행으로 생각해야 하나.'

웨인은 인상을 찡그리며 마스터들의 상태를 살폈다. 그 숫자는 채 서른이 되지 않는다. 혹시나 해서 확인했는데 탄의 [확장]에 말려 들어간 마스터들의 계정들까지 사라져 버렸다니 상황은 심각하다.

심지어 부상자도 있다.

"아돌! 아돌 너 괜찮아?"

"윽… 괜… 쿨럭."

울컥 피를 토한다. 그를 향해 신성력을 뿜어내던 성직자가 이해할 수 없다는 표정을 지었다.

"상태가 호전되지 않아요! 분명 그리 심각한 부상은 아닌데!"

"그건… 당연합니다. 원래 죽었어야 정상인 것을 살아남았으니."

아돌은 어마어마한 상실감에 고통받으면서도 최대한 침착하게 답했다. 그의 모습을 지켜보던 웨인이 의문을 표했다.

"죽어야 정상이었다고?"

"저도 멸혼기에 당했으니까요. 다만… 제 마스터 스킬인 기사도의 맹세에는 영혼력을 일순간 강화시키는 효과가 있어서 견뎠을 뿐입니다."

그의 영혼의 30% 이상이 망실되었다. 물론 육체, 정확히 뇌에는 먼지만큼의 타격도 받지 않았기 때문에 기억의 손실은 없었지만 영혼의 망실은 그의 자아에 엄청난 영향을 끼칠 것이다. 뿐인가, 그는 앞으로 영원히 끝없는 상실감과 고통에 몸부림치는 삶을 살아야만 할 것이다.

"블랙, 혹시 저거 치료가 가능한가?"

웨인의 질문에 그를 태우고 있던 블랙 유니콘이 코웃음을 친다.

"푸히힝! 치료? 치료오? 망실된 영혼을 치료? 무제한적 부활 주문 쓰는 소리 하고 있네!"

"굶을래?"

"…인세에 위명을 떨칠 수 있을 상위 초월자라면 치유가 가능할 겁니다, 주인님."

"예를 들면?"

"현실적으로 가능성이 있는 건 자애롭기로 유명한 다리안이지요. 마침 그는 다리안의 신자이니 긴 시간 다리안을 위해 봉사한다면 아주 높은 확률로 은혜를 입을 수 있을 겁니다."

"그러니까 구체적으로 어느 정도의 확률인데?"

"100억 분의 1이라는 높은 확률이죠."

"……"

결국 아돌을 포함해 전투 불능에 마스터들을 제하고 나니 실질적인 숫자는 스무 명 정도에 불과하다. 그나마 남은 이들조차 거듭된 죽음과 전투로 정상적인 상태가 아니다.

"꽤나 절망적인 상태이긴 한데, 기묘하군."

웨인은 주변을 둘러보았다. 사방이 무거운 침묵으로 가득하다. 대화를 나누는 마스터들이 제법 있었지만 모두 속삭이는 수준.

그리고 그 모습에 웨인은 이 팽팽한 긴장감의 원인에 대해 다시 떠올렸다.

"아니, 잠깐. 블랙."

"히힝! 왜 그러나, 주인?"

"왜가 아니라… 저 녀석 왜 움직이지 않지? 당장에라도 폭주

할 분위기였는데?"

"히히힝! 그걸 질문이라고 하는 거야? 그거야 당연히."

웨인의 펫인 블랙은 고개를 들어 탄을 바라보았다.

"당연히."

거기까지 말하고 말을 잇지 못한다. 불과 십여 분 전만 해도 미친 듯이 분노하고 있던 탄이 그저 가만히 서 있기만 한 상황은 틀림없이 정상이 아니라는 사실을 깨달았기 때문이다.

"…왜 저러고 있지?"

*   *   *

모두를 의문에 빠뜨린 탄은 최대한 차분한 어조로 말했다.

[이건 사고다.]

[아냐 아냐. 이건 사고가 아니야. 그냥 가만가만 지켜보니 내가 가마니로 보이고.]

어지간한 빌딩 수십 채는 세울 수 있을 것 같은 탄의 콧잔등 위에 서 있는 귀여운 외양의 펭귄이 싸늘한 영언을 날리고 있다.

[보자 보자 하니 보자기로 보이는 그냥 그뿐인 상황 아니야?]

[나를……]

탄은 마음을 추슬렀다. 정신이 아찔해질 정도로 화가 치밀어 올랐지만 지금은 적을 늘릴 때가 아니었다.

[나를… 너무 벼랑으로 밀지 마라.]

[이젠 협박이라.]

[정말 협박이 뭔지 보고 싶나? 모든 걸 끝장내 볼까?]

으르렁거리는 그의 모습에 귀여운 외양의 펭귄이 깔깔거리며 웃었다. 짧은 두 날개가 파닥파닥 거린다.

[하하하하! 너 진짜 화났구나? 나이도 꽤 먹은 녀석이 뭐 이리 진심이야?]

[그만. 어차피 너나 나나 율법에 매인 몸인 건 같으니 협상을 하자. 내가 이 행성에 큰 피해를 끼칠 생각이 없다는 것 정도는 이미 알고 있지 않은가?]

물론 이미 그로 인해 발생한 사상자의 숫자가 무시 못 할 정도지만 애초에 성계신이라는 존재는 [문명] 자체를 관리하는 자이지 생명 하나하나를 소중히 여기는 존재가 아니다.

성계신은 상급 신위를 가진, 그야말로 전능(全能)이라는 단어가 어울리는 강력한 언터처블. 만일 그들이 생명 하나하나를 소중히 여기는 인류애를 가지고 있었다면 인류는 전쟁이나 살인 따위가 존재할 수 없는 절대적인 규칙 아래에서 살아가야 했을 것이다.

[그렇긴 하지만… 일단 뭐 들어나 보지. 원하는 게 뭐야?]

[디오의 운영권과 무스펠하임. 비록 지금 내가 하는 일이 월권이라고는 하나 너도 알고 있을 것이다. 그 두 가지는 원래 다 내 것이라는 것을.]

[흐음, 내가 아는 바와는 좀 다른데.]

비록 성계신은 [외부]세계와 어떤 연관도 가지지 않는 독자적인 존재지만 권능 중에서도 강력하기로 유명한 전지(全知)로 인해 대략적인 상황은 모두 알고 있다. 디오의 시스템을 이룩한 것은 8할 이상이 마도황녀 제니카의 공이니 그걸 강탈한 탄은 그 소유권을 주장할 근거가 희박하다. 물론 실소유를 근거로 삼을 속셈이었겠지만 그렇게 치면 지금 디오를 [실소유]하고 있는 건 누구도 아닌 멀린이라는 걸출한 인재가 아니던가?

[아주 잠깐의 강탈일 뿐이다.]

[동의하기 어려운걸. 뭐 적어도 무스펠하임에 대해서라면. 엉?]

그런데 거기까지 말했던 펭귄이 문득 멈칫한다. 얼마나 놀랐는지 그의 부리가 서로 부딪히며 딱! 하는 소리를 낸다.

[뭐냐. 무스펠하임이 뭐?]

[무스펠하임이… 하하! 이런 맙소사. 크크크! 푸하하하하!]

얼마나 놀라고 웃겼는지 펭귄의 육신마저 끽끽끽! 하고 거슬리는 웃음소리를 낸다. 그의 [전지]가 새로운 정보를 그에게 전달해 주었기 때문이다.

[왜 그러시?]

[하하! 하하 맙소사! 이래서 인간은 함부로 예단하면 안 된다니까!]

미친 듯이 웃음을 터뜨리는 그의 모습에 탄의 인상이 찡그려진다.

[무슨 일이냐.]

[무슨 일이냐면 말이지, 네가 무스펠하임을 영영 돌려받을 수 없는 그런 일이지.]

그렇게 말하며 성계신이 짧은 두 날개를 팔락팔락 흔든다. 그리고 그 순간 세상이 회색으로 물들고—

"뭐야, 지금 내 별에 뭘 데리고 온 거야?"

약간은 귀여운 인상의 동양인 소녀가 마치 처음부터 거기에 있었다는 듯 아무런 전조 없이 모습을 드러낸다. 그 모습에 탄은 인상을 찡그렸지만 펭귄은 깍깍거리며 웃었다.

[아, 미안미안. 너한테도 좋은 일이야. 너희 행성에 마족들이 자꾸 넘어가서 고민이라고 했었잖아?]

"그렇다고 이런 덩어리를 가져와?"

[아잉, 화내지 마~ 손도 안 대고 처리할 수 있는 기회라니까? 전투의 여파만으로도 마족들 죄다 뒤집어질걸?]

펭귄의 말에 소녀가 눈썹을 찡그린다.

"여파에 뒤집어지다니. 너희 인류 그렇게나 세? 제대로 된 초월자도 없잖아?"

탄은 초조한 심정으로 자신의 콧잔등 위로 올라온 두 성계신을 바라보았다. 그의 목표라고 할 수 있는 멀린과 마탑이 함께인 이상 이면세계로 끌려온 것 따위 문제도 아니지만 그의 직감은 상황이 뭔가 이상하게 돌아간다고 경고음을 내고 있다.

[너희들… 뭐 하고 있는 거냐. 협의를 하지 않을 생각인가?]

문명 그 자체를 관리하는 존재이기에 언제나 거시적인 시각에서 움직인다. 전쟁 난민이 하루에 수십만씩 죽어나가도 방관하고 외계의 존재에 의해 지구 전체가 휘청거린다고 해도 그저 [룰]에 입각한 제재만 하는 것이 바로 그 증거.

비록 자신의 행동에 성계신이 화를 냈다 하더라도 그들이 바로 극단으로 행동하지 않으리라는 믿음이 탄에게는 있었다. 무엇보다 그는 [협의]를 이끌어낼 만한 충분한 재화와 경험을 가진 존재가 아니던가?

 그러나 디오가 존재하던 지구의 성계신, 그러니까 펭귄은 그저 재미있다는 듯 웃을 뿐이다.

 [할 필요가 없을 것 같은데.]

 [뭐? 그게 무.]

 쿠아앙——!

 순간 주변에 광풍이 불었다. 다른 이유 때문이 아니다. 어지간한 건물보다도. 도시보다도. 산맥보다도 거대한 탄의 고개가 돌아서면서 일어난 일이었다.

 [이런, 이런…….]

 탄의 시야에 바닥에 박혀 있는 마탑이 들어온다. 꽤나 커다란 규모지만 그의 입장에서 보면 이쑤시개나 다름없는 크기.

 그러나 탄은 그 무너진 벽 안에 있는 자그마한 존재를 명확하게 인지했다.

 멀린.

 그가 들고 있는 활.

 그리고 자신을 향해 뻗어지는 적색의 선(線).

 초월적인 지각 능력으로 그 모든 것의 정체를 파악한 탄은 비명을 질렀다.

 [이런 미친놈이!]

 거대한 탄의 모습을 긴장한 채 바라보고 있던 마스터들은 급변한 상황에 신음했다.

 "크레이터가 없어졌어! 아니, 방금 지진으로 일어났던 바위

산도 안 보이고… 아니, 그보다 이 건물들은 뭐야? 마탑 근처에 있던 건물들은 싹 다 밀린 상태 아니었나? 전술 시스템에 스마트폰도 먹통이고!"

"뭔가… 뭔가 바뀌었어. 설마 장소를 이동시킨 건가? 아니, 그렇다고 하기에는 이 주변은 한국이 맞는 것 같은데."

갑자기 회색으로 변한 하늘, 난데없이 모습을 드러낸 수많은 건물. 외국에서 급하게 파견된 해외의 마스터들은 몰랐지만, 한국에 거주하는 마스터들은 그 건물의 정체를 알 수 있었다.

"천안이군."

나직한 아크의 목소리에 미호가 물었다.

"…리전하고 그로테스크한테 싹 밀렸던 장소 말이야?"

"그래. 다만… 단순히 주변 건물들이 복구되었다고 하기에는 이질감이 있어."

차분한, 그들이 알던 것과 조금도 달라지지 않은 목소리에 그녀의 주변에 있던 일행 모두가 미묘한 표정을 지었다.

'이 녀석 대체 뭐지?'

'정체를 모르겠어. 덕분에 살긴 했지만…….'

'아무리 그래도 그렇지 멀린이 아니라 저 녀석이 궁극마법이라니?'

의혹이 가득한 시선들이었지만 안타깝게도 그걸 풀 시간은 없다.

"크르르르……."

"캬아악―!"

바닥에서, 벽에서, 하늘과 건물 안쪽에서부터 짐승의 으르렁거림이 울려 퍼진다. 느껴지는 마기(魔氣)에 마스터들의 표정이 변한다.

"이게 뭐야. 마족 아냐?"

"정확히는 마수(魔獸) 쪽인 거 같은데… 모두 조심해! 이것들 엄청 강하다!"

실력으로만 인정받는 천외삼천과 다르게 마스터들을 실질적으로 이끄는 웨인이 소리친다. 새로이 모습을 드러낸 괴물들의 힘이 마스터급을 가볍게 상회한다는 것을 눈치챘기 때문이다.

그러나.

"캬악!"

"깍깍!"

"키릭!"

무시무시한 기세를 풍기며 등장한 그림자 마수들이 모두 그림자로 변해 사라져 버린다.

"뭐야? 뭐가 어떻게 된 거야?"

"은신이다! 모두 경계……."

"뻘짓 말고 모여나 있어, 바보들아."

짜증 섞인 목소리에 마스터들의 시선이 모인다. 거기에 있는 것은 거대한 저격총을 꺼내 든 크루제. 비록 말석이나 다름없다고는 하나 천외삼천이라는 이름이 가지는 신뢰는 상당했기에 당혹스러워하던 마스터들의 분위기가 차분해진다.

지금껏 마스터들을 지휘해 온 웨인은 내심 혀를 차며 물었다.

"이것들에 대해 알고 있나?"

"내가 어떻게 알아? 다만 이것들이 제아무리 대단한 괴물이라고 해봐야."

크루제는 피식 웃으며 하늘을 쳐다봤다. 그곳에는 여전히 별다른 움직임이 없는, 그러나 그러면서도 어마어마한 존재감을 뿜어내는 레비아탄이 있다.

"저 엄청난 괴물 앞에서는 고개도 못 드는 게 당연하다는 건 알지."

"그 말은… 적어도 장소를 바꾼 게 저 괴물은 아니란 뜻이겠지?"

"제법 똑똑한데?"

크루제는 고개를 끄덕이며 주변을 둘러보았다. 마스터들의 숫자가 처참할 정도로 줄어들어 있었다.

"사상자가 많다. 게다가 이곳으로 함께 오지 못한 이들도 많고… 쓸 만한 인원은 한마와 제로스, 그리고 아웅니나 님 정도야. 물론 너희 일행을 빼면 말이지."

웨인의 말에 크루제의 인상이 찡그려진다.

"아돌은? 부상을 입은 건 봤는데."

"로그아웃되는 것까지 확인했다. 영혼의 일부가 망실되어서 죽은 거나 다름없는 상태라더군."

"그 녀석이 빠진 건 안 좋은데……."

크루제는 초조한 얼굴로 손톱을 뜯다가 가타부타 말도 없이 휙 하고 몸을 돌렸다. 웨인은 눈살을 찡그렸지만 그녀가 마이페이스인 것은 어제오늘 일이 아니었던 만큼 다른 마스터들을 수습하기 시작했다.

"탱커가 필요해? 비록 방어 전문은 아니지만 내가 잘 막아온 것 같은데."

 돌아서는 크루제를 마치 보디가드처럼 말없이 따르고 있던 랜슬롯이 의아한 표정을 지었다. 그는 공격 일변도의 전투 스타일을 가지고 있었지만, 그렇기에 적의 공격을 맞받아 [상쇄]하는 기예에 능했다. 비록 계속해서 아슬아슬 위태위태한 상황이 반복되었지만 지금까지 탄의 공격을 잘 막았는데 왜 전문 방패병인 아돌을 찾는 것일까?

 그런데 그때 크루제가 뜻밖의 말을 꺼냈다.

"야."

"왜?"

"…너 빠지면 안 돼?"

 크루제의 말에 랜슬롯이 멈칫한다. 고개를 돌려보니 그와 눈을 마주치지 못하는 크루제의 모습이 보인다.

"무슨 말도 안 되는 소리야?"

"왠지 느낌이 안 좋아. 잠시 탑에 들어갔다가 멀린하고 같이 나온… 우왁?!"

 딱.

 매섭게 들어온 타격에 크루제가 이마를 부여잡고 신음을 토했다. 어지간한 기습은 우습게 받아낼 그녀였지만 아무리 재능이 없다 해도 지금까지 랜슬롯이 쌓아온 무술의 경지는 그렇게 녹록한 것이 아니었던 것.

 그리고 그렇게 들어온 타격에 당혹스러워하는 크루제를 향해.

"지금 네 말이."

랜슬롯이 나직한 목소리로 속삭였다.
"나에게 너무나 큰 모독이야."
"……."
그 어느 때와도 다른 랜슬롯의 억양에 크루제가 이를 악물었다. 물론 그녀도 알고 있었다. 그녀와 비교해 먼지나 다름없는 재능을 타고난 그가 어떻게 여기까지 왔는지.
수백 년간 일심(一心)으로 수련한다.
말이야 참 쉽다. 수백 년. 그러나 진지하게 생각해 보면 그게 얼마나 가당치도 않은 일인지 쉽게 알 수 있다.
고시를 보기 위해 매일 밤을 새우는 공부를 반복하는 시간을 5년 만 반복해도 그가 받는 스트레스는 상상을 초월한다. 의무병으로 군대에 입대하면 2년이라는 시간이 영원처럼 길어 보인다.
그런데 수백 년을 그냥 살아가는 것도 아니고 끝없이 수련한다는 것이 보통의 정신으로 가능할까?
"하지만."
그러나 그럼에도.
"빠지면 안 돼?"
"……."
이번에는 랜슬롯이 멈칫한다. 그로서도 크루제가 이렇게 약한 모습을 보인 적은 없었기 때문이다.
두 손으로 그녀의 어깨를 잡고 얼굴을 마주하자, 글썽이는 적발의 소녀가 보인다.
"…무슨 일이야?"

"느낌이 안 좋아. 저 괴물… 느낌이 안 좋아."

"직감인가."

랜슬롯은 무시무시한 재능을 가진 그녀가 이해할 수 없을 정도로 매서운 직감을 타고 났다는 사실을 경험으로 알고 있었다. 그리고 그 적중률이 몹시 높다는 것 역시.

크루제는 머뭇머뭇하면서도 말했다.

"탄 저 망할 녀석은 원래도 강했지만 지금은 아까보다 훨씬 느낌이 안 좋아. 우리가 항거할 수 없."

"리아 슈미트. 변미리. 크루제."

가볍게 말을 자르며 부른다. 그것은 모두 그녀의 이름이다. 독일인으로서의 그녀, 한국인으로서의 그녀, 그리고 그녀의 정체성(Identity).

"으, 으응."

멈칫하는 그녀를 보며 랜슬롯, 변동수는 분명하게 말했다.

"나는 멈출 수 없어."

끝없는 노력이 가능한 [각오]라는 것은 불러할 때 호주머니에 넣었다가 다시 괜찮을 때 꺼내 쓰듯 편리한 감각이 아니다.

"설사 그 끝이 파멸이라 해도."

한 번이라도 멈추면 다시는 달릴 수 없다.

그리고 그것을 너무나 잘 알기에… 그는 멈추지 않는다. 스스로 만족할 수 있는 결승선에 도착하기 전에 멈추느니, 그는 차라리 달리다 죽는 것을 택할 것이다.

"……."

형형하게 빛나는 눈동자에 크루제는 할 말을 잊었다. 꺾을 수 없는 눈이다. 그저 재능을 타고났을 뿐 그에 걸맞은 [각오]가 없는 그녀로서는.

그녀가 더 무슨 말조차 하지 못한 채 이를 악물고 있을 때 마스터들이 술렁이기 시작한다.

"멀린?"

"멀린이다! 이제야 나오다니!"

자신을 보고 반색하는 마스터들의 모습이 보이는 것인지 아닌지 멀린은 차분한 표정으로 거대한 탄의 모습을 올려다본다. 어느새 그의 옆에는 언제나 그와 함께하는 아크와 미호, 그리고 세 마리의 펫이 날아든 상태다. 뒤늦게 차원이동자인 영민 역시 다가가 섰다.

"멀린! 일은 잘됐어?"

"그래. 아, 그보다 이것."

다가온 미호를 향해 멀린이 무언가를 던진다. 미호는 그것을 받아 들고 멍한 표정을 지었다.

"…영혼석?"

"디오에 남은 마지막 노예계약자야."

뜬금없는 말에 미호의 눈에 혼란이 깃든다.

"그게 무슨 소리야? 내가 있잖아?"

미호는 모든 기억을 잃고 디오에 억제되어 있던 NPC이며… 그것은 그녀가 노예계약자라는 증거이다. 일반적인 계약자가 그 정도의 제재를 당할 이유가 없기 때문이기도 했고 무엇보다 그녀 스스로가 경국(傾國)의 마녀(魔女)라 불리던 구미호(九尾狐) 천화(天花)의 기억을 떠올리기까지 했지 않던가?

"아니."
하지만 그럼에도 멀린은 고개를 흔들었다.
"그게 마지막이야."
"그게 무."
"신기 가동. 올림포스(Olympos)."
당황해하는 미호를 무시한 채 읊조리자 그의 한쪽 손에 보석으로 만든 것 같은 커다란 장궁이 모습을 드러낸다. 지금까지와 전혀 다른 외양의, 마치 보석을 깎아내 만든 것 같은 모습이다.
끼이익―――!
시위를 당기자 그것만으로도 엄청난 기운이 깃들었다. 그 모습에 마스터들이 깜짝 놀라 다가온다.
"지금 선빵 치려는 거야?"
"진정해! 지금 저런 괴물한테 그런 공격이 통할 리가 없―"
그러나 소리치며 다가오던 마스터들은 단 한순간에 주춤주춤 뒤로 물러섰다.
멀린의 어깨 위로 떠오른 붉은색의 루비 때문이었다.
쿠오오――――――
마력이 몰아친다. 단지 그뿐이다. 그러나 그것만으로도 모두가 질리는 기분을 느꼈다. 심지어 탄의 본체라는 경이적인 존재를 마주한 직후임에도 그렇다.
이건 그저 마력의 집결이라고 말할 수준이 아니다.
마치 [하나의 세상을 한 점으로 수렴]한 것 같은 어마어마한 힘이다.
"아니, 아니, 잠깐 이게… 뭐야?"

"불꽃… 불꽃… 설마 이거?"

비록 말단이라고는 하나 노블레스 소속으로 대우주를 경험한 펫들조차 질려서 온몸을 떨었다.

그리고 그렇게 그들을 질리게 만든 폭염의 루비는.

화륵!

불꽃의 화살로 변해 올림포스의 시위에 걸렸다.

"하울링 스펠(Howling spell)."

가볍게 읊조리며 멀린은 시위를 놓았다.

"아폴론(Apollon)."

Chapter 60
간섭자들

이제는 가늠조차 하기 어려운 기나긴 과거 대우주에는 그 누구도 어찌할 수 없는 폭력적인 존재들이 있었다. 인간보다 더 인간적이고 인간보다 더 감성적이며 인간보다 더 폭력적인, 그리고 그러면서도 신의 힘을 가진.

올림포스 신족(神族).

이들에게는 대우주의 율법이나 신으로서의 의무 따위 아무런 의미가 없었다. 선천신족인 그들은 그저 신의 힘을 타고 태어났을 뿐이었기에 그 정신은 보통의 인간과 다를 게 하나도 없었던 것이다.

그들은 무절제하게 숫자를 늘렸고 아무런 거리낌 없이 운명의 흐름에 간섭했다. 멸망의 날이 오기 전의 올림포스 신계는 대우주 전체를 뒤덮을 정도로 어마어마한 세력을 자랑해 그 [이름]이 세계에 새겨진 존재가 수십이 넘을 정도.

그러나 그런 엄청난 세력을 가진 그들이었음에도, 아니, 그런 그들이었기에… 결국 창조주의 철퇴가 떨어졌다.

그들은 멸망했다.

열이 넘는 최상급 신과 수백의 상급 신, 그리고 그 이하의 셀 수 없이 많은 신족으로 온 우주를 공포에 떨게 만들었던 신들이 하루아침에 사라졌다.

그 존재감이 [세계]에 새겨져 불멸(不滅)해야 할 신들조차 모든 힘을 잃은 허신(虛神)이 되어 세계의 저편에 내던져진 것이다. 그 과정이 너무나도 참혹하고 깔끔해 생존자의 수가 다섯에 미치지 못할 지경.

─아…….

그리고 지금 이 순간.

─놀랍군.

그렇게 힘을 잃고 세상에서 사라졌던 허신 하나가 이곳에서 눈을 떴다.

"와, 맙소사… 백경에 대한 소문은 많이 들어봤지만 아무래도 이건 너무하는데."

탄의 콧잔등에 앉아 있던 소녀는 탄의 얼굴 앞에 떠 있는 불타는 사내를 바라보았다. 산맥과도 같은 덩치를 가진 탄 앞에서는 먼지만 한 존재에 불과하지만 그를 무시할 수 없다.

힘.

엄청난 폭염의 힘.

[태양신.]

―오랜만에 보는군, 종말. 대화를 길게 하고 싶지만… 그럴 수는 없겠지.

나직한 목소리에 거대한 탄조차 대경해 거대한 몸을 공처럼 둥글게 웅크리려 했다.

[이런 젠.]

그러나 그럴 틈조차 없이 폭염으로 이루어진 사내, 아폴론의 몸이 폭발한다.

번쩍!

회색의 세상에 태양이 떠오르고 빛은 폭풍이 되어 무지막지한 기세로 탄의 몸을 후려쳤다.

쿠아아아아아――――!!

하늘을 뒤덮고 있던 회색의 구름이 그대로 증발해 몽땅 사라진다. 그뿐이 아니다. 천지가 무너지는 것 같은 어마어마한 폭음과 함께 마치 산맥처럼 서 있던 레비아탄의 몸이 한쪽으로 날아간다. 단지 서 있는 것만으로도 지각이 뒤틀리던, 산맥 이상으로 거대한 생명체가 허공으로 떠오른 것이다.

"와, 위력 봐. 미친."

[이 정도면 거의 텐클래스 아닌가? 마왕 강림한 줄 알겠네.]

단순 물리력으로 이만한 위력이라면 고작(?) 핵폭탄을 수십 개 정도 터뜨리는 정도에 불과하니 인류도 얼마든지 재현할 수 있겠지만 애초에 강대한 신성을 가지고 태어난 레비아탄의 육신은 하위의 에너지는 감히 범접조차 할 수 없는 격을 가지고 있다. 핵폭탄이 아니라 블랙홀에 빨려 들어간다 해도 별다른 타격 없이 탈출할 수 있는 경이로운 존재가 바로 묵시록의 마룡이라는 존재니까.

　그러나 지금.

　[감히… 감히…….]

　레비아탄의 육신은 그야말로 엉망이다. 마치 용광로에 들어간 쇠처럼 온몸이 시뻘겋게 달궈지고 거대한 등은 마치 거대한 해머로 내려치기라도 한 것처럼 우그러져 있다. 몸 곳곳에서는 아직도 꺼지지 않은 화염이 타오르고 있었는데 그의 덩치가 워낙 커서 작아 보일 뿐 어지간한 산불 이상의 화재가 발생한 상태다.

　[네놈이 감히… 내 무스펠하임을……!]

　꼭 초월경에 들어서야만 궁극마법을 사용할 수 있는 것은 아니다. 세상에는 편법이라는 게 있는 법이고 우주의 역사를 뒤집어보면 능력자들이 자신의 수준 이상의 이능을 발휘한 경우는 무궁무진하게 많으니까.

　수많은 제물, 막대한 재화, 혹은 특수한 재료.

　사악한 흑마법사가 수많은 생명을 제물로 바쳐 능력 이상의 주문을 사용하는 건 더 이상 신기하지도 않은 일이다. 제국의 황제나 왕들이 천문학적인 인력과 재화를 소비하여 거대한 규모의 대마법을 실행한 역사도 얼마든지 있었다.

　지금 멀린이 사용한 방식은 그중에서 세 번째였다.

　[하하하하하!! 키야, 진짜 미쳤네. 마법 한 방에 초월병기 하나를 소비하다니!]

　손바닥 한 뼘 정도 크기의 날개를 파닥거리며 나는 펭귄의 말에 그의 옆에 떠 있던 소녀가 고개를 끄덕인다. 성계신으로서 전지의 권능을 가진 그녀들은 멀린이 공격을 가하기도 전에 그 정체를 파악하고 있었던 것이다.

"확실히 상상도 못 한 미친 짓이긴 해. 지구를 멸망시키려는 것도 아니고 그냥 지배하려는 것뿐인 탄을 상대하려고 행성 대여섯 개를 팔아도 살 엄두를 못 낼 초월병기를 소모시키다니."

핵폭탄은 강력한 병기다. 단 한 발만 사용해도 전쟁의 판도가 달라질 정도니 더 말할 필요도 없을 정도.

그러나 만약 도시 하나 날릴 위력을 가진 핵폭탄 한 발의 가격이 9,000조 달러($) 뭐 이 정도라면 어떨까? 과연 진심으로 핵폭탄을 사용할 나라가 있을까?

지금 멀린이 한 짓이 그런 짓이다. 단가가 안 맞는 미친 짓.

"이렇게 되면 저 녀석이 아무리 대단한 원석이라 하더라도 탄이 용서할 리 없지. 농담이 아니라 피바람이 불겠는데."

[아아, 앞일이 궁금한데 저 망할 마룡 녀석 때문에 예지가 다 막히네.]

시시덕거리며 웃는다. 그녀들은 여전히 전투에 간섭할 생각이 없다. 이 전투는 그녀들이 보기에 어디까지나 개인적인 국지전에 불과하니까. 어차피 디오의 소유권이 누구 것이 되든 그녀들에게는 중요한 문제가 아니니 그들은 룰에 입각한 간섭만 하면 그만이다. 문명의 어머니라 불리는 성계신이라지만 그들은 그렇게 자상한 어머니가 아니었으니까.

"그래서 예상하자면 대충 어떻게 될 것 같아?"

[뭘 어떻게 돼. 이래봤자 탄의 승리지. 그야말로 엄청난 대미지를 줬지만… 인간 형태였을 때라면 몰라도 본체를 찾은 이상

죽이는 건 무리야.]

"하지만 그걸 승리라고 할 수 있을까?"

[하긴.]

거의 수천 년간 탄이 드러낸 적 없던 그의 본체, 레비아탄의 육신은 레벨 다운을 당한 상태에서도 가히 마왕과도 같은 내구를 가지고 있다. 어쩌면 유저들에게 죽을 수 있었을지도 모를 인간 형태의 육신과 차원이 다른 것이다.

그러나… 정말 그렇게 이득만 있다면 탄이 왜 처음부터 레비아탄의 육체로 지구에 쳐들어가지 않았겠는가?

"결국 서로가 패배하는 싸움이지. 어쩌면 오늘 일로 탄의 몰락이 시작할지도 모르겠군."

[마룡이라고 해도 역사의 산증인이 그리된다니 안타까운 일이야.]

그녀들은 그렇게 말하며 벼락같이 몸을 일으키는 레비아탄을 바라보았다. 워낙 거친 움직이었던 만큼 그것만으로도 지각이 뒤틀리고 대지진이 일어난다. 그의 등에 깔렸던 산은 그야말로 흔적조차 없이 갈려 나갔다.

[멀린!!! 아더!!! 빌어먹을 벌레들이————!!!]

분노의 포효에 공간 전체가 우르릉 하고 울린다. 나름대로 경지에 이르러 강력한 힘을 가진 마스터들조차 견디지 못하고 죄다 주저앉거나 몸을 웅크릴 정도. 태초부터 존재했다는 묵시록의 마룡이 얼마나 화가 났는지 보여주는 증거다.

'그러고 보면 아더는 무슨 생각이었을까. 용살검 아스칼론을 머리가 아닌 심장에 꽂은 건.'

만약 그가 아스칼론을 심장이 아닌 머리에 꽂았다면 탄의 화신은 견디지 못하고 사망했을 것이다. 물론 화신이 죽었을 뿐이니 짧게는 3년, 길게는 10년 내에 회복했을 테지만 적어도 당장 급한 불은 끌 수 있지 않았겠는가?

하지만 그는 대신 아스칼론을 탄의 심장(Dragon Heart)에 박았다. 그리고 그랬기에—

[…뭐?]

순간 몰려온 강렬한 예지에 장난스럽게 파닥이던 두 날개가 멈칫한다. 아니, 그 정도가 아니라 그들의 주변이 마치 한 장의 사진처럼 정지한다.

그녀의 옆에 떠 있던 소녀 역시 비슷한 느낌을 받은 듯 신음했다.

"뭐야, 저게?"

그러나 누구보다 경악한 건 그녀들이 아니다. 분노하며 마력을 끌어 올리던 탄은 멀린의 모습을 보며 공포에 가까운 감정이 몰아치는 것을 느꼈다.

멀린이 다시 시위를 당긴다.

"하울링 스펠(Howling spell)."

거기에는 [새로운 화살]이 걸려 있다.

"아폴론(Apollon)."

파앙—!

공간을 일그러뜨리며 적색의 광선이 죽 하고 허공을 긋고 지나간다. 자신의 머리를 향해 날아오는 미증유의 힘에 탄이 발작하다시피 몸부림쳤다. 거짓말처럼 단단히 땅을 디디고 고개를 움직여 적색의 광선을 피해낸 것이다.

쿠아아아————!

너무나도 거대한 탄의 머리가 회초리가 휘둘러지듯 움직이자 그것만으로도 폭풍이 몰아친다. 주변 가득한 건물들이 모조리 휩쓸려 하늘로 날아오를 정도의 폭풍에서 마탑과 그 근방으로 모여든 마스터들을 지킨 것은 여전히 태연한 기색의 아크였다.

"허리케인(Hurricane)."

아크의 양손으로 믿을 수 없을 정도의 힘이 모여들더니 이내 소용돌이가 되어 마탑을 휘감아 폭풍으로부터 주변을 보호한다. 무영창 주문이라고 믿을 수 없을 정도의 위력이었지만, 탄은 그런 사소한 일에 신경 쓸 여유가 없다.

파앙—!

적색의 광선이 탄의 머리를 아슬아슬하게 스쳐 저 먼 하늘로 사라져 버린다. 멀린의 화살이 광속의 절반가량 정도 되는 속도로 움직였다는 것을 생각하면 믿을 수 없는 회피 능력.

그러나 그가 안심하기도 전에 그의 뒤로 사라졌던 적색의 광선이 다시 눈앞으로 날아든다.

콰앙!

[크아아악———!]

분명히 뒤로 사라졌던 화살이 정면에서 나타나 자신을 공격하자 괴성을 지르며 수십 킬로미터 이상 뒤로 나뒹군다. 얼마나 많이 밀려났는지 그의 등이 태백산맥을 삼분지 이 이상 박살 내고 한쪽 다리와 머리가 동해 바다에 빠졌을 정도다.

"화살이 지구를 한 바퀴 돌아왔군."

[아니, 지금 화살이 지구를 한 바퀴를 돈 게 문제야? 아니, 저거 어떻게 두 발이나 쏠 수가 있는 거야?]

전지의 권능을 가진 그녀들은 알 수 있다. 텐클래스에 가까운, 이미 허신이 되어버린 아폴론을 물질계에 구현시켜 버린 이 대마법은 신들조차도 아까워할 정도의 엄청난 낭비를 전제해야만 가능한 기적이라는 것을.

다만 문제는, 그만한 낭비를 전제하더라도 기적의 횟수는 한 번이어야 한다는 점이다.

"설마 우리가 알 수 없는 방식으로 에너지 효율을 높인 건가?"

[말도 안 돼. 그딴 일이 가능할 리도 없지만 만일 그랬다면 전지가 그걸 인지하지 못할 리가 없어!]

펭귄의 말에 소녀가 고개를 흔든다.

"하지만 실제로 했잖아? 어떤 미친놈들이 때마침 화염 계열의 초월병기를 이깟 불장난에 제공했을 리는 없으니까."

[그렇기는 하지만 이 정도 규모의 술식에서 2배의 효율이라는 건 염룡쯤 되어야 가능할 텐데? 아직 초월조차 못 한 저 애송이가 그런 일을 할 수 있단 말이야?]

전지의 권능에 혼선이 오는 걸 느끼며 두 성계신이 혼란스러워할 때였다.

쿠오오오!

몰아치는 마력과 함께 멀린의 어깨 위로 붉은색의 루비가 둥실, 하고 모습을 드러낸다.

"…뭐라고?"

[말도 안 돼.]

드넓은 대우주를 누비는 거대한 세력들조차 언터처블(Untouchable)이라 부르며 감히 심기를 거스르지 않을 정도로 강대한 권능을 가진 두 성계신이 할 말을 잊는다. 태초부터 존재했던 묵시록의 마룡, 탄 역시 불가해한 무언가를 본 것 같은 표정을 지었다.

하지만 그러거나 말거나―

"하울링 스펠(Howling spell)."

또다시 당겨진 시위에 [새로운] 화살이 걸린다.

"아폴론(Apollon)."

적색의 광선이 레비아탄의 몸을 후려치자 천지가 무너지는 것 같은 굉음과 함께 레비아탄의 몸이 대지를 뒹굴어 동해 바다로 빠져들었다. 아니, 사실 빠졌다는 표현은 옳지 않다. 동해 바다는 상당한 수심을 자랑하지만 그렇다고 구름을 뚫고 올라갈 정도로 거대한 레비아탄의 육신을 삼킬 정도는 아니기 때문이다.

우르르릉!

레비아탄이 벼락처럼 몸을 일으킨다. 그리고 그것만으로 폭풍이 불고 지각이 뒤집히며 해일이 몰아치는 천재지변이 일어난다.

그 초월적인 거대함!!

설사 중급의 신성이나 신위, 그리고 신격에 걸맞은 이능을 배제한다 하더라도 레비아탄의 육신은 그것만으로 인류 문명을 종말로 이끌 수 있을 정도로 파괴적이다. 이 경이적인, 등 뒤로 수십 개의 도시를 올릴 수 있을 것 같은 어마어마한 신장과 그에 걸맞은 질량, 그리고 그 질량을 움직일 수 있을 정도의 힘은 인간이 인지하는 물리법칙으로는 감히 설명조차 할 수 없다. 그야말로 존재 자체가 세계의 틀을 벗어났다고 할 만한 존재가 바로 레비아탄이라는 묵시룡의 마룡인 것이다.

그러나 역시나 그러거나 말거나―

"하울링 스펠(Howling spell)."

멀린은 또 시위를 당겼다.

"아폴론(Apollon)."

퓽, 하고 화살이 공간을 가로지른다. 그야말로 가볍디가벼운 느낌의 일격이었지만… 너무나 큰 과녁인 레비아탄은 그 공격을 피할 수가 없다. 스스로의 육신을 보호하는 데에만 해도 천문학적인 힘이 소모되었기 때문이다.

심지어 빈틈을 노리려고 해도.

―이런이런. 삽스러운 수를 쓰면 곤란하다, 쫑밀. 오랜만에 봤는데 자꾸 무시하고 지나가려고 하면 내가 너무 섭섭하거든.

방어를 무시하고 원거리에서 궁극마법을 날리려 하던 탄의 마력이 거대한 신력에 짓눌려 흩어진다. 그의 앞에는 환하게 불타고 있는 거대한 사내가 있다.

[태양신!!]

―아아~ 기분이 너무 좋아. 마치 영광스럽던 그 시절 같아.

황홀한 표정으로 하늘을 바라보며 부드럽게 날아오른다. 아까 전의 그는 가진 힘을 모두 소모시켜 찰나나 다름없는 현현을 마쳤지만 어쩐 일인지 다시금 경이적인 화력(火力)이 추가되어 공허로 사라졌던 그의 신성을 불러들였다.

―도대체 무슨 방법으로 이런 일이 가능한지 모르겠지만… 기회가 왔으니 즐겨야겠지?

말과 동시에 다시금 빛이 폭발하자 그것만으로도 탄의 몸에 불이 붙는다.

[말도, 안 돼! 어떻게 이런!]

레비아탄이 비명을 지른다. 이제는 숫제 악몽을 마주하는 것 같다.

"하울링 스펠(Howling spell)."

아니, 상황은 이미 악몽이다.

"아폴론(Apollon)."

적색의 광선은 이제 레비아탄을 겨냥하지도 않았다. 하늘로 날아오른 적색의 광선은 태양신 아폴론의 몸에 그대로 빨려 들어가 그의 신성이 유지될 에너지로 화하는 것이다.

그리고 그 힘을 받은 아폴론은 폭염으로 이루어진 활을 만들었다. 소환된 그가 다시금 무기를 소환하는 건 그야말로 낭비의 극치였지만, 어쩐 일인지 그의 소환자는 그야말로 무제한적인 에너지를 보급하고 있다. 심지어 그 질 또한 극상이지 않은가? 이 정도의 자원이 있다면 그야말로 못 할 일이 없다.

번쩍!

빛이 뿜어지자 레비아탄의 발밑에 있는 바다가 수증기조차 되지 못한 채 그대로 증발해 사라져 버리고 동시에 그의 육신마저 거대한 무언가에 얻어맞기라도 한 것처럼 십수 킬로미터나 뒤로 밀려난다. 단순해 보이는 빛에 영파와 열기, 심지어 물리력까지 포함되어 있는 것이다. 경이적인 맷집을 가진 레비아탄이 필사적으로 방어밖에 할 수 없을 정도로 격이 다른 힘이었다.

"와, 잠깐. 이거 농담이 아니라……."

그야말로 상급 신이나 가능할 이적에 하늘에서 전투를 내려다보던 소녀가 신음한다.

"레비아탄이 죽겠어."

있을 수 없는 일이다. 세계적인 격투기 선수가 만전의 상태에서 3살짜리 유아와 정정당당하게 싸워 고사리 같은 주먹질에 갈비뼈가 나가고 내장이 파열되는 꼴을 본다면 비슷한 감정을 느낄 수 있을까?

대우주의 그 어떤 누구도, 온 우주의 과거와 미래를 다 본다는 최상급 신들조차도 이 상황을 예측했을 것이라는 생각이 들지 않았다.

[흠, 확실히… 심장에 지런 걸 꽂고 있는 상태로 더 타격을 받으면 죽을 수밖에 없겠네.]

"구해야 하는 거 아냐?"

레비아탄은 이런 곳에서 죽을 존재가 아니다. 그는 태초부터 존재한 역사의 증인이자 창조주의 명을 직접 받아 집행하던 신의 도구. 비록 지금은 몰락하여 저 꼴이지만 만일 그가 여전히 전성기 시절의 힘을 가지고 있었다면 상급 신위를 가진 그들조차도 눈을 마주하기 어려웠을 테니까.

[흠, 그 의문에 나는 두 단어로 답할 수 있지.]

"두 단어?"

의아해하는 소녀를 보며 펭귄이 답한다.

[우리가? 왜?]

펭귄이 디오가 운영되던 행성의 성계신임에도 지금껏 노블레스의 폭거를 대부분 눈감아온 것은 사실이다. 특히나 탄의 행동은 성계신의 권한을 넓은 의미로 확대 해석한다면 충분히 제재할 수 있는 범위 안에 있음에도 그저 지켜보고만 있던 것.

그러나 그렇다고 그게 그들을 지지하기 때문은 아니다.

"흠… 하긴 그렇지?"

그들은 단지 문명의 관리자일 뿐 누구의 편도 아니다. 그들은 최소한의 룰을 강제하며 그저 지켜보는 자들일 뿐. 만일 성계신이 자신의 권한을 확대 해석하거나 마음대로 휘둘러 왔다면 우주의 많은 문명이 성계신을 자신의 주인으로 섬겨야만 했을 것이다.

[뭐 하지만, 일단 내가 보기에 저 녀석이 죽을 것 같지는 않네.]

"흠? 어떻게?"

쿠앙—!

그렇게 말하는 순간 다시 적색의 선이 그어지고 흐릿해지던 아폴론의 몸이 선명하게 불타오른다.

그야말로 이해(理解)조차 불가능한 신화적인 힘!

레비아탄은 떨어지는 운석을 수십수백 번 맞아도 멀쩡한 강대한 내구력을 가지고 있었지만 그럼에도 이미 빈사 상태나 다름없는 상태다. 그를 보호하는 강대한 등껍질이 죄다 깨지고 녹아버린 데다가 그렇게 파고 들어간 불꽃이 내장 기관을 태우며 그 기세를 더더욱 키우고 있었기 때문이다.

소녀 역시 성계신으로 전지의 권능을 가지고 있는 만큼 그 상태를 너무나 잘 알고 있다. 만약 같은 방식으로 멀린이 단 한 번만 더 화살을 쏴도 그의 존재는 대우주에서 완전히 지워져 버리고 말 것이다.

그러나 그 순간.

"아, 그렇군. 녀석들이 있어."

수긍하며 고개를 끄덕이는 소녀의 말에 펭귄이 웃는다.

[그래, 이러니저러니 해도 결국 다 한통속이니까.]

경멸(輕蔑)이 담긴 목소리.

하지만 지금 이 순간, 적어도 그녀에게 있어 중요한 것은 그런 [당연한] 일들이 아니었기에 다시 두 날개를 팔락이며 멀린을 내려다본다.

[아니, 대체 그나저나.]

펭귄이 어이없다는 표정을 지었다.

[저 망할 화살은 대체 몇 발이나 쏠 수 있는 거야?]

* * *

"세상에, 엎드려!!!"

"아, 진짜! 이게 뭐야! 아무리 그래도 그렇지 같은 인간인데 이건 규모가 너무 다르… 즈아아안!!"

마탑 주변에 옹기종기 모여 있던 마스터들이 비명을 지르며 엎드린다.

간섭자들

번쩍!

그리고 또다시 빛이 세상을 뒤덮는다. 전해지는 힘은 감히 측량조차 하기 힘들다.

"말도 안 돼. 아무리 천외삼천이라지만 이건 불합리해!"

광자화에 성공해 초월지경에 이른 아더의 힘 역시 강력하기는 했지만 지금 멀린이 다루는 힘은 그야말로 그 수준이 다르다.

쿠르르르릉——!

산맥이 무너지고 대지가 갈라진다. 땅에서는 용암이 솟아오르고 바다는 수증기조차 되지 못한 채 증발되어 바닥을 드러낸다.

그야말로 신화적인 싸움.

그러나 놀랍게도 그들에게 쏟아진 후폭풍은 거의 없다. 지금 행해진 공격은 단순한 힘의 폭발이 아닌, 그 자체로 신성을 가진 존재가 행한 [기적]이기 때문이다.

기적이란 섭리와 법칙에서 완전하게 자유로운 힘.

그렇기에 난데없이 횡액(橫厄)을 당한 건 전혀 엉뚱한 존재들이다.

"캬아악!"

"크아!"

"켁!"

어둠의 공간에 은밀하게 숨어 있던 마수들이 비명을 지른다. 어떻게든 몸을 숨기려는 발악도 허무하게 그들 모두 제대로 된 저항조차 하지 못한 채 증발하고 만다.

온 누리를 뒤덮는 빛은 다른 무엇도 아닌 태양신의 신성(神聖).

그 빛은 너무나 강렬해서 감히 삿된 존재가 견딜 만한 수준이 아니다. 그림자 중에는 상급, 혹은 최상급 마족에 맞먹을 정도로 무시무시한 존재들조차 있었지만… 그래봤자 아폴론의 신성 앞에서는 고만고만한 차이일 뿐이었다.

"맙소사.

그리고 그렇게 그들이 증발해 사라지는 모습을 보며 탄식하는 사람이 있다.

"설마 어비스(Abyss)급 쉐도우들이 이렇게 몰살당하는 모습을 보게 될 줄은 몰랐는데. 심지어 저기 저 드라클은 나도 일대일로 간신히 잡은 괴물인데."

영민은 마탑에 바짝 붙은 채 마탑 외부의 모습을 멍한 표정으로 바라보았다. 하나하나가 수천의 군세와 맞먹는 전투력을 가진 괴물들이 마치 허깨비처럼 사라진다. 그의 세계에 존재하던 초월자, [대현자]마저도 감히 재현할 수 없는 어마어마한 파괴의 현장이었다.

"저것들에 대해 알아?"

"당연하죠. 인정하기는 싫지만 어나더 플레인(Another Plane)은 제 고향 같은… 음?"

영민은 무심코 답하다 고개를 돌려 자신의 옆에 숨어 있는 소녀를 발견했다. 그의 눈이 동그래진다.

"최배달 님은 또 어떻게 여기에 오셨어요?"

"뭐?"

"아, 여기 이름은 그게 아닌가."

"뭔 소리를 하고 있는 거야?"

리프는 예전 마탑에 초대되어 어느 정도 안면을 익힌 영민이 알 수 없는 소리를 중얼거리는 모습에 고개를 갸웃거렸다. 그러나 상황 파악이 되지 않는 것은 영민 역시 마찬가지다.

"아니, 왜 여기 계세요? 죄송하지만 여기에 끼실 정도는 아닌데."

"나도 멀리에서 보고 있다 영문도 모르고 끌려와서 당황하고 있으니까 너무 잔인한 말 하지 마."

리프는 마스터의 경지에 올랐지만 딱 거기까지다. 그녀는 널리고 널린 마스터 중 하나일 뿐이고 무엇보다 [진짜] 마스터라고 불리기 위한 조건이라고 할 수 있는 전직을 성공하지 못했기 때문이다.

어떤 유저가 마스터 레벨에 이르게 되면 그는 성지의 그랜드 마스터에게 전직 퀘스트를 받게 된다. 그리고 그것을 클리어하게 되는 순간 그는 직업과 함께 마스터 스킬, 그리고 마스터 웨폰을 얻을 수 있는 도전 자격을 얻는다. 그리고 그것들까지 모두 얻어야 진짜 마스터라고 인정받게 되는 것이다.

그러나 그녀는 [지구] 출신이라는 메리트로 비교적 쉽게 마스터 레벨에 올랐을 뿐 거기에 걸맞은 기교와 능력을 쌓지 못했다. 마스터라고는 하나 절대 탄과의 전투에 낄 수준은 아니었기에 멀리서 방송으로 전투를 보고 있었는데 이렇게 끌려온 것이다.

"으으, 정말이지. 난 싸우는 방법도 모르는데."

리프의 탄식에 영민이 황당하다는 표정을 짓는다.

"…싸우는 방법을 모른다고요? 최배달 님이?"

"아까부터 자꾸 뭔 최배달 타령이야? 내가 공수도라도 하게 생겼어? 내가 생체력 유저라 전투를 할 거라 생각한 모양인데 애초에 난 [채집]이랑 [운송]으로 마스터 레벨에 올랐단 말이야!"

그러나 그렇게나 전투에 문외한인 그녀임에도 결국 최후의 결전에 던져지고 말았다. 비록 본의는 아니라 하나 그녀는 어째서 자신이 이런 상황에 처한 것인지 눈치채고 있었다.

'역시 이 문신 때문이겠지.'

그녀의 양팔에는 심모원려(深謀遠慮), 고진감래(苦盡甘來)라는 글자가 쓰여 있다. 서예의 고수가 먹을 흠뻑 묻힌 붓으로 쓰기라도 한 듯 멋들어지는 필체다.

'아니, 대체 왜 나한테 이런 게 생긴 거야?'

그녀로서는 영문을 알 수가 없는 일이었다. 뭔가 신비로운 인상의 기인을 만난 것도 아니고 뭔가 영약 같은 것을 먹은 것도 아닌데 그야말로 난데없이 이 이상한 글자들이 몸에 깃들었기 때문이다.

그녀에게 해를 끼치는 것도 아니고 뭘 어떻게 할 방법이 있는 것도 아니라서 그냥 두고는 있는데 지금처럼 난데없는 일에 휘말리게 만든다면.

웅ーー!

"어? 뭐지?"

문득 느껴지는 묘한 감각에 리프가 인상을 찡그리며 입고 있던 가운을 벗었다. 민소매 티를 입어 선명하게 드러나 있는 양

간섭자들 145

어깨의 글자가 새로운 형태로 변한다.

[哭不得已笑]
[無可奈何]

"뭐야? 뭔데?"

곡부득이소(哭不得已笑)는 울어야 할 것을 마지못해 웃는다는 뜻으로, 어쩔 수 없이 그 일을 하게 됨을 이르는 말이고, 무가내하(無可奈何), 몹시 고집(固執)을 부려 어찌할 수가 없다는 뜻이지만 안타깝게도 리프는 그것을 읽을 수가 없다. 아니, 아마 한자를 읽었다 하더라도 무슨 뜻인지 알 수 없었을 것이다. 중학교 때부터 학업보다 춤과 노래에 전념해 온 그녀가 어찌 이런 고사성어를 알겠는가?

게다가 사실 중요한 것들은 그 고사성어의 내용 같은 것이 아니었다.

우득.

뼈가 뒤틀리는 것 같은 느낌과 함께 거대한 힘이 그녀의 전신으로 주입되기 시작한다. 그 과정은 너무나 빠르고 갑작스러워서, 영맥 생성기를 설치한 그녀의 육신이 비명을 지를 정도. 심지어 문제는 그뿐이 아니다.

'뭐, 뭐야?! 이거 왜 이래?'

리프는 자기 몸이 멋대로 움직이기 시작한다는 사실에 경악했다. 하지만 혼란스러운 그녀의 심정과 다르게 그 자세는 극도로 은밀하고 안정적이다.

스윽.

리프의 의사와 전혀 상관없이 그녀의 육신이 사뿐사뿐 걷기 시작한다. 그 목표는 시위를 당기고 있는 멀린이었다.

우우우우————!!!

멀린의 모습이 일렁인다. 그가 시위를 당기는 행동만으로도 어마어마한 힘이 집중되면서 주변 공간이 일렁이는 것.

그러나 그런 엄청난 힘을 다루고 있음에도, 아니, 오히려 그런 엄청난 힘을 다루고 있기에 멀린은 자신에게 다가서는 리프의 존재를 눈치채지 못했다. 비록 지금 그가 레비아탄이라는 신화적인 존재를 죽음에 몰아가고 있다 하더라도, 애초에 그는 초월지경에도 미치지 못한 필멸자인 것이다.

'이건 대체……'

리프는 자신의 마음을 차분히 가라앉히고 토닥이는 웅혼한 기운에 필사적으로 저항했다. 아무리 친밀감이 느껴진다 해도 난데없이 몸의 통제권을 빼앗고 마음대로 조종하는데 거기에 순순히 응할 마음이 들 리는 없지 않은가?

하지만 그럼에도 그 힘은 마치 그녀를 설득하는 것만 같다. 이것은 해야만 할 일이라고, 또 어쩔 수 없는 일이라고 계속해서 속삭이는 것 같은 느낌.

그리고 이어 그녀의 머릿속으로 쏟아진 정보는 그녀의 몸을 휘몰아치는 선기(仙氣)가 하려는 일이 정확히 무엇인지를 알려주었다.

'멀린을… 용노를… 신선으로 만들겠다고?'

필사적으로 의지를 집중해 선기에 저항하려던 리프는 순간 혼란에 빠졌다. 지금 자신이 알아낸 정보가 틀림없는 진실이라는 확신 때문이었다.

그러나 그게 진실이라는 것과 지금 그녀에게 닥친 혼란은 전혀 별개의 문제였다.

'뭐야… 이거 좋은 거야, 나쁜 거야?'

휘몰아치는 선기에 저항하던 그녀의 의지가 흔들렸다. 왜냐하면 주어진 정보가 그녀가 [확신]할 수 없도록 만들었기 때문이다. '신선이 된다'는 울림이 그렇게 극단적으로 나쁘지 않았기에 그녀는 모든 것을 걸고 그것에 저항할 의지를 일으킬 수가 없었다.

그리고 사실 그것은 선계가 유도한 방향이기도 했지만——

찌릿!

그 순간 멀린을 향해 쏟아지는 빛살 같은 공격이 있었다.

혼란에 빠져 있던 리프로서는 차라리 고마운 일이다.

"에라이———— 모르겠다!!!!"

진(眞) 선룡포(仙龍砲).

순간 백색의 빛이 소리 없이 폭발했다. 그 가공할 만한 규모의 선기는 멀린을 노리던 저격을 깔끔하게 세상에서 지워 버렸다.

그뿐이 아니다.

퉁——!

저 머나먼 하늘에 구멍이 뚫리고 한순간 새파란 하늘이 드러난다. 그리고 그 엄청난 일격에 일순간 모습을 드러냈던 거대한 [무언가]는 파직파직 하고 스파크를 일으키며 공간의 틈으로 사라진다.

"리프? 이게 무슨?"

막 하울링 스펠을 사용하려던 멀린은 무지막지한 기운이 자신의 머리를 스쳐 하늘로 날아오르는 것을 보고 머리가 쭈뼛 서는 것을 느꼈다. 비록 그를 노린 것은 아니었지만… 만일 그랬다면 그가 감히 어찌할 수 없는 강력한 일격이었기 때문이다.

하지만 리프를 돌아본 멀린의 시선을 잡아끈 것은 끓어오르는 강력한 힘에 당황하고 있는 리프가 아닌 그 건너편에 있는 반투명한 누군가였다.

"하여간 쉽게 되는 일이 없어."

전체적으로 허허로운 인상을 가진, 별다른 특징은 없어 얼굴을 기억하기 힘든 30대 중반의 동양인 사내가 하아, 하고 깊이 한숨 쉰다. 모습을 드러내고 입을 열어 말을 하기까지 아무런 기척도, 존재감도 느껴지지 않던 사내.

멀린은 순간 멍한 표정을 지었다. 왜냐하면 그는 이미 안면이 있는 상대였기 때문이다.

"…강상 아저씨."

멀린이 어린 시절 만났던 그는 물리법칙을 넘어서는, 말하자면 인류의 이해 영역을 넘어서는 그의 재능을 유일하게 인정해 주던 상대였다.

어디 그뿐인가?

비록 기억을 잃어 잊어버리고 있었지만 그는 연구소에 실험

체로 잡혀 있던 그를 구해준 구원자였다. 만일 그가 아니었다면, 아마도 그는 연구소에서 죽거나 혹은 탈출해 악의로 똘똘 뭉친 복수의 괴물이 되었겠지.

그러나 당연하게도, 신화적인 전투에 한껏 웅크리고 있던 세펫은 그를 본명이 아닌 공식 명칭으로 불렀다.

"맙소사! 태공망!"

"당연히 엘로힘에서도 간섭할 거라고는 생각했지만……."

태공망(太公望), 본명은 강상(姜尙). 까마득할 정도로 오래된 주나라 문왕의 스승이었던 그는 제나라의 제후로 그 전기 대부분이 전설적인 존재다.

그는 한가하게 낚시하는 사람을 강태공, 혹은 태공이라 불리게 만든 존재로 유명하지만, 그 실체는 자신의 위로 오직 노군(老君)만을 모시는 장로급의 대선(大仙)이다.

"왜……."

멀린의 눈에 혼란이 떠오른다. 왜냐하면 태공망의 등장과 간섭이 너무나 맥락 없이 이루어졌기 때문이다.

물론 선계는 멀린을, 혹은 인류를 위해 수차례 간섭해 왔고 그건 멀린 역시 잘 알고 있던 사실이다. 레비아탄이 마도황녀 제니카에 대한 쿠데타를 일으켜 디오의 운영권을 손에 넣었을 때 멀린이 반격을 날려 시스템을 차지할 수 있었던 것은 선계의 명령을 받고 그에게 접촉한 만보의 보패, 몽환천령도 덕분이었으니까.

만일 선계의 도움이 아니었다면 멀린은 그저 한 명의 유저일 뿐 지금 같은 결과를 도출해 낼 수 없었을 것이다. 레비아탄이

[운영자로서 디오를 장악하고 있는 이상 디오 안에서 할 수 있는 일은 극히 제한적이었을 테니까.

'게다가.'

멀린은 자신의 옆에 긴장한 채 서 있는 리프를 바라보았다. 그녀의 정체를 정확하게 알 수는 없었지만, 지금 그녀에게서는 무지막지한 힘이 느껴진다. 그녀 자체의 경지는 미약하기 짝이 없지만 지금 그녀에게 깃들어 있는 거대한 힘은 그녀에게 초월지경의 강자와 맞먹는 힘을 부여한다. 비록 의지는 그대로이지만 지금 그녀는 보다 상위의 존재의 힘이 강림한 아바타(Avatar)에 가까운 상태. 당연하지만 선계로서도 그만한 힘을 누군가에게 부여하는 게 쉬울 리는 없다.

'하지만……'

그러나 그렇기에 멀린은 이해할 수 없었다.

"왜 지금에야?"

멀린의 감각으로 전해지는 태공망의 힘은 너무나 강대(强大)하고 고고(孤高)하다.

이제 스스로를 숨기지 않는 그는 너무나도 강대한 권능과 힘을 가진 존재다. 성계신의 레벨 다운을 먹었음에도 중급 신의 권능을 가진 신적인 초월자!

농담이 아니라 완전히 각성한 레비아탄과도 대등한 수준의 힘이니 그가 진작 손을 썼다면 지구의 위기 따위는 진작 종료되었을 것이다.

"왜 지금에야… 가 아니다. 게다가 무엇보다."

후, 하고 시름 깊은 한숨을 내쉬며 태공망이 말했다.

"어차피 나는 아무것도 할 수 없다."

"네? 그게 무—"

우우———!

막 반문하려는 순간 허공에 수많은 문자로 이루어진 원형의 구체가 떠오른다. 난데없는 상황에 주변 마스터들이 경계 태세를 취하는 모습을 보며 태공망이 쓰게 웃는다.

"기회주의자 녀석들이 왔군."

말과 동시에 원형의 구체가 사라지며 거기에서 다섯 개의 그림자가 땅으로 내려선다.

그리고 그와 동시에!

핑!

한순간이었다. 날렵한 몸매의 사내가 공간을 가로질러 자신을 향해 참격을 내지를 때까지 멀린은 제대로 된 반응조차 할 수 없었다. 그냥 빠른 수준이 아니라 쾌(快)의 극한에 도달한 절대무학의 완성형이었기 때문이다.

쩡!

"꺅!"

"큭?!"

그러나 두 개의 비명과 함께 멀린을 향해 화살처럼 쏘아졌던 사내가 달려든 이상의 속도로 튕겨 뒤로 물러선다. 어느새 멀린의 앞에는 리프가 나서 방어 자세를 취하고 있다.

"큭, 넌 또 뭐야? 엘로힘이냐?"

으르렁거리며 다시 검을 겨누는 사내의 모습에 그 옆에 서 있던 드워프 소녀와 용인족이 고개를 절레절레 흔든다.

"허이구, 저 등신. 아무리 그래도 전장 정보를 좀 보고 달려들어야지."

"엘프가 침착하다는 개소리를 한 게 대체 누구야?"

어째서인지 그들은 멀린의 옆에 멀쩡히 서 있는 태공망의 모습이 보이지 않는 듯 태평한 기세였지만 그것도 잠깐일 뿐. 그들의 뒤쪽에서 번쩍하고 엄청난 빛이 뿜어지자 그들 전체의 표정이 굳는다.

[으아아아!! 네놈!!!]

─하하하하! 더 놀아보자고, 종말!

외침과 함께 우르릉 하고 땅이 흔들린다. 레비아탄이 발작적으로 몸을 일으켜 이쪽으로 다가오려고 했는데 그걸 아폴론이 발로 걷어차 버리며 벌어진 현상이었다.

"기가 차는군. 아무리 그래도 그렇지 아폴론이라니."

그 모습이, 그리고 전해지는 힘이 어찌나 엄청난지 새로 모습을 드러낸 존재들도 한순간 멀린을 잊고 그 엄청난 전투를 지켜본다.

"농담이 아니라 이쯤 되면 대단한 걸 넘어서 무서운데."

"하지만 잘도 저 녀석을 강림시켰네. 올림포스 신족은 다 또라이라던데."

"레비아탄이 처맞고 있어. 이런 미친……."

기가 막힌다는 듯 탄식을 내뱉는 이들은 하나같이 해괴한 행색이다.

종족 자체가 그렇다. 다섯의 남녀 중 인간과 닮은 외양을 가진 것은 고작 둘뿐. 나머지 셋은 비교적 많은 지식을 가진 멀린에게 있어서도 생소한 형태의 종족이다.

"고래인간에 용인족, 심지어 하늘을 나는 물고기라니……."

전해지는 힘은 상당하다. 초월지경은 아니지만… 거기에 준하는, 준초월자의 경지.

멀린은 그런 존재를 본 적이 있었다.

'아더와 같은 존재라고?'

좋게 말하면 준초월자. 나쁘게 말하면 반쪽짜리 초월자.

그러나 그 숫자가 다섯이나 된다면 절대 무시할 수준이 아니다. 그 조합에 따라서는 숙련된 초월자조차도 충분히 이겨낼지 모르는 전력인 것이다.

"용노."

"괜찮아, 멀린?"

태공망의 선기에 의해 접근하지 못하던 미호와 아크가 멀린의 곁으로 다가온다.

"위험한데. 저 양아치들이 오다니……."

아크의 오른쪽 어깨에 앉아 있던 엘리가 살짝 긴장한 목소리로 말한다. 그녀의 왼쪽 어깨에 앉아 있던 정천 역시 심각한 표정이다.

"문명레벨이 올랐어. 아니, 전력을 저 정도에서 스톱한 걸 보면… 오르기 직전인가."

"아는 것들이야?"

"너무 잘 알아서 문제지."

성큼성큼 다가오는 다섯의 모습에 정천이 낮게 으르렁거린다.

"바사라……."

그것은 대우주를 지배하는 연합(Union)조차도 없애지 못하고 있는 강력한 범죄 집단이다. 수십 개가 넘는 행성과 수만 척이 넘는 함대를 가진 그들은 그야말로 우주 전체를 무대로 하는 대해적이었기에 기계들로 이루어진 리전과 괴물들로 이루어진 그로테스크와 더불어 세 개의 대적(大敵)이라 불리는 족속이다.

"레비아탄 하나만 해도 머리가 아픈데……."

멀린과 아크, 그리고 크루제의 세 펫이 신음하는 사이 아폴론과 레비아탄의 신화적인 전투에 한껏 웅크리고 있던 마스터들이 모여들기 시작한다. 거세게 적을 공격하던 멀린이 뭔가 알 수 없는 기운에 묶이고 새로운 적들이 모습을 드러냈기 때문이다.

"저 녀석들은 뭐야? 외계인?"

마스터들이 전투태세를 취하며 수군거렸다. 두 명의 남녀는 인간 형태를 가지고 있으니 그리 신기할 것도 없고, 나머지 둘도 고래와 용의 머리를 가진 일종의 수인 형태니 온갖 몬스터와 싸워온 마스터들에게는 비교적 익숙한 모양새였지만, 허공에 떠 있는 물고기는 그들로서도 전혀 본 적이 없는 종류다. 편의상 물고기라고 지칭하지만 용족의 갑각(甲殼)에 가까운 외양을 가진 비늘과 반쯤 투명해 보이는 몸체는 생물체라기보다 신령이나 정령이 아닐까 하는 생각이 들었다.

그러나 그들을 저격총으로 겨누고 있던 크루제는 모두의 시선을 모으고 있는 물고기보다 뒤에 있는 고래인간을 바라보았다.

"저건… 뭐야?"

먼 거리였음에도 그와 눈을 마주치는 순간 그녀는 전신의 털이 올올이 서는 느낌을 받았다. 그것은 단지 상대가 강하기 때문에 느껴지는 감각이 아니다.

너무 이질적인, 그러나 동시에 익숙한.

정상적인 법칙에 따르면 절대 세상에 존재할 수 없는 돌연변이와도 같은 존재.

"맙소사, 저 녀석."

순간 그 정체를 눈치챈 크루제가 신음했다.

"백경이잖아……?"

중얼거리는 순간 고래인간이 고개를 돌려 크루제와 눈을 맞춘다.

"여, 세 명 중 가장 존재감 없다는 후배로군."

"……!!"

크루제는 본능적으로 방아쇠를 당겼다. 그가 새롭게 구현해낸 플라즈마 라이플이 맞은 대상에게 충격과 열 피해를 가하는 플라즈마 발사체를 쏘아낸다.

고래인간이 플라즈마탄을 오른팔로 쳐낸 것은 크루제와 대략 300미터 떨어진 위치에서였다. 그들 사이의 원래 거리가 약 600미터였다는 것을 생각하면 믿기지 않는 일이다. 탄환과 적이 동시에 출발했는데 중간 지점에서 만났다는 뜻이니까!

뻐엉——!

순간 크루제의 앞쪽 공간이 일그러지는가 싶더니 풍선이 터지는 것 같은 소리가 크루제를 강타했다. 크루제는 한 타임 늦게 플라즈마 라이플을 오오라로 환원하고 쌍권총을 꺼내 들었다.

"우와, 놀래라."

크루제는 창백해진 얼굴로 고래인간이 새빨개진 오른손을 탈탈 털고 있는 모습을 바라보았다.

'맙소사, 반응을 못 했어!'

적의 역량은 명백하게 그녀의 윗줄에 위치해 있었다. 저격 거리를 유지하고 있었음에도 일격에 당할 뻔했으니 더 말할 필요도 없으리라.

"조심해."

랜슬롯이 앞으로 나선다. 그 역시 당황하고 있는 것은 마찬가지였다. 조(兆) 단위의 반복이 쌓여 완성된 찌르기가 아니었다면 반응조차 못 할 공격이었기 때문이다. 그야말로 의식의 빈틈을 찌르고 들어오는 쾌속이라서 방금 전의 방어도 무의식중에 한 것이나 다름없는 상황.

그러나 놀라고 있는 건 그들뿐이 아니었다.

"그나저나 넌 뭐야? 백경도 아니고, 뭣도 아니고. 아니, 그 정도가 아니라 이 정도면 거의 일반인 아닌가? 주요 인물에도 없던 녀석이 어떻게 내 속도에 반응했지?"

고래인간은 신기하다는 표정으로 랜슬롯을 바라보았다. 그러나 그것도 잠시.

"하긴 뭐, 누구면 어때."

새하얀 색의 피부, 3미터에 가까운 신장을 가진 고래인간이 피식 하고 웃는다.

"싹 정리하면 되지."

그리고 그 말이 끝남과 동시에 다시 그가 돌진한다.

전투의 시작. 그리고 전투를 시작한 것은 그들뿐이 아니다.

콰앙!

"오! 저 갑옷 뭔데 침식의 마탄을 씹지?"

쏘아진 탄환을 쳐낸 아크의 모습에 자신의 신장에 걸맞지 않는 거대한 권총을 든 소녀가 휘파람을 분다. 그리고 그런 그녀를 엘프 사내가 스쳐 지나간다.

"캬하하하! 어때! 어때! 어디 아까처럼 쳐내봐!"

"으, 으으……? 뭐, 뭐야, 뭔가 나한테……."

리프는 자신을 보호하는 강렬한 선기가 알 수 없는 저주에 흔들리는 것을 느끼고 신음했다. 고개를 들어보니 자신을 향해 칼을 휘두르는 사내 저 뒤쪽에서 자신을 바라보며 저주의 언어를 중얼거리는 물고기가 보인다.

'으으! 사용법이 머리에 있어도 어려워!'

그녀를 돕는 시스템, 도술소녀가 저주를 해제하는 방법을 알려주었지만 그녀에게 가해지는 저주는 그저 전달받은 정보로 이겨내기에는 너무 수준이 높다. 선계로부터 온갖 보정을 갑중갑(甲中甲)급으로 받고 있는 그녀는 초월자에 준하는 출력을 가지고 있었지만… 그것이 그녀의 역량이 초월자라는 뜻은 아니었으니까.

한편 멀린은 칼날 부분이 레이저로 이루어진 태도(太刀)를 든 용인족과 충돌하고 있었다.

쩡!

"큭!!"

멀린은 오른손을 통해 파고들어 내장을 뒤흔드는 타격에 이를 악물었다. 단 일합에 자신의 전력이 상대와 정면 대결을 하기에 부족하다는 것을 깨달은 그는 재빨리 폭염의 루비를 불러내 어깨 위로 띄워 올렸지만—

"이런! 그런 무시무시한 걸 휘두르게 둘 수는 없지!"

다시 휘둘러지는 참격을 어쩔 수 없이 무리수를 휘둘러 받아낸다. 그러나 불리하다. 그의 최대 무기인 내공 증폭은 일격필살의 무공이기에 지금처럼 빡빡하게 그를 압박하는 적을 향해서는 쓸 수가 없었던 것이다.

'큭! 이렇게 싸워서는 안 되는데!'

상황이 그의 전투 능력에 가장 반하는 양상으로 흘러가고 있었다. 그의 장기는 저격과 일격필살. 이렇게 끈덕지게 달라붙는, 그것도 자신보다 명백하게 강한 적에게는 할 수 있는 일이 많지 않다.

"하아——!"

"꺼져라, 여우!"

"꺅?!"

여우불을 일으켜 송곳처럼 날카로운 관통형 폭염구를 만들어냈던 미호는 너무나 당연하다는 듯 여우불을 헤치고 들어오는 용인족의 모습에 비명을 질렀다.

"화염 면역?!"

"마법 면역이다, 하등한 여우야!"

쾅!

간섭자들 159

폭음과 함께 미호의 몸이 튕겨 나가 십수 채의 건물을 박살 내며 사라진다. 멀린은 당장에라도 달려 나가 그녀의 상태를 확인하고 싶었지만 그건 하책 중의 하책.

대신 멀린은 폭염의 루비를 불러 정신을 집중했다.

우웅—!

무지막지한 기운이 끓어오른다. 그 힘은 그야말로 무진장(無盡藏)이다. 멀린이 사용할 수 있는 모든 힘을 모은 후 수백, 수천 배로 불려도 감히 따라갈 수 없는 어마어마한 힘.

그러나 너무나 강한 힘이기 때문에 오히려 사용하기가 힘들다.

"방금 말하는 거 못 들었나?"

마치 허상처럼 용인족의 검이 멀린의 머리를 노리고 떨어진다.

"그런 무시무시한 걸 휘두르게 둘 수는 없다니까."

어마어마한 충격과 함께 멀린의 몸이 뒤로 튕겨 나간다. 그나마 다행인 것은 용인족이 폭염의 루비를 낚아채려는 것을 막아냈다는 점이지만.

'좋지 않아.'

목구멍으로 넘어오는 핏물을 느끼며 멀린이 신음을 토했다. 우주적인 대괴수 레비아탄조차도 빈사 상태에 몰아넣을 수 있는 어마어마한 위력의 마법을 발동시킨 그이지만 당장 이 상황을 탈출하기는 너무나 어려웠기 때문이다.

하긴 당연한 일이다. 미사일을 들고 어찌 칼을 휘두르는 상대를 막아낼 것인가?

"할 수… 없군!"

멀린은 무리수를 휘둘러 용인족을 쳐냈다. [증폭]의 힘이 깃든 강렬한 공격력에 놀란 적이 멀찍이 물러서는 순간이었다.

"아폴론!"

멀린의 외침에 하늘에 떠 레비아탄을 짓밟고 있던 태양의 신이 그를 내려다본다.

그리고 그 모습에 일행을 압박하고 있던 바사라의 해적들이 기겁한다.

"엑?! 설마 아니지?"

"워어, 워어, 설마?"

그러나 그들이 당황하거나 말거나 멀린이 소리쳤다.

"이 녀석들을 먼저 제거해!"

폭염의 루비를 들고 전력을 다해 소리치자 거대한 기운이 사방으로 퍼져 나간다. 소환물을 소환한 것과 같은 기운을 사용한 1순위의 명령이다.

그러나.

—하하하, 이 녀석.

상대는.

—지금

평범한.

—얻다 대고 명령질이야?

소환물 '따위'가 아니다.

쿵!

그의 영언에 분기(憤氣)가 깃드는 것만으로 멀린의 무릎이 거

간섭자들 161

세게 굽혀진다. 그나마 멀린과 마스터들뿐 아니라 해적들까지 같이 주저앉았다는 게 다행이라면 다행이다.

오오오———!

모두가 공포에 질려 아폴론을 올려다본다.

그것은 그야말로 절대적인 신성(神聖)!

비록 멀린에 의해 물질계에 강림했다 하지만… 애초에 그는 평범한 소환물 따위가 아니다. 비록 지금은 모든 것을 잃었다 하더라도 가장 높고도 빛나던 태양의 신이라는 그의 전력이 사라지는 것은 아니니까.

'제길!'

엄청난 위압에 짓눌리며 멀린이 이를 갈았다.

'실수다!'

너무 흥분했다. 어째서 자신이 다른 어떤 것도 아닌 강림(降臨)의 형태로 하울링 스펠을 사용했는지 잠시 잊었던 것이다.

그가 발견해 낸 데이터 카피(Data copy)가 신들조차 염두에 두지 못한 기적이자 세계의 오류인 것은 틀림없는 사실이다. 그것들을 활용한다면 멀린은 신도 마왕도 할 수 없는 기적을 행사하는 게 가능하겠지.

하지만 그렇다고 그의 역량 자체가 달라진 것은 아니다.

사실 당연하다. 마왕급, 즉 텐클래스의 마법을 중급 신위는 커녕 초월지경에조차 오르지도 못한 그가 어찌 자유롭게 사용할 수 있겠는가? 원래의 주인을 죽이고 손에 넣은 무스펠하임에게도 주인으로 인정받지 못할 정도였으니 그 근원의 힘을 직접적으로 다루는 방식에서 한계가 생기는 건 너무나도 당연한 일이다.

때문에 그는 자신이 직접 술식을 만들어 제어하기보다 차라리 화염의 속성에 맞는 허신을 불러오는 쪽으로 방향을 선회했다.

그리고 그건 쉽게 성공했다. 마침 그가 기존에 사용하던 하울링 스펠이 모두 올림포스 신들의 이름을 사용하고 있었기에 강림이라는 거대한 기적이 마치 숨 쉬듯 가볍게 성공한 것이다.

그러나… 그것이 그가 신을 제어할 수 있다는 뜻은 아니었다.

―너에게 매우 고맙게 생각한다. 나는 지금 몹시 즐거워. 저 거지 같은 허무 속에 있는 것보다 백배천배 신나거든.

자신을 내려다보는 아폴론의 모습을 보며 멀린은 가볍게 자책했다. 물론 변명할 말은 있다. 최초 아폴론이 너무 순순히 그의 의지에 따라 움직였기에 착각할 여지는 충분했던 것이다.

'하지만 아니었다는 거군.'

멀린은 그제야 알았다.

그의 술식에 담긴 [명령]에 아폴론이 따른 것이 아니다.

그저 아폴론이 개인적으로 레비아탄에게 악감정을 가지고 있다가 기회가 되어 그것을 풀어낸 것뿐이었던 것이다.

아폴론은 말했다.

―하지만 네가 나를 천년만년 소환해 줄 수 있는 것도 아닌데 명령은 좀 아니지.

피식 웃는 아폴론의 눈에는 광기(狂氣)가 가득하다. 한때 최고의 자리에 있었던, 전 우주를 지배하던 그들이 모든 것을 잃고 허신이 되었으니 제정신이면 오히려 이상한 일이겠지.

다만 문제는.

'계속 소환… 할 수 있을 것 같은데.'

아폴론조차도 '아무리 그래도 한계가 있겠지'라고 생각한 모양이지만 사실 폭염의 루비는 아직도 잔뜩 있다. 그리고 원한다면, 앞으로도 계속해서 [복사]할 수 있을 것이다.

지옥로에는 내구라는 게 없고 세상에 악인은 무수히 많으니까.

'하지만.'

그러나 멀린은 일순간 그 사실을 말할 수 없었다. 아폴론에게서 느껴지는 광기가 그에게 망설임을 안겨주었던 것이다.

지금 과연 그가 아폴론의 강림을 계속해서 강림시킬 힘이 있다는 것을 알린다면 어떻게 될까? 과연 아폴론이 고맙다며 멀린의 명령을 곱게 따를 것인가? 신의 힘과 자존심을 가진 아폴론이?

만일 그가 오히려 탐욕을 드러내게 된다면?

'그렇게 되면… 오히려 레비아탄보다 더 무시무시한 적을 내 손으로 만드는 게 된다.'

―조심해.

다행이랄까. 그는 더 이상 그를 겁박하지 않고 레비아탄에게로 돌아갔다. 순간 울컥했을 뿐 자신의 소환자가 멀린이라는 사실은 명확히 인식하고 있었던 모양.

하지만 이렇게 되면 상황은 다시 원점이라는 것이 문제다.

아니, 정확히 말하면 원점조차 아니었다.

우웅―! 우웅―!

공간이 일렁이고 섬뜩한 감각이 사방을 짓누른다. 그것은, 아폴론이 멀린에게 도움을 주지 않을 거라는 확신을 가진 새로운 두 세력이 간섭을 시작하는 전조였다.

쿠릉!

검은 벼락이 떨어지더니 공간이 갈라지고 회색의 거인이 모습을 드러낸다. 거의 인간과 흡사한 외양을 가진 그녀는 피부색과 똑같은 기다란 머리칼을 늘어뜨린 채 고요히 서 있는 상태.

"아, 새드니스. 왜 하필 저년이야?"

맹렬한 기세로 리프를 몰아붙이고 있던 엘프 사내가 얼굴을 찡그리며 뒤로 물러선다. 마찬가지로 마스터들을 공격하고 있던 다른 해적들 또한 간격을 벌렸다. 자칫 피라미에게 집중했다가 강대한 적에게 뒤를 잡힐 수 있다는 사실을 깨달았기 때문이다.

"아, 제길. 이 상황이면 당연히 카이사르가 무기를 던질 텐데."

"그냥 만나면 허접인 것들이……."

지금까지와 다르게 진지한 목소리에 그들에게 휩쓸리던 마스터들의 표정이 변한다.

"새드니스? 그거 그로테스크의 최상위 슬레이어인라는 넘버링(Numbering)아냐?"

"그중에서도 제1번(Number 1)……."

심지어 그뿐이 아니었다.

쿠오오오――!

난데없이 허공에 웜홀이 열리더니 강철의 거인이 모습을 드러낸다. 사실 그것은 누군가가 타서 조종하는 병기, 기가스(Gigas)였지만 지금 이 순간 거기에 탈 수 있는 존재는 어디에도 없다. 그 스스로의 자아가 그 누구도 인정하지 않을 것이기 때문이다.

"하, 시발. 이거 또 유명인 납셨군."

"유명인은 무슨. 저게 사람도 아닌데."

"왜? 알렉산더(Alexander)라면 유명인이 맞지. 안 그래?"

그것은 스스로의 영혼을 완성하여 이름을 가지게 된 리전, 즉 네임드(Named)다. 네임드급의 리전은 대체적으로 강력하기로 유명한데, 알렉산더는 그중에서도 특별히 유명한 개체였다.

"뭐야, 저거. 분명 인(人)급 기가스인 것 같은데……."

크루제의 얼굴은 창백하다. 자신을 미친 듯이 공격하던 정체불명의 백경에게서 잠시 자유로워졌지만 상황이 오히려 안 좋아졌다는 것을 알고 있기 때문이다.

대우주 전체에 널리 쓰이는 최신병기 기가스는 신성인수기(神星人獸器), 즉 신, 별, 사람, 짐승, 기계라는 분류법을 가지고 있다. 그리고 그중에서 알렉산더는 [인물]의 호칭을 가진 기가스라면 중간 정도에 불과한, 그저 그런 수준의 전쟁 병기여야 한다.

하지만 리전으로서 영혼을 얻어 오롯한 자신을 완성한 그는 기체의 한계를 완벽하게 초월했다.

"설마 제작된 기계가 초월자가 될 수 있다니… 그것도 탑승형 기계가……."

그렇다. 그들의 앞에 나타난 알렉산더는 스스로를 완성해 초월지경에 도달해 버렸다! 대우주에는 그와 같은 이름을 가진 인급 기가스가 수십 대가 더 있지만 그는 그 전부와 차원이 다른 존재로 재탄생해 신급 기가스를 넘어서는 힘을 가지게 된 것!

다섯이라는 숫자를 가지고 있다고 하나 전원이 반쪽짜리 초월자인 우주해적 바사라와 강력하기로 유명하기는 하나 그 전력이 최상급 마족에 불과한 새드니스를 생각하면 그야말로 등급 외의 존재였지만… 그럼에도 바사라도, 새드니스도 그다지 두려워하는 기색은 없다.

사실 당연하다. 그들은 본진이라 할 수 있는 세력들은 우주 밖에 더 많은 힘을 가지고 있음에도 그들만을 보낸 것이니까.

지금 지구에 내려선 그들은 세 개의 세력이 지구의 문명레벨을 고려해 선택한 최대치의 전력들이다.

[위대한 부름을 받아라. 네가 바로 증오(憎惡)의 주인이다!]

강력한 영언이 후려친다고 느껴질 정도로 강하게 주변을 장악한다. 그리고 그와 동시에 그로테스크의 첫 번째 슬레이어, 새드니스의 등이 터져 나가며 피막으로 이루어진 날개가 펼쳐진다.

"슬프구나."

회색의 긴 머리칼을 흩날리며 새드니스가 말했다.

"너희의 죽음이."

살벌한 영압이 주변을 짓누른다. 마스터 중에는 신음을 토하며 주저앉는 이들까지 생겨났을 정도.

그러나 모두가 그녀에게 압도당한 것은 아니었다.

"큭큭큭! 지랄하고 있네, 잡탕년이!!"

대해적단 바사라의 돌격병, 찬이 거대한 검을 중단으로 들어올리자 무지막지한 내기가 활화산처럼 타오르기 시작한다. 흔히 '선택받은 엘프'라 불리는 하이 엘프(High Elf)인 그가 2,700년이라는 가공할 시간 동안 쌓아온 힘이었다.

"나잇값 좀 해, 이 늙은이야. 초월자도 못 된 녀석이 내공만 많다고 설치기는."

"괜히 설치다 죽지 말고 포메이션을 유지하세요."

멀린을 몰아치던 용인과 중화기로 아크를 공격하던 드워프 소녀가 사내의 왼쪽과 오른쪽에 선다. 다만 나란히 선 것은 아니고 한 발짝 물러서 있는 상태.

[블러디 스퀘어 완성 확인…….]

허공에 뜬 물고기가 그들의 뒤쪽에 서 묘한 파동을 일으키기 시작하자 그들의 가운데에서 서 있던 고래인간이 조용히 눈을 뜬다.

"재미있는걸."

가벼운 웃음과 함께 강대한 파동이 뿜어진다. 그들의 불안정한 힘이 서로를 보조하고 조화를 이루며 폭증해 알렉산더와 새드니스에 맞먹는, 명백히 [초월]한 영역에 들어선 것이다.

[아이고, 맙소사.]

그리고 그 모습을 내려다보고 있던 펭귄이 크게 고개를 내저었다. 맨 처음 레비아탄이 공격을 시작했을 때와는 상황이 다르다. 전혀 방심하고 있지 않은 초월자가 셋이나 되는 상황이었기 때문이다.

그뿐이 아니다.

대우주 그 자체라 해도 무방한 힘과 세력을 가진 연합, 그리고 그 연합을 양분하는 엘로힘과 노블레스.

거기에 '그' 연합이 대적이라 부르는 리전, 그로테스크, 바사라…….

그녀의 옆에서 그들을 내려다보고 있던 소녀는 펭귄을 바라보며 나직이 투덜거렸다.

"이 바보야. 네가 던진 똥덩어리가 생각보다 너무 크잖아."

[나도 이렇게 될 줄은 몰라서… 하지만 웃기긴 하네. 대우주의 거대 세력 전부가 여기에 한 발 걸치고 있는 상황이 되어버렸으니.]

펭귄은 눈을 가늘게 떴다. 물론 그녀는 인간들의 문제에 간섭할 생각이 없었고 지금 역시 그것은 마찬가지다.

하지만…….

[내가 당연히 안 끼어들 거라고 생각하고 멋대로 하는 것들을 보니 좀 화가 나는데?]

펭귄이 단지 불쾌해하는 것만으로 주변 공간이 일렁인다. 상위 초월자인 그녀의 감정이 물질계에 영향력을 행사하는 것.

그리고 그런 그녀의 모습에 소녀가 눈을 동그랗게 떴다.

"어라, 설마 끼어들 생각이야? 확대 해석인데?"

본체를 되찾은 레비아탄을 소녀가 관리하던 지구의 이면, 어나더 플레인(Another Plane)에 옮겨놓은 것과는 전혀 다른 차원의 문제다. 의도치 않게 폭주한 레비아탄은 명백히 [재앙]의 영역이지만 지금 쳐들어온 외계의 존재들은 기껏해야 테러범, 혹은 납치범에 불과하니까.

[넌 어떤데?]

"내 의사야 상관이 없지. 잠시 장소를 옮겼다 해도 이건 여전히 너희 행성 일이니."

한 발짝 물러선다. 실제로도 관할 자체가 다르기도 하니 당연한 태도. 하지만 어쩐 일인지 펭귄이 그런 그녀와 눈을 마주친다.

[그럼에도 내가 좀 도와달라고 한다면?]

"……"

소녀의 표정이 묘하게 변한다. 왜냐하면 그녀의 [도와달라]는 말이 무엇을 뜻하는 것인지 알고 있기 때문이다.

결국 그녀가 바라는 것은 동의(同意).

애초에 상급 신위를 가지고 있는, 그것도 가장 만능에 가깝다는 창조신의 위계(位階)를 가진 그녀에게 힘이 모자랄 리는 없다. 성계신인 그녀에게 필요한 것은 힘이 아니라 율법 그 자체라 할 수 있는 그녀가 자신의 권한을 확대 해석하는 데 드는 부담을 분담해 줄 동반자였던 것이다.

그리고 그녀와 같은 성계신이라면 충분히 그 대상이 되는 게 가능하다.

"으흠… 평소라면 당연히 네 똥을 가지고 꺼지라고 하겠지만."

[하겠지만?]

고개를 갸웃거리는 그녀를 보며 소녀가 단단히 뭉쳐 있는 마스터들을 바라보았다.

그들의 가운데에는 진지한 표정으로 한 자루의 태도(太刀)를 든 부드러운 인상의 미소년, 영민이 있었다.

*   *   *

한편 멀린은 서로가 서로를 견제하는 세 세력을 보며 신음을 토했다.

"웃기지도 않는군. 도대체 이 작은 촌구석에 뭐 먹을 게 있다고 이렇게……."

당장에라도 폭염의 루비를 자극하고 싶었지만 감히 마력을 일으킬 수가 없다. 서로 견제하고 있을 뿐… 바사라, 그로테스크, 리전 모두 은연중에 자신에게 집중하고 있다는 사실을 알았기 때문이다.

"좀 도와줄 수 없어요?"

멀린의 말에 시야의 한편에 서 있던 태공망이 어깨를 으쓱인다. 어쩐 일인지 세 개의 세력은 그를 인식하지 못하는 듯하다. 심지어 초반에 그를 인식했던 펫들조차 자연스럽게 그를 잊은 듯 그쪽을 쳐다보지 않는다.

"미안하지만 나는 이렇게 서 있는 게 한계다."

"아무것도 안 하는 게?"

"그래. 아무것도 안 하는 게 한계치의 도움이지."

태공망은 거기까지 말하고 멀린을 바라보고 있는 연합의 삼대 적을 바라보았다. 물론 그들만 해도 엄청난 문제다. 그러나 진짜 문제는.

―크하하하하!

 태양의 신이 몸을 일으킨다. 어느새 그 크기는 미친 듯이 커져 하늘을 가득 메울 것만 같다. 종말의 마수, 거만한 자의 왕이라 불리던 태초의 고룡조차 그의 엄청난 폭염에 짓눌려 불타오르고 있다.

 '엄청난 힘이야. 심지어 저 녀석에게는 아무런 제약이 없다.'

 레비아탄이 레벨 다운을 먹었다 하더라도 아폴론이 휘두르는 힘은 정상이 아니다. 마왕급 마법을 한 번, 두 번, 세 번, 네 번… 정말 믿을 수 없을 정도로 중첩받은 그는 도무지 힘을 다해서 사라질 생각을 하질 않았으니까.

 물론 그렇다 하더라도 한계는 있겠지만, 애초에 이건 비초월자가 일으킬 만한 기적이 아니다.

 "나조차도, 대선인 나조차도 지금 네가 하고 있는 것이 뭔지 정확히 이해하지 못하고 있단다. 알겠느냐? 지금… 온 우주가 너의 행동에 경악하고 있단 말이야."

 지구의 상황만 보고 있는 멀린은 전혀 못 느끼고 있지만 지금 태공망의 머릿속에는 온갖 정보가 전달되고 있다. 심지어 선계 가장 높은 곳으로부터의 지시조차 그에게 떨어져 내리고 있을 정도니 더 말해 무엇하겠는가? 영계의 지배자인 태상노군(太上老君)조차 이 상황을 제대로 [이해]하지 못하고 있다는 뜻이다.

 '상황이 웃기게 되었군.'

 판 자체가 흔들리고 있다. 이제 와서는 고작 지구와 디오의 소유권만의 문제가 아니게 되어버린 것. 그리고 그런 상황들을 생각해 보면 연합의 대적들이 움직인 것도 당연할지 모른다. 그들은 언제나 대우주의 판을 뒤집으려고 혈안이 되어 있는 상태니까.

쾅!!

"컥!"

한껏 방어 자세를 취하고 있던 마스터들의 우두머리, 웨인이 비명조차 지르지 못하고 배트에 얻어맞은 야구공처럼 저 멀리 날아가 버린다. 그를 너무나 가볍게 날려 버린 엘프 검사 찬은 그 아름다운 외모와 어울리지 않는 포악한 미소를 지으며 말했다.

"우리가 먼저 싸울 이유는 어디에도 없겠지? 일단 주변 청소부터 한다!"

그의 말에 새드니스가 부드럽게 웃는다.

"결국은 너희도 죽게 될 테지만 말이지."

알렉산더 역시 묵직한 금속음과 함께 고개를 끄덕인다.

[동의.]

순식간에 열을 갖춰 다가오는 적들의 모습에 마스터들의 얼굴이 창백해진다. 멀린 역시 이를 악물며 폭염의 루비를 잡았다.

말하자면 이건 협박이다. 최악의 상황에는 그냥 그걸 폭주시킬 것이라는 사실을 주지시키는 것. 적들이 그를 원거리에서 기습적으로 압살하지 못하는 것이 바로 폭염의 루비 때문이니까.

'망했군.'

그러나 그럼에도 결국 멈추지 않는 적들의 모습에 멀린은 그들이 스스로의 목숨을 그다지 소중히 여기지 않는다는 것을 깨달았다. 연합의 대적이라 불리는 거대 세력들에게 있어서는 초월자라는 엄청난 전력조차 충분히 감당 가능한 [비용]이었던 것이다.

반면 그는 죽을 생각이 없으니 이 협박은 하나 마나.

그런데 그때였다.

"메테오 스트라이크(Meteo Strike). 파트 원(Part one)."

딸깍, 하는 느낌과 함께 마력이 달린다. 그것으로 격발(擊發). 준비된 술식이 기동하고 마력이 정해진 법칙에 따라 재배열되어 그녀의 양손으로 몰려든다.

우우우―――

아크의 양손에 이해가 불가능할 정도로 강력한 물리적 파괴력이 깃드는 것을 느낀 일행이 모두 놀라 아크를 돌아본다. 그들은 그녀의 표정도 기색도 느낄 수 없었지만, 그녀의 검은색 갑주가 비명이라도 지르는 것처럼 파르르 떨리는 모습은 분명히 볼 수 있었다.

"아, 아니 잠깐. 인챈트 메테오 스트라이크라고? 운석 마법을 인챈트해? 양손에?"

바사라의 일행 중 하나였던 드워프 소녀가 경악한 표정을 지었다. 이해할 수 없는 일이기 때문이다.

하지만 그러거나 말거나 아크는 그대로 두 손을 들어 올렸고―

"데몰리쉬 핸드(Demolish hand)."

그대로 두 손이 허공에서 부딪혔다.

푸확!

순간 부채꼴의 충격파가 일행을 향해 달려들던 세 개의 무리 전부를 휩쓸어 버린다. 뭔가 대응할 틈조차 없을 정도다.

"이런 웃기지도 않는……!"

"아니, 대체 이게 뭐야!?"

새드니스는 피막으로 이루어진 날개를 펼쳐 정면을 가로막았고 바사라의 해적들은 진형을 갖춰 모두의 힘을 합친 결계를 만들어냈다. 그것들은 모두 높은 수준의 방어 기술이었지만, 그럼에도 아크의 공격에 휩쓸려 무지막지한 기세로 밀려난다.

그야말로 끔찍할 정도로 강력한 물리 에너지!

고위 능력자들에게 물리력은 가장 먼저 이해하고 넘어가는 하위 에너지에 불과하지만 문제는 그 규모다. 직경 십수 킬로미터의 운석이 떨어질 때 발생하는 충격을 단 한 점에 집중시킨 초월적인 물리력은 차원조차 일그러뜨리며 그들을 후려치고 있었다.

[변수 확인.]

그러나 단 한 명, 아니, 단 한 기의 대처는 나머지와 다르다.

쿠오!

난데없이 허공에 웜홀이 뚫리고 15미터나 되는 거인이 아크의 옆으로 내려서 단 한순간의 망설임도 없이 주먹을 내리꽂는다. 그야말로 벼락같은 그 일격을 아크는 제대로 인식하지도 못했다.

[제거한다.]

반응은 없다. 설사 그 공격을 인식했더라도 이미 사용한 궁극 마법의 여파 때문에 반응할 여유 따위는 없는 상황. 대신 그런 그녀와 알렉산더 사이에 누군가가 끼어든다. 바사라의 용인족에게 얻어맞아 멀찍이 튕겨 나갔던 미호였다.

"멈춰!"

알렉산더는 비명과 함께 양손을 내뻗는 미호를 가볍게 무시했다. 그녀가 전혀 눈여겨볼 필요가 없을 정도로 낮은 경지의 대상이라는 것을 이미 알고 있었기 때문이다.

물론 그녀가 다른 마스터들은 인지조차 하지 못한, 그야말로 찰나라고밖에 표현할 수 없는 시간대에서 움직였다는 사실은 그에게 의문을 안겨주었지만… 공격을 멈추고 고민하기보다 일단 목표를 제거하는 게 더 중요한 일이 아니겠는가?

하지만 그 순간 미호의 등 뒤로 아홉 개의 꼬리가 떠오르고—

푸확!

무지막지한 폭염이 알렉산더를 후려쳤다.

"와, 이거 완전 노답인데. 재능이 없어."

"……."

은혜는 자신의 앞에 앉은 사내의 말에 쓴웃음을 지었다.

재능이 없다니?

그녀는 자신을 강간하려 하는 양아버지와 강간당할 위기를 몇 번이나 넘긴 친딸을 보듬기는커녕 질투하는 친어머니 사이에서 자라났다.

그야말로 최악에 가까운 가정환경이었지만 그녀는 절대 굴하지 않았다. 그녀는 언제나 필사적으로 저항하고 이겨내 그 모든 제약과 구속을 스스로의 힘으로 벗어던진 것이다.

어디 그뿐인가? 그녀는 그 누구의 도움도 없이 스스로를 단련하고 연마해 미국은 물론 세계 전체에 영향력을 끼치는 [기관]에 들어가는 데 성공했다.

물론 그 모든 것은 재능보다 그 어떤 것에도 굴하지 않는 그녀의 정신 덕에 가능한 일이었지만… 만일 그녀가 보통 사람이었다면 그런 위업이 가능할 리 없다.

그런데 재능이 없다?

'하지만 이 사람이 말하니 부정할 수가 없군.'

은혜는 내심 어이가 없어 헛웃음을 흘렸다. 그리고 그 모습에 그녀의 앞에 앉아 있는 호남형의 사내가 앗, 하고 고개를 흔들었다.

"아아, 미안 미안. 재능이 없다니 말이 심했네."

"아뇨, 뭐. 무황님에 비하면."

"그냥 흔해 빠진 재능이라고 했어야 하는데."

"……"

할 말을 잃어버린 은혜를 보며 레이그란츠는, 그 드넓은 대우주에서도 무황(武皇)이란 이름을 인정받은 절대자는 단호하게 말했다.

"이 녀석이 죽기 전에 초월경에 이를 가능성은 아예 없어."

레이그란츠의 말에 커다란 바위 위에 정좌(正坐)하고 있던 연두색 머리칼의 사내가 답한다.

"어정쩡하다 이거지."

"그래. 어정쩡한 재능에 어정쩡한 각오야. 굳이 표현하자면… 수재(秀才)로군. 이 정도로 초월경에 오를 수 있으면 60억 인구 중에서 거의 1만 명은 초월경에 올라갈걸."

냉혹하다면 냉혹한 말을 들으며 은혜는 주변을 둘러보았다.

그녀, 그리고 그녀와 함께하는 두 사내가 거주하는 반경 15미터 정도의 공간 밖으로는 오직 어둠만이 보인다.

그녀는 이곳에 처음 들어왔을 때를 떠올렸다.

"이, 이런, 이런 재수 없는 일이……!!"

그래, 아마 이게 마지막으로 들었던 비명이었던 것 같다. 이곳, 그러니까… 허수공간(虛數空間)에 빠지기 전에 말이다.

본래 허수공간에 빠져야 하는 것은 그녀 혼자였지만, 레이그란츠의 치명적인 빈틈을 발견한 백선신룡 천향이 여의주(如意珠)에 담긴 힘으로 그를 밀어버림으로써 은혜와 레이그란츠 모두가 그 안으로 빨려 들어오고 말았다.

여기까지는 누구도 부정할 수 없는 불의의 사고.

문제는 그렇게 허무에 잠식되어 소멸했어야 할 그 둘을 구해준 자가 있었다는 것이다.

"아, 그런데 밀레이온."

"응, 왜?"

"이 혼돈에 잠기면 신들조차도 모든 힘을 잃고 섞여 버리는 거 아냐?"

허수공간, 혹은 카오스라 불리는 이곳은 근원(根源)에 근접해 있는 혼돈의 영역으로 신들조차 잘못 빠지면 탈출하지 못하고 세상의 근원과 뒤섞여 버리는 곳이다.

이곳은 문자 그대로 세계의 틈새.

시간도 공간도 존재하지 않는 이곳에서 이토록 평온한 분위기를 유지할 수 있다는 것은 사실 정상이 아니다. 괜히 노블레스들이 레이그란츠에게 사망 선고를 내린 게 아니었으니까.

"맞아. 인식은 안 되겠지만 여기서 휩쓸려 다니는 최상급 신도 제법 있거든. 뭐 죄다 허신이지만."

"그런데 생각보다 우리 너무 오랫동안 멀쩡한 거 아냐? 어떻게 이럴 수가 있지?"

레이그란츠의 의문에 좌정하고 있던 연두색 머리칼의 사내, 밀레이온이 눈을 떴다.

"어떻게 이럴 수 있냐면."

"있냐면?"

"내가 잘나서……."

"……."

레이그란츠의 두 눈이 세모꼴로 변한다. 성질 같아서는 당장에라도 박차고 일어나서 천권이라도 펼치고 싶다는 표정이었으나 어쨌든 목숨을 구함받은 것은 사실이어서인지 꾹 눌러 참고 다시 은혜에게 고개를 돌린다.

"뭐 어쨌든! 넌 널린 재능의 소유자야. 어중간한 수준은 몰라도 초월경에 이르는 건 거의 불가능하지. 뭐, 노오오오오오력!!을 할 수 있다면 또 모르지만 일반적으로 노오력 정도가 한계거든."

"무슨 말이신지……."

쓴웃음을 짓는 은혜를 보며 레이그란츠가 말한다.

"무슨 말이냐면 다른 수단이 필요하다는 말이지."

거기까지 말하고 그는 탄과 그를 지지하는 노블레스의 실권

자들을 떠올렸다. 사실 그는 2차 육성 시스템, 디오에 별다른 관심이 없었지만 이렇게 엿을 먹은 이상 보답하는 것이 합당한 예의일 것이다.

"힘을 쓸 생각이야?"

"너는 어떤데? 솔직히 이 녀석 마법전사라서 나보다는 네 도움이 더 필요한데."

"솔직히 바쁘지만……."

밀레이온은 잠시 고민하다가 고개를 끄덕인다.

"좋아, 초월지경의 전사가 있다면 탄의 계획이 어그러지겠지. 레벨 다운을 먹으면 낼 수 있는 힘에도 한계가 있을 테니."

"…저기요?"

뭔가 자신이 모르는 사이에 이야기가 진행되어 가고 있다는 느낌에 은혜의 표정이 미묘하게 변한다. 이야기의 흐름을 보면 자신을 키워준다는 말인 것 같은데, 그전에 그녀가 초월지경에 오를 재목이 아니라는 말도 했었기 때문이다.

그리고 그런 그녀의 마음을 이해한 듯 레이그란츠가 말한다.

"너는 걱정할 필요가 없어. 초월경에 오르는 데에는 재능과 노력 말고도 다른 방법이 있거든."

"재능 노력이 아닌 다른 방법이 있다고요?"

그야말로 금시초문인 말에 의아해한다. 세상에 그런 편리한 방법이 있을 리 없지 않은가? 하지만 피식, 하고 웃으며 레이그란츠는 말했다.

"그래. 재능도 노력도 아닌 다른 방법. 우리는 그것을."

그의 오른손에 묵직하고 거대한 기운이 맺히기 시작한다.

"흔히 기연이라 부르지."

*   *   *

"으으… 으… 망할 마법 면역은 뭐야, 마법 면역은. 그런 사기 같은 게 있다니……."

여우불을 헤치고 파고든 용인족의 공격에 어마어마한 타격을 받은 미호가 신음을 흘렸다. 단 일격에 양팔이 부러지고 갈비뼈가 8개 이상 나가는 치명상을 입었다. 목구멍을 넘어오는 핏물에 내장 조각이 섞여 있을 정도니 보통 사람이라면 얼마 못 가 죽어도 이상하지 않을 정도.

하지만 정말 큰 문제는.

"내 히드라가……."

미호는 반으로 뚝 부러져 버린 붉은색의 스태프를 보며 신음했다. 어차피 저장해 놓았던 주문 전부를 탄에게 쏟아부은 상태이기는 하지만 이렇게 주력 장비가 파괴되어 주문 보정이 사라져 버린 이상 대치유 주문을 사용하기가 어렵다.

"으, 일반 치유로 이걸 언제 회복… 음?"

투덜거리던 미호는 자신의 품속에서 환한 빛이 새어 나오는 것을 깨닫고 말을 멈췄다. 멀린이 그녀에게 던져줬던 영혼석에서 비롯된 빛이었다.

그녀는 멀린이 했던 말을 떠올렸다.

"디오에 남은 마지막 노예계약자야."

"알 수 없는 말이지……."

'마지막'이라니 성립 자체가 될 수 없는 말이다. 애초에 그녀가 바로 노예계약의 당사자 중 하나인데 어찌 또 다른 마지막이 있을 수 있단 말인가? 만일 그가 그저 지나가는 어투로 말했다면 그녀 역시 그런가 보다 하고 넘어갔을 테지만 굳이 '그게 마지막이야'라고 재확인시켰으니 다른 의미가 있다고 생각하는 게 오히려 당연하다.

"설마 내가 노예계약자가 아니라는 건가?"

미호는 순간 떠오른 생각을 고개를 흔들어 떨쳐냈다. 왜냐하면 그럴 리가 없었으니까. 그녀는 모든 기억을 잃고 디오에 억제되어 있던 NPC이며… 디오의 NPC가 기억을 잃었다는 자체가 노예계약자라는 증거이기 때문이다. 무엇보다 그녀 스스로가 경국(傾國)의 마녀(魔女)라 불리던 구미호(九尾狐) 천화(天花)의 기억을 떠올리기까지 했시 않았넌가?

우웅—!

그녀가 잠시 고민에 빠진 사이 그녀의 품에 있던 영혼석이 더욱 밝게 빛나기 시작한다. 미호는 그 영혼석에 자신의 피가 흠뻑 묻어 있다는 사실을 깨달았다.

그리고 그때.

[상황이 웃기게 되었구나.]

그녀의 머릿속으로 귀에 익은 목소리가 들렸다.

"뭐, 뭐야? 누구야?"

[알면서 뻔한 질문을 하는군.]

매혹적인, 그러나 어쩐 일인지 힘 빠진 어투로 상대가 말한다.

[나는 천화. 경국의 마녀라 불리던 구미호다.]

"어… 그러니까 내 과거의 기억이라고?"

[과거의 기억 같은 소리 하고 있네.]

한심하다는 듯 하아, 하고 한숨 쉰다. 그리고 그와 동시에———

쏴아아———!

배경이 변한다. 어느새 미호는 시원한 바람이 불고 있는 거대한 제단(祭壇)에 서 있었다.

"여기는……."

그곳은 그녀가 가진 전생의 유일한 기억이 비춰주었던 곳이다. 악요(惡妖)인 천화가 무수한 무림의 영웅을 살해함으로써 자신이 초월지경에 올랐음을 중원 전체에 알렸던 장소.

다만 온갖 피와 시체로 가득했던 그때와 다르게 제단은 깔끔했는데, 그 가운데 앉아 있는 이는 그녀가 전혀 상상하지 못했던 존재였다.

"천류화… 님?"

그녀는 미호가 NPC이던 시절 마치 언니처럼, 또 어머니처럼 그녀를 보살피고 키워온 존재다. 비록 디오를 빠져나와 현실에 나오게 되면서 플레이어와 NPC로 완전히 다른 삶을 살게 되었지만… 팔미호(八尾狐)인 그녀는 육미호(六尾狐)인 그녀에게 동경과 사랑의 대상이었다.

[나는 그때 그 팔미호가 아니다, 어리석은 것아.]

천류화는, 아니, 경국의 마녀 천화는 혼란스러운 눈으로 자신을 바라보는 미호를 바라보며 혀를 찼다.

"아니라고요?"

[그래. 그리고 너 역시 육미호가 아니지.]

거기까지 말하고 천화가 미호를 바라보자 어느새 그녀의 엉덩이 뒤에 모습을 드러냈던 여섯 개의 꼬리가 하나하나 줄어들기 시작한다.

그러나 그것은 그녀의 힘이 줄어드는 과정이 아니다. 그것은 [원래]의 모습으로 돌아가는 과정.

미호가 떨리는 목소리로 묻는다.

"그럼… 저는 뭐죠?"

[어려울 것 없는 이야기다.]

마침내 단 하나의 꼬리만 남은 미호를 바라보며 천화가 말했다.

[아홉 번째야.]

*   *   *

상황이 급변했다.

어마어마한 폭염을 거의 무방비 상태로 얻어맞은 알렉산더가 시뻘겋게 달궈진 몸으로 튕겨 나간다. 궁극마법의 반동으로 잠시간 굳어 있던 아크 역시 몸을 추스르고 일행의 앞을 가로막았다.

결코 무시할 수 없는 타격을 입은 바사라의 해적들은 위기감이나 두려움보다 황당함에 술렁였다.

"육미호가 단번에 구미호가 되는 변수 따위는 듣도 보도 못했는데."

"게다가 저 여자는 뭐야? 설마 자신의 힘과 기억을 봉인하고 있던 건가?"

"뜬금없이 초월자가 둘이나 나타나다니."

마찬가지로 큰 타격을 입고 뒤로 밀려났던 그로테스크의 첫 번째 슬레이어, 새드니스 역시 묘한 표정으로 미호와 은혜를 바라보았다.

하지만 그는 바사라의 해적들과 다르게 입을 열지 않았다.

대신 움직인다.

쾅!

빛살처럼 날아든 새드니스의 주먹과 아크의 주먹이 충돌하자 무지막지한 충격파가 퍼진다. 그리고 그 일격으로 새드니스는 많은 정보를 얻었다.

'여전히 내가 더 강하다.'

첫 번째 슬레이어인 새드니스는 역량 이상의 영력을 품고 있고 거기에 심연의 카이사르의 영성무장(靈星武裝), 증오(憎惡)가 깃들면서 숙련된 초월자, 그러니까 레벨로 치면 대략 25레벨의 강자가 된다.

아크가 초월지경의 힘을, 그것도 제법 희귀한 종류의 기예를 다루고 있지만 그 수준은 초월지경을 갓 넘긴 수준. 작정하고 몰아친다면 10합 이내에 살해하는 것이 가능—

쩌엉—!

그러나 그 순간 새드니스의 관자놀이가 움푹 파이고 그녀의 목이 살벌한 소리를 내며 꺾인다. 거대한 신장에 회색의 피부를 가지고 있다 하더라도 기본적으로 미형이었던 그녀의 오른쪽 면에 손바닥 자국이 새겨졌다.

"당신……"

"어둠이 깃들고 빛이 타오르노라……"

뭔가 말하려 하는 새드니스를 향해 중얼중얼 주문을 외우는 아크가 달려든다. 다시금 충돌하는 두 주먹과 퍼지는 충격파. 잠시 뒤로 물러선 멀린은 마력과 내공을 끌어 올리며 생각했다.

'뭔가… 뭔가 달라졌다. 대체 뭐지?'

무리수를 사용한 그는 전신을 휘감는 미묘한 이질감을 느꼈다. 해로운 종류는 아니다. 아니, 오히려 뭔가 알 수 없는 거대한 무언가가 그를 [보정]하는 것이 느껴지는 상황. 다만 그 느낌이 너무나 생소해서 그의 감각으로도 그 정체를 파악할 수가 없다.

'다만… 뭔가가 떠올라.'

그리고 그것은 아이디어였다.

"맙소사."

치열한 전투 와중에도 멀린은 신음했다.

통합사념망(統合思念網)의 결정적인 제작 과정이 그 순간 완성되었다.

그것은 탄이, 그리고 노블레스가 지구에 간섭할 것을 알고 그가 필사적으로 연구하던 주제의 이름이다. 일단 완성만 되면 지구에 간섭하려는 모든 외계의 존재에게 쓴맛을 보여줄 수 있는 신기술!

그러나 연구를 시작했으면서도 그는 탄이 간섭을 해오기 전에 그걸 완성한다는 것이 불가능하다는 사실을 알고 있었다. 그가 가지고 있던 것은 전체적인 뼈대뿐, 핵심 기술이 몇 개나 모자랐으니까.

몇 달, 어쩌면 몇 년, 재수 없으면 몇십 년이라는 기나긴 시간 동안 연구해야 할지 모르는 거대한 주제!

그리고 그런 엄청난 연구는 멀린이 할 수 있는 없는 종류의 것이다.

'그래, 어쩌면 그대로 몇 년을 연구해도 해내지 못했을지도 모르겠군.'

차라리 아더가 마법을 배운다면 가능했었을지도 모른다. 이 정도 규모의 연구는 한순간의 발상이 아니라 [끈기]가 필요한 영역이기에 더더욱 그렇다. 기나긴 연구와 수많은 실험, 그리고 연구를 거쳐야만 하는데 멀린이 그런 [재미없는] 일을 몇 년이나 해낼 수 있을 리가 없던 것이다.

그런데 지금 이 순간.

그 모든 과정이 단축되고 완벽한 토대가 마련되었다.

그뿐이 아니다.

쩌저적.

왼손에 모인 금단선공의 내력과 오른손에 모인 세븐 쥬얼 학파의 마력이 반발하여 증폭되는 그대로 결정화된다. 그것은 생명력(Force), 정신력(Essence), 그리고 자연력(Ether)의 결합. 초월자에게 필요한 세 가지 능력 중 하나라는 기본마나제어능력을 획득하며 얻은 순간제작 능력이었는데, 멀린은 거기에서 한 걸음 더 나갔다.

고오오…….

마석이 안정화된다. 한순간 굳혀낸 마력이었기에 시간이 지나면 자연적으로 흩어져야 하는데 마치 긴 시간 굳혀낸 것처럼 물리적인 실체를 가진 보석이 되어버린 것이다.

심지어 위력까지 강화되어 그전보다 족히 5배 이상의 출력으로 완성되었다.

'미친. 순간 제작한 마석을 저장할 수가 있다고?'

멀린은 내심 혀를 찼다. 만일 이런 능력이 미리 있었으면 전투 양상이 크게 달라졌을 것이라는 사실을 깨달았기 때문이다. 미리 마석을 수백 개 모아뒀다가 쏟아부었으면 초월경의 적이라도 감당하기 쉽지 않았을 테니까.

아니, 애초에 통합사념망을 먼저 만들었다면 탄이 지구에 쳐들어오지도 못했겠지.

콰릉!

벼락이 아크와 충돌하고 있는 새드니스를 후려친다. 하울링 스펠 중에서 일인 대상으로 가장 강한 위력을 가진 제우스의 번개검(Lightning Blade of Zeus)이다.

'통합사념망의 아이디어는 지금 쓸모가 없다. 핵심 과정을 떠올렸다 해도 인력과 시간이 필요한 일이니까.'

다시금 마석을 만들어 하울링 스펠을 발동하며 멀린은 마음을 다스렸다. 적은 너무나 강하고 전투는 치열했으니까.

'그런데… 미쳤군. 다른 방법이 계속 떠올라… 맙소사! 보석

마안과 금령안을 그런 식으로 쓸 수 있어!'

미친 듯이 아이디어가 샘솟는다.

수많은 영감(靈感)이 쉴 새 없이 번뜩인다!

그리고 그런 감각을 느끼고 있는 것은 그뿐이 아니었다.

"와, 설마."

제로스는 자신의 오른손 위에 들린 불꽃의 구슬을 보며 눈을 동그랗게 뜨고 있다.

"아니, 설마 이게 이 타이밍에 성공하나?"

"야! 뻘 소리 말고 빨리 싸워! 이것들 엄청 세다!!"

"아, 알았어! 파이어 볼(Fire ball)!"

기합과 함께 손을 휘두르자 화염의 구슬이 느릿하게 날아간다. 용인족의 공격에 밀려 바닥에 긴 고랑을 만들며 밀려난 한마가 기가 막힌다는 표정을 지었다.

"아니, 그놈의 파이어볼은 대체 언제까지 쓰."

"파이널(Final)."

순간 느릿하던 화염의 구슬이 급가속한다. 드워프 소녀는 너무나 당연하다는 듯 마탄을 쏘아 요격했지만 화염의 구슬은 폭발과 함께 더더욱 가속할 뿐이었다.

쾅!

그리고 그대로 해적들 한가운데로 가 폭발하자 순간 진형이 흔들린다. 위력은 그럭저럭이었지만 자신보다 명백하게 높은 경지의 적에게 공격을 성공한 것.

그리고 그 틈을 다른 마스터들이 파고든다.

"신체(身體), 검(劍), 화염(火焰). 인문(人門) 개방(開放)."

이리야의 몸이 붉게 타오른다. 그녀의 소우주가 열리고 그녀의 육신 그 자체를 속성화한 것이다. 내공이나 마력 등의 힘을 사용한다면 문자 그대로 있을 수 없는 일이지만 자신만의 소우주를 열어 법칙을 재구축하는 차크라 사용자에게는 가능했다.

'기가 차는군. 이건 거의 도박이나 다름없는 행위인데.'

한 줄기 불꽃으로 변한 이리야의 몸이 바사라의 진형 한가운데로 날아든다.

그녀의 차크라는 미친 듯이 폭주하고 있다. 세 개의 요소를, 그것도 인문을 여는 건 그녀로서도 난생처음이었기 때문이다.

'실패할 거라는 생각이 안 들어.'

그리고 그녀의 생각대로, 그 시도는 성공했다.

"염천검(炎天劍)."

제로스가 던졌던 화염의 구슬이 뿜어냈던 불꽃이 그녀의 차크라와 합쳐져 불꽃의 소태도가 되었다. 그녀의 전신을 녹여내 만늘어진 것이나 다름없는 화염의 검은 강력한 전투력을 가진 바사라의 해적들조차 감히 경시할 수 없는 수준이다.

[막아!]

허공에 뜬 물고기의 말에 마스터들이 반응한다.

"막긴 뭘 막아! 안 되지!"

"옴(Ω)!"

살아 움직이는 전차나 다름없는 한마의 몸통박치기가 진형의 외곽을 후려치고 한순간 모든 힘을 집중한 백보신권이 진형의 핵심이라고 할 수 있는 고래인간에게 날아든다.

물론 아더와 멀린, 크루제와 같은 백경으로 태어나 300년의 시간 동안 우주를 누빈 고래인간 쉔이 그런 공격에 당할 리 없다.

콰득!

"큭!"

자신에게 날아든 백보신권의 백터를 수정한 쉔의 반격에 아웅니나의 머리통이 부서진다. 뭔가 심상치 않다는 느낌에 기회가 오자마자 마스터의 숫자를 줄여놓은 것이다.

퍽!

그리고 바로 그때를 노려 크루제의 총탄이 쉔의 가슴팍에 구멍을 뚫는다. 그의 정면에 있던 엘프 검사 찬이 검막을 만들었지만 어째서인지 전혀 방해받지 않았던 것. 그리고 그렇게 만들어진 틈을 소태도로 변한 이리야가 파고들었다.

콰앙!

허공에 떠오른 수십 층의 결계가 일점으로 집중된 강력한 폭염에 모조리 날아가 버린다. 가장 후방에서 보호받고 있던 물고기의 눈이 크게 떠진다.

그의 앞에 리프가 서 있다.

"아… 왠지 감이 잡힌다. 이게 축지(縮地)구나."

[이, 이런.]

"안 돼!"

자신들 한가운데 있는 그녀의 모습에 바사라의 해적들이 경악해 움직이려 했지만 그보다 리프의 손에서 백색의 구가 떠오른 것이 먼저다.

곤륜옥(崑崙玉).

 빛이 터지고 물고기 형태의 외계인의 몸이 문자 그대로 세상에서 지워진다. 마지막으로 남은 꼬리지느러미마저 반투명하게 스러지는 것은 영적 생명체에 가까운 그의 출신 때문이다.
 팟.
 다시금 축지를 이용해 빠져나오는 리프를 보며 쉔이 이를 갈았다. 리프가 자신의 등 뒤로 이동했었음에도 심장에 박힌 탄환 때문에 한순간 아무것도 하지 못했기 때문이다.
 "허억… 허억……."
 크루제는 극심한 오오라 소모에 숨을 헐떡이면서도 웃었다.
 "확률변동탄이라고 들어는 봤냐? 돌고래 자식아?"
 "네년……!"
 우습게 보던 상대에게 타격을 입었다는 사실이 자존심이 상한 듯 쉔의 하얀색 얼굴이 험악하게 일그러진다. 그러나 공격은 끝나지 않았다.
 쾅!
 "큭!? 네놈?"
 "하도 잘 날려줘서 돌아오는 데 시간이 걸렸다."
 웨인의 암흑마검이 흑색의 기류에 둘러싸여 불타오른다. 지금까지와 명백하게 다른 운용법에 찬의 얼굴이 일그러진다.
 "아니, 이것들 왜 이래!? 약이라도 먹었나!?"
 바사라의 해적들은 마스터들의 갑작스러운 선전에 당혹스러움을 감추지 못했다. 전력의 우세는 여전히 그들이 더 위에 있었지만 분위기가 완전히 달라져 있다. 더 심각한 것은 그들의 역량이 [성장]했다는 것이다.

그것도 동시에 폭발적으로!

다만 일행 중 유일하게 그 [보정]에 별다른 영향을 못 받는 이가 있었다.

"뭐지? 뭔가… 뭔가 간질간질 한데……."

랜슬롯은 난데없이 흥분해 날아다니는 일행의 모습을 잠시 바라보다 자신의 상태를 확인했다.

명확히 달라진 것은 없다. 머릿속에 뭔가가 떠오를 듯 안 떠오를 듯 가물가물하지만 단지 그뿐. 그의 동료들처럼 폭발적인 힘이 터져 나오지는 않는 것이다.

"대체 뭐지?"

그는 눈을 감고 몸 상태를 잠시 파악하다 상태창을 켰다. 상태창을 켜보는 건 꽤 오랜만이었다. 어차피 그에게 중요한 것은 스텟도, 타이틀도, 직업도 아닌, 오직 자신의 역량 그 자체였기 때문이다.

"타이틀도, 직업도, 레벨도 평범하고… 음? 상태?"

랜슬롯은 상태창에 있는 [가이아의 축복]이라는 글자에 눈을 가늘게 떴다. 상세 설명도 켜보았지만 단지 '???'라고 쓰여 있을 뿐이기에 그 정체를 알 수 없는 상황.

하지만 능력치를 본 그는 이내 이변을 발견할 수 있었다.

전체적으로 400포인트 안팎의 스텟들 가운데 이질적인 단위가 있었다.

"아니, 이게 뭐야."

디오의 스텟 시스템은 모두가 똑같이 20포인트에서 시작하게 되고 100단위마다 폭발적인 증폭이 이루어진다. 당연하지만 높은 스텟에 도달할수록 성장시키기도 어려워지고 투입되는 보너스 포인트도 기하급수적으로 높아진다.

때문에 마스터 레벨이 넘더라도 평균적인 스텟은 300에 미치지 못하는 편이다.

이론상 보너스 포인트를 하나의 스텟에 몰빵한다면 마스터 레벨에 400대의 스텟을 얻을 수 있겠지만 그런 극단적인 스텟 배분은 자멸을 초래하기에 골고루 나누어놓는 편.

여기에서 중요한 것은 스텟의 최대치가 999라는 것이다. 다이내믹 아일랜드에 널리 알려진 시스템이니 의심할 필요조차 없는 요소.

"그런데."

쿠앙! 쾅!

치열한 전장 한가운데라는 사실조차 잠시 잊은 채 랜슬롯은 멍하니 맨 마지막 스텟을 바라보았다.

"행운의 상태가……?"

그곳에는 이렇게 쓰여 있다.

> 행운 : 1,ㅁㅁㅁ(???)

*　　　*　　　*

쩌저저정! 깡!

"크, 한 발 한 발이 무겁… 장비 3번!"

한 자루의 검으로 소나기처럼 쏟아지는 탄환을 모조리 쳐내던 영민은 박살 난 흑검을 내다 버리고 황금빛으로 번쩍이는 대검으로 장비를 전환했다.

[방해물.]

"으아아! 무서워요, 무서워!"

호들갑을 떨면서도 두 눈은 매섭게 정면의 상대를 노려보고 있다. 온몸이 날아갈 듯 가볍고, 정신은 투명하게 느껴질 정도로 또렷하다.

그리고 기세는 칼날과 같다.

'맙소사.'

최상의 컨디션 정도가 아니다. 총알도 아닌 마탄을 쳐내는 건 아무리 그래도 어려운 일인데 마치 누가 그려주기라도 하는 것처럼 모든 공격의 궤도가 읽히고 말 안 듣는 아이처럼 폭주하기를 일삼던 천살성의 살기가 그와 한 몸처럼 움직이고 있다.

그는 모든 공격을 쳐내고, 흘리고, 심지어는 잘라냈다. 상대방이 초월경의 적이라는 것을 생각하면, 그야말로 있을 수 없는 일이다.

'이건 마치 깨달음의 한순간을 길게 늘여놓은 것 같아.'

그런 순간이 있다. 몇 날 며칠 검을 휘두르는 바람에 완전히 녹초가 되어 혼절하기 직전의 그 순간, 강대한 적과 마주해 단 한 번의 실수로 목이 날아갈 절체절명의 위기를 맞이한 바로 그 순간!

그 순간에 도달하면 단번에 믿을 수 없는 성장을 경험한다.

영민이 비교적 젊은 나이에 검귀(劍鬼)라 불릴 수 있었던 것도 그 순간을 몇 번이고 넘어섰기 때문이니까.

그 순간은 그저 노력만으로 들어갈 수 있는 순간이 아니다. 애초에 영감이라는 것이, 깨달음이라는 것이 그렇다. 그것을 붙잡는 자는 준비된 자이지만 준비가 되어 있다고 반드시 그것이 찾아오는 것은 아니니까.

'만약 그걸 일종의 운(運)이라고 한다면……'

그렇다면 이것은 일생일대의 대운(大運)!

아니, 일생일대라는 말조차 부족하다. 이런 말도 안 되는 행운은 그 누구의 삶에서도 경험할 수 없는 수준이었다.

"하하! 하하하하!"

그가 태어날 때부터 가지고 있던 천살성의 기운과 그 스스로가 쌓아 올린 천살진기의 내공이 하나로 모여 흑염(黑炎)으로 화한다.

쩍!

정면으로 짓쳐들던 알렉산더의 상완부 장갑이 날카롭게 잘려 나간다. 한순간에 최고조로 올라선 영민의 검격이 거대한 영력으로 보호받고 있는 초월자의 장갑마저 파괴한 것이다.

[제거.]

그러나 강대한 일격을 날린 대신 영민은 알렉산더의 공격에 무방비로 노출되었다. 그가 인생 최고조의 전투력을 발휘할 수 있다 하더라도 상대는 초월자였으니 당연한 일이다.

"기세 뻗치는 건 좋은데 너무 기분 내지 마! 너 그러다 한 방에 훅 간다!"

불가해 199

그리고 위기에 빠졌던 영민을 구한 것은 영민을 일순간 여우 불로 변형시켜 끌어당긴 미호. 영민은 다시 인간으로 변하며 웃었다.

"하하하! 고마워요, 구미호님!"

"구미호는 무슨."

"뭘요. 어차피 그냥 이름 앞에 구 자를 붙였을 뿐인데. 하하하!"

유쾌하게 웃는 영민의 기질은 항상 차분하던 평소와 전혀 다르다. 마치 불처럼 활활 타는 흑염을 전신에 둘러싼 그는 어째서인지 더없이 퇴폐적인 분위기를 풍기고 있었는데, 그의 아름다운 외모와 더해져 뭐라 표현할 수 없을 정도로 요염한 기색이 흐른다.

"너 좀 상태가 이상하다."

"하하하! 원래 좀 이 기운이 그래요. 그래도 오늘은 굉장히 산뜻한 편입니다. 하하!"

"…정신병자 같아."

투덜거린 미호의 두 눈이 보석처럼 빛나기 시작한다. 본디 기계 생명체인 리전에게 마안술은 통하지 않는 힘이지만 궁극에 이른 보석마안의 힘은 정신간섭을 떠나 물질계에 직접적인 영향을 끼치고 있는 것이다.

'이해가 안 돼.'

치열한 전투였지만 그럼에도 미호의 머릿속은 복잡했다. 아홉 개의 꼬리를 얻어내었지만 그럼에도 그녀가 느끼는 감정은 기쁨보다 당혹스러움이었기 때문이다.

'어째서 그렇게 쉽게 포기한 걸까. 천류화 님이라서? 아냐, 그녀는 천화였어.'

미호는 자신이 경국의 마녀라 불리던 천화일 거라고 생각했다. 당연한 추측이었다. 그녀는 노예계약자였고, 그 스스로 천화일 때의 기억을 떠올렸기 때문이다.

그러나 그녀는 사실 의심해야 했다.

구미호 천화가 정체라고 보기에는 그녀가 너무나 작고 약했다는 사실을.

그리고 무엇보다 자신의 기억이 불완전하다는 것도.

왜 그녀의 기억은 무림의 영웅들을 학살할 때부터 시작되었는가? 그 전의 기억은? 어째서 미호는 오직 피로 물든 제단의 기억만을 떠올렸나?

'아홉 번째.'

진실은 사실 간단하다.

그녀가 바로 그때 태어났기 때문이다.

'아홉 번째 꼬리……'

그리고 진짜 천화는 미호가 아닌 팔미호 천류화였다. 사실 미호의 인격은… 천화의 아홉 번째 꼬리가 떨어져 나가 새롭게 만들어진 임시 인격에 불과했던 것이다.

그러나 지금 이 자리, 결국 아홉 개의 꼬리를 얻은 것은 천류화가 아닌 그녀였다.

'그리고 그래서 더 이해가 안 돼.'

그렇다. 알 수가 없다. 너무나 사악하고 잔인해 경국의 마녀라 불리던 천화는 대체 어떤 변덕으로 자신의 모든 것을 그녀에

불가해 201

게 양보한 것일까?

쾅!!

"이런!"

잡념이 끼어들자 손이 어지러워진다. 물론 그녀 역시 [보정]을 받는 상태이기는 했지만, 그렇다 하더라도 한계가 있기 때문이다.

가이아의 축복은 대상이 품은 [가능성]을 극대화하는 운명의 힘.

그러나 아무리 성계신이라도 초월한 존재를 보정할 강력한 운명 범위로 뿌릴 수는 없다. 아크도, 미호도, 더 이상의 역량 강화는 없다는 뜻.

그리고 사실 가이아의 축복을 가장 강력하게 적용받은 대상이 바로 그녀다. 단지 아홉 번째 꼬리여야 할, 이차적인 인격으로 쳐도 육미호에 불과한 천화의 힘을 온전히 얻을 수 있었던 것도 결국 어차피 미래가 없는 천화가 자신의 인격을 포기해 영혼을 지킨다는… 극도로 희귀한 [가능성]이 발현한 결과였으니까.

그리고 그 축복의 결과를 가장 정확히 파악하고 있는 것은 축복의 당사자들이 아니었다.

[결국 간섭했군, 가이아. 영웅의 운명을 이렇게 넓은 범위에 적용하다니.]

—오, 막 밀어붙인다. 흥미로운데.

대지를 모조리 짓눌러 버릴 듯 거대한 묵시록의 마수와 하늘을 다 태워 버릴 듯 거대한 폭염을 내뿜고 있는 태양의 신이 전투를 멈추고 땅을 내려다보았다.

그로테스크의 첫 번째 슬레이어, 새드니스는 아크와 멀린의 콤비네이션에 정신없이 밀리고 있었다. 가진 바 능력에 비해 제대로 된 전투력을 발휘하지 못했던 멀린이지만 아크가 초월경의 힘을 자각하면서 상황이 완전히 달라졌기 때문이다.

마법사이면서도 강력한 내구를 가진, 디오의 유저들이 흔히 [탱법사]라 부르는 전투 방식을 가진 아크가 전위를 자처하자 멀린은 한결 여유를 가지고 강력하게 증폭된 무리수와 저격을 날리기 시작할 수 있었다.

리전의 네임드, 알렉산더는 아홉 개의 꼬리로 막대한 요기를 제어하는 미호와 새까만 흑염을 다루는 영민의 불꽃에 한쪽 팔을 잃었다. 그리고 우주해적 바사라의 해적들 역시 정신없이 몰리고 있는 상황인 것은 마찬가지다.

"제기랄! 부활이라니!"

"이것들 점점 더 강해지잖아!?"

마스터들은 매 순간순간 [진화]한다. 가이아의 힘에 의해 영웅의 운명을 최대치로 부여받은 그들은 그들이 품고 있는 [모든] 가능성을 지금 이 전장에서 폭발시키고 있는 상황. 아무리 객관적인 전력이 우위에 있다 하더라도 숫자에서도 밀리는 상황에서는 답이 없는 것이다.

'좋지 않군.'

탄의 눈이 찡그려진다. 최악의 흐름이다. 만일 이대로 마스터들이 이긴다면 전장을 정리한 멀린이 다시 아폴론을 지원할 테고 그렇게 되면 자신은 끝장이기 때문이다.

'후퇴를 한다면?'
한순간 그런 생각을 떠올렸지만—
욱신!
심장을 통해 전해지는 통증에 이내 무시한다.
'아더.'
오직 용종을 죽이기 위해 완성된 초월병기 아스칼론의 억제력은 엄청나다. 그리고 그 억제력이 강하면 강할수록… 레비아탄의 마음 깊숙한 곳에서부터 열등감과 증오가 더욱더 강하게 불타올랐다.
[그렇게는 안 되지.]
—음? 이봐, 너 뭔가 착각하고 있나 본데.
[착각하는 건 네놈이다.]
순간 레비아탄이 어지간한 도시 하나는 들어갈 것 같은 거대한 입을 벌렸다. 그 입안으로 거대한 혼탁한 청색의 기류가 몰려들었다.
지금까지의 전투와도 차원이 다른 거대한 힘!
—정신이 나갔군! 창조신의 허가도 없이 [절대권능]을 쓴다고? 율법의 일부나 다름없는 네가?
[왜. 너희들이 항상 하던 짓이잖나.]
—하!
기가 막힌다는 듯 가볍게 웃은 아폴론이 새하얗게 백열(白熱)하더니 한 줄기 빛으로 변한다. 그리고 그 빛은 레비아탄이 자신의 입에 머금은 거대한 기운을 내뱉기도 전에 그의 머리를 후려친다.

번쩍—!

무지막지한 섬광과 함께 레비아탄의 머리가 맹렬하게 타오른다. 하지만 그럼에도 레비아탄의 입에 모여 있는 청색의 기류는 전혀 흩어지지 않는다.

[…하늘이 옛적부터 있는 것과 땅이 물에서 나와 물로 성립한 것도 하나님의 말씀으로 된 것을 저희가 일부러 잊으려 함이로다. 이로 말미암아 그때 세상은 물의 넘침으로 멸망하였으되……!]

—도, 돌았군! 다른 것도 아니고 대홍수의 권능이라니!?

[당장 멈춰! 이곳은 혼세도 말세도 아니다! 성계신의 율법에 따라……!]

[허튼짓 마라, 가이아. 여기서 홍수를 일으켜 봐야 너희 지구에 거주하는 인간에게는 먼지만큼의 피해도 없지 않나?]

[그런……?]

당황하며 멈칫하는 펭귄의 모습에 아폴론이 자신의 안에 있던 모든 기운을 일으킨다.

—임하라! 찬란한 빛!

거대한 외침과 함께 회색빛 하늘에 태양이 떠오른다. 그리고 탄은 그 태양을 향해 아직 완성되지 않은 자신의 권능을 충돌시켰다. 그것은 아폴론의 절대권능, 광휘(光輝)였다.

쿠우———!

두 개의 권능이 상쇄되어 거짓말처럼 사라져 버린다. 대홍수의 권능은 아폴론이 가지고 있는 찬란한 빛보다 더 상위의 권능이었지만 아직 완성되기 전에 소모시켜 버렸기 때문이다.

하지만 그럼에도 아폴론의 얼굴이 험악하게 일그러진다. 노리긴 했지만 아무리 그래도 권능의 상쇄가 이렇게 쉬울 리가 없다.

―아니, 이게 무슨… 설마 네놈?

[멍청한 놈.]

―날 속였구나아아아!! 종말 네놈!!!

분노의 포효에 온 세상이 흔들린다. 그리고 그와 동시에.

쿠릉!

검은 벼락이 떨어지더니 공간이 갈라지고 그 벼락 아래에서 나체의 여인이 모습을 드러낸다. 분홍빛 피부에 반짝이는 금발을 가진, 170센티미터 정도의 늘씬한 미녀.

그녀는 환하게 웃고 있다.

쿠오오오――!

웜홀이 열리고 동그란 금속구가 퐁, 하고 그 안에서 빠져나온다. 1미터 정도의 지름을 가진 그것은 평범한 가사&비서용으로 제작된 물품이었지만… 지금 이 순간 그 안에 품고 있는 힘은 그야말로 상상을 초월한다.

탁.

그리고 마지막으로 등장한 건 베레모에 군복을 걸친 껄렁한 인상의 사내. 그는 잠시 자신의 몸 상태를 살피더니 어이없다는 표정으로 레비아탄을 바라보았다.

"고맙긴 한데… 쟤 왜 저래? 무슨 전생의 원수 그런 건가?"

"함장님? 함장님이 어떻게 여길 오셨어요?"

새롭게 모습을 드러낸 적들의 모습에 한참 신나게 그들을 몰아치던 마스터들의 얼굴이 사색이 되었다.

"아, 아니, 뭐야. 그냥 막 올 수 있다고?"

"저, 저거… 해피니스 아니야? 슬레이어 중에서 가장 유명한……."

"미쳤어. 초월자 셋이 추가로 나타난다니."

당황하는 그들과 마찬가지로 펭귄과 소녀도 이해할 수 없다는 반응이다.

"어째서… 어째서 이렇게까지?"

[완전히 미쳤군. 고작 이런 곳에서 목숨을 '소모'한다고?]

집 안에 쥐가 들어와 귀한 반지를 물어 간다면 물론 되찾으려는 게 정상적인 반응이다. 만일 반지를 되찾지 못하게 되었다면 분노 때문에 그 쥐들을 몰살시키려 해도 이상한 일은 아닐 것이다.

그러나… 그 쥐들을 죽이기 위해 폭탄을 온몸에 둘러서 자폭 테러를 한다면?

이건 정상이 아니다.

"설마 권능을 유도해서 문명레벨을 강제로 올리게 만들 줄은……."

자신의 몸조차 가누지 못하고 쿵, 하고 쓰러지는 레비아탄과 모든 힘을 소모해 허공으로 흩어지는 아폴론을 보며 소녀가 신음한다.

그리고.

"자—! 다시 시작해 볼까?"

유쾌한 목소리와 함께 폭염의 강기(剛氣)가 일행을 후려쳤다.

쾅!

몰아친 강기를 아크가 막아섰다. 그녀의 갑옷 표면에 극도로 압축된 마력이, 존재하는 모든 속성에 간섭한다는 강기에 저항하는 데조차 성공한 것이다.

"하하! 함선에서 내려다보다 보니 참 답답하더라고!"

그러나 그럼에도 불구하고 바사라의 12번함 [불꽃]의 함장 볼케이노는 오히려 호탕하게 웃으며 땅을 박찼다.

"이걸 왜 못 부숴?!"

쩌엉—!

굉음과 함께 한번 막혔던 불꽃의 강기가 다시 폭발해 아크의 몸을 날려 버린다. 이미 그녀의 전신을 뒤덮고 있던 흑색의 갑주는 조각조각 부서져 버린 상태다.

[위대한 부름을 받아라. 네가 바로 쾌락(快樂)의 주인이다]

주변을 후려치는 영언과 함께 인간 미녀로 밖에 보이지 않는 모습을 가진 해피니스의 등 뒤로 천사의 날개가 모습을 드러낸다.

"하아… 하아… 흥분돼요. 뭔가 역사의 순간에 함께하는 기분~"

"…움직여."

아무래도 새드니스는 해피니스를 좋아하지 않는 듯 기계적인 목소리와 함께 땅을 박찬다.

[몰살.]

[어머, 언제나 그렇지만 너무 과묵하시네요.]

지름 1미터 정도의 구. 그야말로 평범한 가사용, 비서용으로 제작되어 1억 대 이상 제작되어 대우주 구석구석 판매된 M-4는 당장 달려드는 대신 알렉산더를 향해 말을 걸었다. 물론 방금 전만 해도 치열한 전투 중이었던 알렉산더는 그녀의 말을 무시했다.

파박! 펑!

"정천……?!"

거의 기습적으로 쏘아진 탄환에 멀린의 표정이 굳는다. 그의 옆에 떠 있던 정천의 육신이 박살 나는 모습이 보였기 때문이다. 워낙 순간적으로 일어난 일이었던 데다 스스로의 몸을 지키기에도 벅찬 상태라 막아내지 못했다.

"엘리!"

"이런, 블랙이……"

"오공!"

그뿐이 아니라 아크와 웨인, 그리고 크루제의 펫들 역시 거의 동시에 살해당했다. 애초에 그들은 지금 이 자리에서 가장 약한 전투력을 가진 존재였던 데다 늘어나는 적들 때문에 한곳에 모여 있다 발생한 참사였다.

[노블레스의 단말을 모두 제거했다. 엘로힘의 단말 역시 제거하고 길을 뚫어라.]

명령에 가까운 지시였지만 그러거나 말거나 M-4는 화사한 목소리로 답할 뿐이다.

[오랜만이에요, 알렉산더님. 요새는 어떻게 지내시나요?]

[임무를 수행하라.]

[저는 요새 꽤 흥미진진하게 지내고 있어요.]

[임무.]

목소리에 힘이 깃든다. 하지만 그러거나 M—4는 상관없다는 태도다.

[사실 말이에요, 제가 우리 리전의 운명을 가를 만한 엄청난 일을 겪고 있거든요. 비밀이긴 한데 살짝 가르쳐 드릴까요?]

[전투에 집중해 다오…….]

알렉산더가 너 여기 왜 온 거냐 하는 반응을 보였지만 그렇다고 그녀를 무시하고 움직이지는 못한다. 그 태생부터가 전투병기인 그와 다르게 그녀는 일반 가정용품, 혹은 사무용품에 불과했지만… 한편으로는 제5문명에 도달해 대우주를 떠난 고대 인류의 유산이다. 지닌 힘은 하급 초월자에 불과할지 몰라도 리전에서 그녀가 가지고 있는 영향력은 절대 적지 않았던 것이다.

[글쎄요, 우리가 꼭 이 전투에 끼어야 할까요?]

[정신 차려라, M—4. 저기 저 인간에게서 엄청난 정보의 폭발이 관측되었어. 저 녀석을 확보한다면 어쩌면 우리는 특이점을 넘어서게 될지도 모른다. 제5문명에 도달할지도 모르는…….]

[이것 참, 그건 별로 좋은 게 아니라고요. 일단 있어봐요.]

[하지만.]

알렉산더는 머뭇거리며 리전을 제외한 두 개의 대적, 그로테스크와 바사라의 세력을 바라보았다.

어차피 우리가 가만히 있어봐야 저것들이 정보의 폭발을 일으킨 인간(멀린)을 손에 넣는 게 아니냐? 라는 의미다. 그리고 실제로도 상황은 그렇게 흘러갔다.

"억?!"

막 주문을 외우려던 제로스가 탄환보다 빠르게 날아든 해피니스에게 목을 잡혔다. 가이아의 축복에 의해 그에게 부여된 영웅의 운명은 매우 강력한 보정이었지만… 이미 운명을 넘어선 초월자를 이겨낼 힘을 줄 수는 없었던 것이다.

"그냥 죽이지 마라. 부활하니까."

"어머, 그래요? 그러면."

"부, 불꽃이여 나에게… 흡?!"

황급히 주문을 마무리하려던 제로스의 입을 해피니스의 붉은 입술이 가로막는다. 인간과 다를 게 없는 풍만하고 농염한 육신을 가지고 있는 그녀였기에 언뜻 야하게까지 보이는 광경이었지만 그 결과는 끔찍하다.

끼긱―!

마치 철판을 긁는 것 같은 소리와 함께 퍼지는 파동을 읽어낸 마스터들의 얼굴이 일그러진다.

"소울 드레인(Soul Drain)!"

"제로스! 안 돼!"

제로스의 절친인 한마가 벼락처럼 돌진한다. 현재 그의 역량은 그야말로 인생 최절정! 싸울아비 최강의 공격기이자 돌진기인 천둥지기가 그의 육신을 현존하는 그 어떤 대포알보다 빠르고 강력하게 만들었다.

"안쓰럽구나."

그러나 그 모든 것은 어디까지나 상대적인 이야기였다.

퍽!

강철보다, 아니, 어쩌면 그보다 훨씬 단단할지도 모르는 육신이 종잇장처럼 찌그러진다. 날아가던 그를 붙잡은 것은 박쥐의 그것과도 같은 피막으로 이루어진 날개. 새드니스는 우울한 표정으로 그를 바라보며 자연스럽게 손을 들었다. 한마는 발작하듯 저항하려 했지만 어마어마한 타격을 입은 육신은 한순간 제대로 움직이지 못했다.

콰득!

새드니스는 날카로운 손톱으로 한마의 심장을 뽑아내 자신의 입으로 그것을 가져가 그대로 씹어 먹었다. 그리고 그것은 단순히 몸의 피를 공급하는 장기를 먹는 행위가 아니었다.

영성포식(靈性捕食).

심장이 뜯어 먹힘과 동시에 한마의 영혼 역시 갈기갈기 찢어져 새드니스에게 흡수되었다. 그리고 해피니스에게 입맞춤을 당한 제로스도 같은 처지에 처했다.

그리고 그것은 유저인 그들에게 있어서도 완전한 죽음을 의미한다. 물론 그들의 육신은 여전히 지구에 살아 있었지만, 영혼이 소멸해 버린 이상 그 육신 또한 서서히 죽어가겠지.

"이렇게, 이렇게……."

허망한 죽음이라니.

웨인은 쓰레기처럼 바닥에 버려지는 동료들을 보며 이를 악물었다.

'불합리해.'

한마는 세계 최고의 생체력 사용자였고 제로스는 중국 최고의 마법사이다. 그야말로 수십억이 넘는 유저 중에서도 단 한 줌에 불과한 인재 중의 인재.

그러나 그렇다 하더라도 대우주에서 내려온 초월적인 괴물들에게 그들은 우물 안 개구리에 불과하다. 아무리 노력하고 아무리 발악한다 하더라도, 그들에게 있어 지구의 인간은 벌레만도 못한 존재인 것이다.

'웃기지 마.'

호흡이 점점 가늘어진다. 암흑마검에서부터, 그리고 그의 전신으로부터 암흑기가 흘러나온다. 영웅의 운명을 부여받은 그는 지금 이 순간 암흑신공의 대성에 이르렀다.

'나는 살아남는다.'

굳은 결심과 함께 그의 모습이 그림자 속으로 녹아든다.

퍽—!

그러나 날아든 검기가 그림자를 무참하게 베었다. 엘프 검사 찬이 서늘하게 웃는다.

"나는 비겁한 놈이 제일 싫어."

그림자에서 웨인의 시체가 떠오른다. 비록 그의 동료들과 다르게 영혼은 무사했지만… 그들과 달리 현현으로 전투에 참여한 그의 생명은 그것으로 끝이다.

"하아압——!!"

한편 일행의 정면에서 선기가 폭발한다. 그곳에는 온몸에 강력한 기운을 두른 채 볼케이노의 공격을 막고 있는 리프의 모습이 보인다.

"아니, 이년은 또 왜 이래?"

"성계신의 가호가 있는 것 같으니까 너무 방심하지는 마세요, 함장님."

"아니, 영웅의 운명이라면 나도 몇 번 대상이 돼봐서 알거든? 절대 이 정도는 아니야."

멀린은 계속해서 마석을 생성하며 리프의 모습을 훔쳐보았다. 느닷없이 그녀가 초월경에 맞먹는 힘을 발휘할 수 있는 이유를 아는 이는 적어도 이 중에서는 그가 유일하다.

'강상 아저씨……'

반투명한 모습을 유지하고 있는 그가 마치 그림자처럼 리프의 등 뒤에 서 있다. 무언가 구체적인 힘을 전달하지는 않지만, 그녀에게 여러 가지 방식의 도움을 주고 있는 모양이었다.

'하지만 어려워.'

당연하다. 볼케이노가 놀랍다는 반응을 보이기는 해도 자신의 수하들과 대화를 나눌 정도로 여유로운 상태니까. 잠시 버티고 있다고 해봤자 그녀가 볼케이노를 상대로 승리할 가능성은 제로에 한없이 가깝다.

'역시 해답은.'

파직!

"큭!"

순간 빛이 번쩍하더니 폭염의 루비를 꺼내 주문을 발동시키려던 멀린의 몸이 휘청거린다. 멀찍이 서 있는 구체 형태의 기계, M—4가 팽그르 돌았다.

[어머, 지금은 그냥 보고 있지만 여기서 아폴론을 다시 부르게 할 수는 없어요. 이야기가 너무 복잡해지거든요.]

"아니, 이건……."

멀린은 믿을 수 없다는 표정으로 자신의 양팔을 묶고 있는 수갑을 바라보았다. 아니, 두 팔뿐이 아니다. 철컹! 하는 소리와 함께 두 팔과 두 다리가 단단하게 붙어버린다.

'인지조차 못 한다고? 이렇게나 긴장하고 있는데도?'

경악하는 순간 스파크가 일었다.

파지직!

"멀린!?"

급하게 부서진 갑주 대신 새로운 장비를 걸치던 아크가 쓰러지는 멀린을 잡아 든다. 다른 마스터와 다르게 죽지는 않았다. 당연하다. 여기에 온 연합의 대적들이 가진 목적은 지구도 디오도 아닌 비로 그였기 때뮨이다.

그리고 그가 쓰러지는 사이에도 전투는 멈추지 않는다.

"허허허. 씁쓸하구려."

"…그렇군. 너 같은 인간을 죽여야 하는 나도 슬프다."

티베트의 독립을 위해 평생을 바쳤던 승려, 아웅니나의 심장이 뽑히고 그의 영혼이 괴물에게 잡아먹힌다.

"…젠장."

은신한 채 일격을 노렸던 이리야는 불꽃의 검강에 두 동강이 난 채로 쓰러졌다. 폭염의 힘이 깃든 강기는 그녀의 영혼마저 태워 버린다.

"한정무구(限定武具) 가동! 나와서 부숴라! 박살 내라! 어스

불가해 215

브레이커!"

"카운터 소울(Counter soul)."

마지막으로 남은 오오라까지 깡그리 긁어모아 만들어낸 한정무구가 허무하게 스러진다. 어느새 그녀의 앞에는 커다란 덩치의 고래인간, 쉔이 내려서 있다.

"그런 결전 기술을 자꾸 적 앞에서 쓰면 안 되지. 일단 구조가 파악된 이상 언제든 캔슬시킬 수 있거든."

비웃는다. 물론 그게 정말 말처럼 쉽게 될 리는 없지만… 그는 크루제와 마찬가지로 백경의 재능을 타고난 자다. 비록 그 엄청난 재능이 오히려 족쇄가 되어 초월지경에 오르지 못했다 하더라도 같은 백경으로서 쌓아온 경험치 자체가 다른 것이다.

"하지만 흥미롭긴 해. 이게 네 '개성'인가."

백경이라고 다 같은 백경이 아니며 그들은 각기 다른 백경도 쉽게 따라 할 수 없는 강렬한 개성을 타고난다. 아더의 경우는 천룡인으로서의 재능이 바로 그것이며 멀린의 경우는 일종의 [개발자]로서의 재능이 그것이다.

그리고 크루제의 경우는 오오라의 데이터화화여 병기로 재구현하는… 이른바 [설계자]로서의 재능이 바로 그 개성이라 할 수 있으리라.

"너……."

"아, 너무 혼자 떠들었군. 뭐 어차피 너희는 자투리 같은 존재니 처리도 할 겸 내 개성도 보여줘야지."

그는 약간 화가 나 있었다. 비록 영웅의 운명 때문에 가능한 일이었다 하더라도 눈 아래로 보고 있던 상대에게 자신의 오랜

동료를 잃었다는 사실 때문이다.

"우와, 상황이 너무 안 좋아서 천살성이 폭주를 안 해요."

"알 수가 없군… 뭔가… 뭔가 알 것도 같은데."

남은 것은 뭔가 활기가 가득 찬 분위기를 풍기고 있는 영민과 알 수 없는 말을 중얼거리고 있는 랜슬롯뿐이다. 아크는 새드니스를 상대하고 있었고 미호는 해피니스를, 그리고 리프 역시 볼케이노를 상대하고 있어 그들을 도울 수 있는 상태가 아니었으니까.

아니, 정확하게 말하면 그들이 오히려 크루제 일행보다 더 위험하다. 전력적인 차이는 오히려 그쪽이 심하기 때문이다.

'내가 막아야 해.'

쉔의 분노를 눈치챈 크루제의 눈에 각오가 서린다. 다행히도 영웅의 운명에 보정을 받는 것은 그녀 역시 마찬가지였기에, 그녀의 머릿속에는 온갖 구상과 영감이 솟구치고 있는 상태.

하지만 과연 지금의 몸 상태로 제대로 된 전투를 하는 것이 가능할까? 마스터 스킬도 마스터 웨폰도 없고 가진 오오라 역시 바닥이나 다름이 없는데?

그러나 그녀가 절망하거나 말거나 상관없다는 듯 쉔이 말한다.

"자, 봐라. 이것이 나의 개성."

우우우우————!

그의 전신으로 수많은 마법 문자가 떠오른다.

"퀸탈리온(Quintillion)이다."

폭포수처럼 솟구치는 마력 사이에서 섬뜩하게 웃는 쉔.

불가해 217

하지만 그 순간이었다.

퍽!

마치 촛불이 꺼지듯 가벼운 소리와 함께 완벽하게 발동했던 쉔의 주문 도서관이 사라진다. 아니, 소멸(消滅)하였다.

"…뭐라고?"

그리고 당황하는 쉔을 향해 묵빛의 창이 내찔러진다.

탕!

쉔의 주먹이 창을 튕겨낸다. 창끝으로 전해지는 거센 반발을 느끼며 랜슬롯이 중얼거린다.

"모자라… 뭐지……."

"랜슬롯?"

획 고개를 돌린 크루제의 눈에 당황이 깃들었다. 그가 지금 무엇을 한 것인지 '이해' 하지 못했기 때문이다.

그리고 그런 감정을 느낀 것은 그녀뿐이 아니었다.

"와, 지금 형 뭘 한 거예요? 이건… 마치 그냥 지워 버린 것 같잖아요?"

"이것도 영웅의 운명이 발현한 가능성인가?"

"너무 이질적인… 데!"

쩌저정!

거의 기습처럼 쏟아진 탄환을 뛰쳐나간 영민이 모조리 쳐내 버린다. 그의 칼날같이 벼려진 정신이 그의 인지능력을 미친 듯이 폭증시켜 마력으로 가속된 마탄조차도 완벽하게 인식하는 데 성공한 것이다.

하지만 튕겨 나가는 탄환을 헤치며 찬의 거대한 검풍이 날아든다.

흔히 '선택받은 엘프'라 불리는 하이 엘프(High Elf)인 그가 2,700년이라는 가공할 시간 동안 쌓아온 힘은 엘프들로서는 흔히 사용하지 않는 내공.

그리고 그 수위는 무려 4,000년에 달한다.

쿠오오오!!

무림식 표현으로 하면 66갑자. 디오의 영력 포인트로 쳐도 900포인트를 가볍게 넘는 절대적인 내공이 해일 같은 내력의 파도를 만들어낸다. 농담이 아니라 산 하나를 날려도 이상하지 않을 정도로 강력한 힘!

퍽!

그러나 사라진다.

"…뭐?"

바사라의 돌격대장 찬의 표정이 일그러진다. 자신의 눈앞에서 벌어진 상황을 이해할 수가 없었기 때문이다.

"퀸탈리온(Quintillion)!"

당황하는 찬을 제친 쉔의 마력이 다시 폭발한다.

퍽!

그리고 사라졌다.

"아니, 이게 대체 뭐야!?"

퀸탈리온. 사실 그건 바로 그의 재능을 일컫는 백경을 뜻하는 단어이다. 우주에서도 절대 흔하지 않은 돌연변이적인 천재들을 지칭할 때 사용하는 단어.

쉔은 백경이라는 자신의 재능에 자부심을 가지고 있었다. 일반적인 백경들과 다르게 그는 왕족이라는 특별한 지위를 가지고 태어났고, 그리하여 누구보다 위대한 존재로 추앙받으며 자랐기 때문이다.

그리고 그렇게 해서 완성된 그의 능력은 바로 수천수만의 주문이 모여서 만들어진 마법의 대도서관.

수없이 많은 주문이 서로 얽혀 완성된 퀸탈리온은 제대로 발동만 되면 스스로 수없이 많은 마법을 스스로 완성하여 시전자를 보호하고 적을 격멸한다. 술식 성질 자체가 너무나 예외적이기 때문에 초월자들조차도 쉽게 재현하지 못하는 초고위 술법이 바로 퀸탈리온일 텐데 그게 이렇게 간단히 사라져 버리다니?

'대체 뭘 한 거야? 디스펠?'

그러나 어림도 없는 이야기다. 수천수만의 주문이 마치 살아 있는 것처럼 얽혀 있는 퀸탈리온을 어느 누가 감히 해제할 수 있단 말인가? 그건 대마법사라도 불가능한 일이다.

"뭐야! 그리고 넌 누구야?"

랜슬롯에 대해 전혀 신경 쓰지 않던 그로서는 미치고 환장할 노릇이다. 차라리 크루제가 난데없는 깨달음이라도 얻었다면 이해라도 하겠는데 왜 난데없는 조연 따위가 설친단 말인가?

그러나 그의 분노가 무색하게도 랜슬롯은 그를 신경조차 쓰지 않았다. 아니, 정확히 그는 지금 상황이 어떻게 흘러가는지도 제대로 인식하지 못하고 있다.

'뭔가, 뭔가······.'

사실 랜슬롯은 가이아의 축복에 별다른 이득을 보지 못한 상태였었다. 당연한 일이다. 가이아의 축복, 영웅의 운명은 대상이 품은 가능성을 극대화하는 운명의 힘이고, 여기서 말하는 가능성이라는 건 결국 대상의 잠재력을 뜻하는 말이니까.

그리고 랜슬롯은 이미 잠재력의 한계 이상으로 성장했다.

19레벨이라는 랜슬롯의 역량은 사실 정상이 아니다. 그의 현생(現生)에서 허락된 선을 한참이나 넘어서 버렸으니까.

랜슬롯, 변동수는 그야말로 철저한 범재(凡才).

그는 기적보다 오히려 반칙에 가까운 방식으로 지금의 경지에 도달했다. 정상적인 방식으로는 훨씬 더 긴 시간 동안 헤맸어야 할 [벽]을 스킬 성공 숫자를 채워 스킬 랭크를 높임으로써 넘어간다는… 디오의 시스템이 가지고 있는 일종의 틈을 이용한 방식을 활용했으니까.

퍽!

"이… 이익! 이게 뭐야?! 이딴 건 무술이 아냐!"

수천 년간 무술을 연마해 온 찬이 또다시 사라져 버리는 자신의 공격에 이를 갈았다. 이제는 접근조차 할 수 없다. 성스러운 은으로 빚어낸 그의 검의 첨단이 마치 지워지듯 사라져 버렸기 때문이다. 사라진 검의 단면은 거울처럼 매끈하기만 하다.

상대방이 지금 뭘 하는지 파악도 안 되는 상태인데 그의 [반경] 안으로 들어가게 된다면 과연 그 정체불명의 공격을 막아낼 수 있을까?

"무술이… 아냐?"

넋이 나간 듯 서 있던 랜슬롯이 불현듯 중얼거린다.

찬의 말이 맞다. 랜슬롯이 사용하는 건 무술이 아니고, 그 역시 무술가가 아니다. 그가 창술을 사용하기에 오해하기 쉽지만… 사실 랜슬롯은 지금껏 제대로 된 무술을 배운 적이 없으니까.

그는, 오직 내찔렀을 뿐이다.

퍽! 퍽! 퍽!

랜슬롯은 수련의 방에서 수백 년 동안 수천억 번의… 아니, 수조 번 이상의 찌르기를 반복해 창술 스킬을 SS랭크까지 성장시켰지만 엄밀히 말하면 그건 [창술]이 아닌 [찌르기]에 불과하다. 심지어 그는 찌르기 중 적의 움직임을 상정하지도 않았고 선 자리에서 움직이지도 않았다.

만일 제대로 된 무술가가 랜슬롯이 수련의 방에서 한 행위를 봤다면 고개를 절레절레 흔들었을 것이다. 애초에 찌르기만을 매일 반복하는 수련은 무술이라는 카테고리 안에서 그야말로 시간 낭비에 불과하기 때문이다.

무술이란 결국 싸우기 위한 기술.

방어도 회피도 생각하지 않고, 그렇다고 적의 움직임을 상정하는 것조차 아닌 단순한 찌르기를 반복하는 것은 절대 수련 따위가 아니다.

그저 노동.

그러나… 그 노동의 결과 랜슬롯은 19레벨이 되었다.

시간 낭비에 가까운 행위를 반복했음에도 그는 성장한 것이다.

"무술이… 아냐."

랜슬롯의 표정이 미묘해진다. 머릿속이 간질간질하다. 뭔가가 떠오를 듯 말 듯 나타났다 사라졌다 하는 것을 반복했고 있었다.

그가 평생 단 한 번도 경험해 보지 못했던 강렬한 영감이 그를 자극한다. 지금까지 그에게 별다른 도움을 주지 못했던 가이아의 축복이, 원래대로라면 절대로 그가 닿을 수 없는 영역으로 그를 밀어 올리고 있었다.

절대로, 다시는 있을 수 없는 기연의 순간이다.

"이건… 아니, 그것은……."

화악ㅡㅡㅡ!!

오오라가 뿜어진다. 그 오오라에는 아무런 개성도 특징도 없다. 19레벨에 도달했음에도 그는 여전히 계통발현을 하지 못한 상태이기 때문이다. 보통은 5레벨이면 어느 방향이든 능력이 발현된다는 것이 통설이라는 것을 생각해 보면 명백한 이상 현상이지만, 백선신룡(白仙神龍) 천향에게 그 이유가 단지 재능이 없어서라는 것을 확인한 이후로는 그저 잊고 살았다. 어차피 그가 하는 것은 찌르기 하나뿐이었기 때문이나.

고오오ㅡㅡㅡ!

오오라가 폭발적으로 그 기운을 키운다. 멍하게 있는 랜슬롯의 [존재]에 새로운 위(位)가 생겨나고 그의 영혼에 그 위에 걸맞은 격(格)이 깃든다. 그리고 그리하여 그의 영혼이 그 모든 것을 받아들일 수 있는 성질(性)을 가진다.

"그것은……!"

그렇다. 그조차도 몰랐지만 그가 수백 년 동안 정련한 것은 결코 찌르기 따위가 아니다. SS랭크의 찌르기를 얻었다지만, 그건 어디까지나 부가적인 소득.

그가 정련한 것은.

바로 정신(精神)이다.

"우, 웃기지 마! 버러지 같은 놈! 초월지경이라고? 네까짓 게!?"

랜슬롯이 보이는 모습이 초월지경으로 오르는 과정이라는 사실을 깨달은 쉔의 얼굴이 흉신악살처럼 일그러진다.

역린(逆鱗)이다.

일반적인 백경들과 다르게 왕족이라는 특별한 지위를 가지고 태어나 누구보다 위대한 존재로 추앙받으며 자란 쉔은 자신의 재능에 대단한 자부심을 가지고 있었다. 실제로 그의 어마어마한 천재성은 이미 초월지경에 올라선 이들조차 놀랄 정도이니 더 말해봐야 무엇하겠는가?

하지만 그러고 어느새 300년.

그의 나이가 어느새 350세가 넘었다. 온갖 마법과 기술로도 슬슬 수명의 한계를 막지 못할 정도가 되었음에도 초월경의 벽을 이겨내지 못하는 것이다. 그가 초월경의 벽을 느끼기 시작한 것이 불과 50세 때였다는 것을 생각해 보면 천재라 자신하던 그에게 있어 그 벽이 얼마나 절망적인지 알 수 있으리라.

"모두 엎드려! 내가 먼저……!"

"일단 물러서 멍청―"

퍽! 퍽!

아공간에서 커다란 포신을 꺼내던 드워프 소녀가, 그리고 그녀를 보호하려던 용인족이 마치 마술처럼 세상에서 지워진다. 그 비상식적인 광경에 언제나 전투에 미쳐 돌격하던 찬조차도 놀라서 몸을 뒤로 뺄 수밖에 없었다.

"아니, 아무리 초월지경으로 가고 있다 하더라도 이게 정상인가? 이미 초월지경에 오른 녀석들이라도 우리를 일격에 어쩔 수는 없을 텐데?"

초월자는 물론 일정 선을 넘는 절대자이지만 그 턱밑까지 쫓아와 있다면 얼마간 저항하는 건 충분히 가능하다. 그게 가능하니 대마법사로서의 탄이 쳐들어왔을 때 마스터들이 버틸 수 있던 것이 아닌가?

그런데 숙련된 초월자도 아니고 이제 막 초월경에 오르는 녀석이 그들을 일격에 세상에서 지워 버린다니…….

"…그거군."

순간 쉔의 눈이 서늘하게 빛났다. 비록 좌절하여 해적단에 투신하였다 하더라도 그는 백경. 랜슬롯의 힘이 어떤 특징을 가지는지 깨달은 것이다.

"무속성(無屬性)!"

마법의 신은 영능학에 존재하는 세계의 속성을 열두 개로 분류했고 그중 세 개는 하위의 존재가 감히 범접할 수 없는 세 개의 속성이라 하여 삼대속성. 혹은 절대속성이라 지칭했다.

시(時). 공(空). 무(無).

거의 모든 영능학에서 이 세 개의 속성을 논외로 두고 시작한다. 심지어 그 자유도가 모든 영능학 중 최고라 불리는 마학에서조차 이 세 속성에 대해서는 한정적으로 활용할 뿐이니 더 말해 무엇하겠는가?

"웃기는군. 전설로만 들어본 무속성이라니."

대해적 바사라의 일원으로서 우주를 누리던 쉔도 무속성을 제대로 다루는 존재를 본 적이 없었다. 간혹 초능력자 중 그런 힘을 다루던 이들이 있었지만 하찮은 수준에 불과했던 것이다.

쿠오오!

쉔이 마력을 끌어 올린다.

'무속성의 힘은 창조와 소멸.'

그것은 극도로 희귀하고 강력한 힘이지만, 그 근본에 대해서 이해하고 있다면 공략할 방법은 얼마든지 있다.

콰드드드득!

대지로부터 어지간한 아파트보다도 더 거대한 바위 주먹이 나타나 랜슬롯을 덮쳤다.

퍽! 퍽! 퍽! 퍽! 퍽! 퍽!

마치 보이지 않는 지우개가 지우기라도 하는 것처럼 바위 주먹의 앞부분이 가루조차 남기지 못하고 세상에서 사라진다. 하지만 랜슬롯을 지키던 힘은 금세 바닥나 버렸다. 무한정한 능력이 아니었던 것이다.

"발버둥 치지 말고 죽―"

"웃기지 말고 너나 죽어!"

퍽!

미친 듯이 마력을 일으키던 쉔의 왼쪽 어깨가 통째로 날아간다. 마력이 흐트러지자 바위 주먹이 힘을 잃고 바닥으로 무너진다. 쉔을 지키려던 찬은 천살진기의 흑염으로 전신을 둘러싼 영민의 견제로 뜻을 이루지 못했다.

"네년……!"

"흥! 정중앙에 맞히려고 했는데."

크루제는 지금까지 사용하던 것들과 전혀 다른 형태의 대구경 권총을 든 채 허공에 살짝 떠 있는 랜슬롯의 오른쪽에 섰다. 반대쪽 자리에는 흑염을 둘둘 두른 영민이 돌아와 있다.

고오오!

그리고 그 와중에 랜슬롯의 기본마나제어능력과 절대마나배능력, 그리고 만물동조능력이 완성되어 삼위일체를 이룬다. 그것들이 각각 하급의 신격, 신위, 신성이 되어 새로운 초월자를 만들어내는 것.

하지만.

서걱!

완성되던 신성이 박살 난다. 육신 또한 상체와 하체가 나뉘어 바닥으로 떨어졌다.

[배제.]

[흠~ 새로운 초월자가 탄생하는 순간을 훼방 놓는 건 별로 마음에 안 들긴 하지만……. 그냥 두기에는 너무 위험하네요.]

[절대속성.]

[네네. 한 번만 봐드리죠.]

두 기계의 대화를 들으며 랜슬롯은 정신을 차렸다. 그의 안에서 충실하게 차오르던 초월적인 힘이 산산이 흩어지고 있는 것이 느껴진다.

"하하, 이런……."

그가 초월지경에 올라설 기회를 얻었던 것은 기연이라고밖에 말할 수 없는 엄청난 행운의 결과물이었다. 가이아의 축복이 원래의 그라면 영원히 얻지 못할 깨달음의 순간을 강제로 끌어왔으니까.

 그리고 그것이 정녕 행운이라면—

 쿠득! 쿠득!

 초월경에 올라서야 하는 그 순간 그것을 방해할 수 있는 강대한 적이 함께 있다는 것은 최악이라고밖에 말할 수 없는 엄청난 불행이라 할 수 있을 것이다.

 "랜슬롯!"

 창백한 얼굴의 크루제가 랜슬롯의 상체를 받아 들었다. 모든 장비가 사라져 버린 그의 몸에서는 붉은 선혈이 마치 터져 나오듯 쏟아지고 있다. 그의 현현이 강제로 해제되며 벌어진 일이다.

 "이 멍청이! 그러게 본체로 오지 말고 멀리서……!"

 "아냐, 아냐. 미션으로 왔어도 마찬가지였을걸."

 허탈하게 웃던 랜슬롯의 얼굴이 고통으로 찡그려진다. 아주 강렬하고 이질적인 기운이 자신의 혼을 좀먹는 것을 느끼고 있었기 때문이다.

 쿠드득!

 "…이건?"

 크루제 역시 그것을 깨닫고 고개를 쳐들었다. 이미 용무가 끝났다는 듯 뒤로 물러서 있는 알렉산더 대신 M-4가 설명한다.

 [초월기, 알렉산더의 검이에요. 이곳 역시 지구이니 고르디우스의 매듭에 대한 전승 정도는 있겠지요?]

 기원전 333년 페르시아의 지배하에 있던 리디아 왕국의 수도 골디온을 점령한 알렉산더는 풀어내면 아시아의 패자가 될 수 있다는 제우스의 매듭을 칼로 일도양단한다. 운명은 전설이 아니라 자신의 검으로 개척하는 것이라는 말과 함께였다.

그리하여 알렉산더의 검이 가지게 된 [특성]은 운명을 벤 검.

그 효과는—

"제길."

강력한 무투가였던 한마가, 훌륭한 마법사였던 제로스가 그러했듯 그의 영혼 역시 흩어지기 시작한다.

"제길······."

랜슬롯은 점점 흐릿해져 가는 의식을 느끼며 쓰게 웃었다.

"알았는데······."

그는 스스로를 무인(武人)이라 생각하지 않았지만 수련의 시간이 너무나 길었다. 인간 변동수로서 살아온 시간보다 수십 배는 더 긴 시간을 오직 찌르기 하나에 매달리며 살아왔으니 착각을 하더라도 전혀 이상할 게 없는 수준.

그러나 아니다. 그의 수련은 무학도 무술도 아니었다.

그것은—

쿠드득!

알렉산더의 검이 남긴 치명적인 상흔에 마치 으스러지듯 그의 영혼이 소실되어 간다. 그의 존재를 세계에서 초월시킬 수 있었던 신성 역시 함께 소실된다.

쿵!

"웃!"

묵직한 울림과 함께 리프가 바닥을 뒹굴다가 벌떡 일어난다. 날렵한 자세였지만 흐트러진 옷매무새와 입가에 흐르는 피가 그녀가 많은 손해를 입었다는 것을 알려준다.

"거기 기계 놈들도 일을 하긴 하는군?"

리프를 날려 보낸 볼케이노가 일행의 앞으로 내려선다. 전신에 활활 타오르는 폭염을 두른 그는 마치 불의 화신과도 같은 모습.

"아더의 광자화에 미치지는 못하는 거 같은데도."

볼케이노와 잠시간 충돌했던 리프는 이를 악물며 그를 노려보았다. 불꽃 그 자체처럼 보이지만 그저 호신강기일 뿐 아더의 광자화처럼 육신 전체를 불꽃으로 만든 것이 아니다.

비기 [화산들숨]을 대성한 후 자신의 이름을 볼케이노라 개명한 그에게 있어서는 그저 평범한 전투 상태에 불과한 것.

다만 문제는.

그 '평범'이 그야말로 절망적인 방어력을 가지고 있다는 점이다.

"방어를 뚫을 수가 없어······!"

심지어 화염속성이 깃들어 있는 강기였기에 오히려 공격하는 그녀가 타격을 입을 지경이다.

쿵!

이어서 일행의 옆으로 아크가 내려선다. 그녀의 왼손에는 스스로의 몸조차 가누지 못하는 멀린이 들려 있다.

"조심해라. 접촉한 채로 새드니스의 정신 공격을 맞으면 방벽도 소용이 없어."

언제나 투구를 포함한 전신갑주를 걸치고 있어 일행조차 얼굴을 보기 힘들던 그녀지만 이제는 그 표정을 감출 수가 없다.

최대한의 여유분을 가지고 있었음에도… 그녀가 가진 모든 갑주가 다 박살 나버렸기 때문이다.

탁.

그리고 마지막으로 한껏 상기된 얼굴의 미호가 일행에 합류한다.

"으으, 저 녀석 뭐 하는 녀석이야!? 세상에 구미호한테 매혹을 걸어?"

"호호호! 그러지 말고 좀 더 놀자, 꼬마야."

겉모습만은 나체의 미녀인 해피니스가 늘씬한 다리를 척하고 내밀며 웃는다. 그리고 그 모습에 영민의 얼굴이 새빨갛게 달아오른다.

"야?"

버럭하는 미호의 모습에 영민이 황급히 고개를 흔든다.

"아, 아니에요! 지, 지금 이 상태가 원래 좀 호색하고 다혈질이라 어쩔 수 없다구요!"

가이아의 축복으로 인해 완벽히 안정화된 천살진기였지만 오히려 그렇기에 더더욱 도드라지는 특질이다. 사실 원래대로라면 혼자서 흥이 오를 대로 올라서 주변을 학살할지도 모를 정도였지만.

'와, 맙소사. 완벽하게 죽을 자리야. 단 한 명도 내가 쉽게 상대할 적이 없다니.'

영민이 살던 세계에서 제대로 된 초월자는 단 한 명뿐이었고 그 한 명도 사실상 방관자나 다름없는 존재였다.

그러나 이곳은 어떠한가? 농담 조금 보태면 초월자가 널려 있는 수준이 아닌가?

'빡세다.'

너무 빡세서 분노조절장애로 유명한 천살진기가 분노조절잘해로 진화될 지경이다.

"뭘 계속 지켜보고 있나!"

"그만."

폭염을 내뿜으며 돌진한 볼케이노를 이번에는 아크가 막아선다.

"그만 퇴장해라, 방해꾼들."

"방해꾼은 무슨! 너희야말로 지구에서 꺼져!"

새드니스와 리프가 충돌한다.

"너무 흥분돼……."

"아, 나 얘 싫어!"

미호는 이번에도 해피니스와 충돌했다. 쓰러져 있는 멀린과 랜슬롯을 보호하기 위해 모인 그들이었지만… 전력 자체가 모자랐던 만큼 다시 격전이 시작되어 버리자 나머지 일행이 무방비로 노출된다.

"우리도 마무리를 지어야지."

노출된 일행을 다시금 퀸탈리온을 발동한 쉔이 서늘한 눈으로 노려본다. 엘프 검사 찬 역시 무지막지한 내공을 검에 집중한 상태.

그러나 크루제는 자신의 품에 안겨 있는 랜슬롯, 아니, 동수를 보고 있을 뿐이다. 그녀의 오오라가 마치 구름처럼 일어나 절반으로 잘려 버린 그의 몸을 붙여 출혈을 막았지만, 어차피 그의 문제는 육신의 상처가 아니다.

"자격이… 자격이 없어 말하지 못했지."

동수의 얼굴은 창백하다. 한 줌의 생기조차 없는 그의 눈동자는 이미 눈앞에 있는 크루제의 얼굴조차 확인하지 못하는 상태.

"말하지 말고 정신 똑바로 차려, 멍청아! 오오라를 일점에 집중시켜서 결정화하면 영혼방어력을 높일 수 있으니까……."

크루제가 필사적으로 자신이 아는 자구책을 설명하지만 동수는 듣지 못한다.

대신 그는 온 힘을 다해 말했다.

"너는, 너는……."

힘겹게 숨을 고르며 그가 말한다.

"너는 재능이 없어."

"…뭐라고?"

너무나 뜬금없는 소리에 크루제의 표정이 멍청하게 변한다. 그들을 향해 적의를 피워 올리던 쉔 역시 그 말에는 반응했다.

"재능이라고? 길가의 돌처럼 흔한 녀석이 재능을 논해?"

백경의 재능이라는 건 대우주 전체를 지배하는 거대 세력들조차 쉽게 볼 수 있는 존재가 아니다. 10의 18승. 숫자로 표시하면 0이 18개나 되는 무지막지한 단위가 괜히 그들에게 붙은 것이 아니니까. 백경이 셋이나 있는 멀린의 지구가 비정상일 뿐 대우주 전체를 뒤져도 백경의 숫자는 5명이 넘지 않을 것이다. 대부분의 백경은 제대로 다 성장하기도 전에 죽게 마련인 것이다.

"웃기지 마라! 초월지경에 오를 뻔했다고 네가 특별한 건 아니다! 운이 좋아 벽을 넘을 뻔했다고 모르는 것에 대해 아는 척 한다니 어이가 없군!"

대우주를 누비는 바사라에 입단하면서 수많은 초월자를 만나 온 쉔이었지만 그럼에도 그는 자신에 대한 자신감을 잃어버린 적이 없다. 초월지경에 오르지 못했다 하더라도… 그는 여전히 특별한 존재다. 높은 경지에 오른 대마법사들조차 그와 대화를 나누다 보면 깜짝깜짝 놀라곤 했으니 더 말해 무엇하겠는가?

초월자의 벽. 오로지 그것만이 문제였다. 그 벽, 오직 그 벽만 넘는다면… 그는 자신이 다른 초월자들보다도 훨씬 더 특별하고 훨씬 더 강력한 초월자가 될 거라고 믿어 의심치 않았다.

"사실 너는."

그러나 동수는 그에게 아무런 신경도 쓰지 않았다. 그가 바라보는 건 오직 크루제뿐이다.

"그냥 여자애거든."

"내가… 그냥 여자애라고?"

"그래, 귀여운 내 동생아."

전력을 다해, 광기에 가까운 집념으로 스스로를 불사르며 싸워온 동수는 오히려 그녀 스스로보다도 더 정확히 그녀를 파악하고 있다.

그녀는, 그저 보통의 소녀이다.

그저… 그저 평범한 한 명의 여고생.

'그 압도적인 재능 때문에 누구도 몰랐지만 말이지.'

자신이 평범한 재능에 비범한 정신을 가진 존재라면.

그녀는 비범한 재능에 평범한 정신을 가진 존재.

그리고… 재능이 그러하듯 타고난 기질이나 정신 역시 쉽사리 극복할 수 있는 성질의 것이 아니다.

"이제 와서 그게 무슨."

그러나 그의 그런 말을 들은 크루제는 허탈한 듯 웃을 뿐이다. 그렇다. 이제 와서 뭘 어쩐단 말인가? 적이 이미 그녀의 눈앞에 당면해 있고 모든 것이 끝날 위기가 아닌가?

"좋아하는 일을 해. 그래……."

그러나 그러거나 말거나, 동수는 재미있다는 듯 헤실헤실 웃는다.

"공학자가 되는 것도 좋겠다."

그는 자신의 동생, 변미리의 방을 한껏 채우고 있던 온갖 부품과 프라모델들의 모습을 떠올렸다.

그녀는 그냥 심심풀이라고 항상 말해왔지만 그는 그녀가 기계를 좋아한다는 것을 알고 있었다. 만일 디오가 전투적인 성향을 조금만 줄였다면, 어쩌면 그녀는 진작 자신의 진짜 적성을 찾았을지도 모른다.

"전 우주가 놀랄 기술을 만드는 거야……."

"랜슬롯? 변동수?"

점점 흐릿해지는 목소리에 크루제가 황급히 동수의 몸을 흔들었다. 그러나 소용없다. 초월기 알렉산더의 검에 당한 그의 영혼이 벌써 9할 이상 소멸했기 때문이다.

그리고 위태위태하게 남아 있던 나머지 부분 역시.

'아… 그래도 아까운걸.'

세상에서—

'알았는데.'

완벽하게 지워진다.

"……."

크루제는 멍한 표정으로 동수의 시체를 바라보았다. 영능을 깨달은 그녀는 동수의 혼이 소멸했다는 사실을 아플 정도로 확실하게 인지할 수 있다.

"이런……."

영민은 혀를 차며 크루제와 동수의 시체를 가로막았다. 그의 앞에 있는 두 적, 쉔과 찬은 천살진기를 완전 각성한 지금에 와서도 이길 수 있을지 가늠이 안 되는 강적이었지만 지금의 크루제를 전투에 투입하는 건 불가능하다는 판단 때문이었다.

"오빠……."

심각한 상황을 아는지 모르는지 크루제는 멍한 표정으로 동수의 시체를 내려다본다. 뭔가 알 수 없는, 이상할 정도로 편안한 표정으로 동수는 눈을 감고 있다.

"흥. 주제도 모르던 녀석이 갔군."

악의 가득한 말에 그제야 크루제의 고개가 들린다. 여전히 멍한 표정의 그녀를 보며 쉔이 뒤틀린 표정을 지었다.

"운이 좋았을 뿐이었어. 드넓은 지식도 경험도 없는 범재 따위가 초월경이라니."

빈정거린다. 대단한 혈통도 재능도 타고나지 못한, 심지어 만나 싸우면서도 크게 신경 쓰지 않던 범재가 초월경에 올라서던 모습은 그로서는 인정할 수 없는 참변에 가깝기 때문이었다.

'망할 성계신이 부여한 영웅의 운명 때문이다. 다른 상위 신

들이 초월자를 만들어내는 것과 다를 바 없는 결과였어!'

그렇게 납득하며 내면에서 떠오르는 어떤 감정을 억누르는 쉔. 그리고 그런 모습에 멍하던 크루제의 얼굴이 점점 일그러지기 시작한다.

"너."

조용히 동수의 몸을 내려놓는다.

"너."

그리고 몸을 일으킨다.

"왜, 계집. 화나냐?"

"너어어어어———!!!"

화악—!

순간 바닥까지 떨어졌던 오오라가 마치 폭발하듯 타오르기 시작한다. 그녀의 안에서 무지막지한 오오라가 데이터로 전환되어 온갖 첨단 병기를 설계하기 시작했다.

그야말로 극단적인 성장!

그러나 그 모습에 쉔의 표정이 서늘하게 가라앉고—

"어리광 부리지 마라, 애송이년!!"

그의 모든 마법이 모여 만들어진 완성형의 능력, 퀸탈리온이 발동한다.

쿠오오오오!!!

주문의 대도서관 퀸탈리온이 수십수백 개의 마법을 줄줄이 토해놓는다. 주문 개개의 위력과 효과는 자잘한 수준이지만 그 모든 주문이 씨줄과 날줄처럼 얽혀 서로를 보조하고 증폭한다.

쾅!

불가해 *237*

데이터로 화해 병기를 생산하던 오오라가 산산이 부서져 흩어진다. 랜슬롯의 일격에 간단히 파훼되었던 퀸탈리온이지만 그것은 소멸의 힘이 퀸탈리온의 극상성이었기에 벌어졌던 일일 뿐 그 강함은 진짜였던 것이다.

"우습게 보지 마라! 분노라도 하면 뭔가 달라질 줄 알았나!? 사랑하는 사람을 잃었다는 슬픔에 엄청난 깨달음이라도 올 것 같아?"

그것은 그가 수십 수백 번도 더 바라고 심지어 실행해 보기까지 했던 일.

그러나 안 된다. 겨우 그런 감정의 충동만으로 초월지경에 오를 수는 없었다. 사랑하던 연인도. 가족도. 국가와 종족마저 버렸거늘 그는 벽을 넘지 못했다.

"좋아하는 것도 없고 하고 싶은 것도 없어! 필사적으로 이뤄내겠다고 이를 갈아봐야 그마저도 흔하디흔한 각오일 뿐이지!"

쉔의 말에 크루제의 눈동자가 흔들린다.

사실이다.

그녀에게 목숨을 걸고서라도 이루고 싶은 목표 따위는 없다. 그렇다고 진심으로 좋아하는 무언가를 찾지도 못했다.

동수의 말이 맞다.

그녀에게는 재능이 없다.

백경이라 불리는 불합리한 [버그]를 가지고 있기에 오히려 완성될 수 없는 것이다.

치트키를 치며 게임을 즐겨온 플레이어가 진짜 실력을 쌓을 수는 없는 법이니까.

"심지어 나중에는 원하지 않아도 취소할 수도 없는 악질적인 치트키지."

데이터로 화했던 크루제의 모든 오오라가 완벽하게 파괴된다. 그녀는 한순간 극적인 성장을 이루었지만… 이미 쉔은 그 성장을 마친 극점(極點)에 이르러 있다. 역량의 대결로 간다면 크루제가 쉔을 이길 가능성 따위 있을 수 없는 것이다.

쩡!

"큭!"

영민은 엘프 검사 찬에게 묶인 채 이를 갈았다. 검술 하나만 놓고 보면 그의 실력이 반 수 정도 위라 할 수 있었지만 내력의 차이가 너무나 심하기에 충돌할 때마다 손해를 보고 있었기 때문이다.

'위험해…….'

상황이 점점 기울어만 가는 상황. 그리고 그 상황에 쐐기를 박으려는 것일까? 쉔의 마력이 너욱더 크게 증폭되는 그 순간.

"하하. 이것 참."

크루제에게도 영민에게도 익숙한.

"딱 포기한 순간 이렇게 되니 참 우습단 말이지……."

그러나 절대 들려올 리 없어야 할 목소리가 들렸다.

"뭐, 뭐?!"

"아니 어째서……. 어떻게!?"

적들의 경악성을 들으며 동수는 아래를 내려다보았다. 방금 전 죽은 그의 시체가 보인다.

옆을 돌아본다.

불가해 239

멍한 표정의 크루제가 있다.
"동수… 오빠?"
"그래, 변미리 양."
위잉―
그가 손을 뻗자 아무것도 없던 허공에서 은색으로 빛나는 장창 한 자루가 모습을 드러낸다. 그것이야말로 절대속성 무의 두 얼굴 중 하나.
창조(創造).
[이해 불가. 불가능. 오류.]
[있을 수 없어. 어떻게 이런……]
지금까지 여유 넘치는 태도로 상황을 지켜보던 M―4를 포함한 초월자들 전체가 신음을 토하며 그를 바라보았다.
그리고 그렇게 혼돈과 경악의 한가운데에서.
"드디어."
동수가 웃는다.
"알았다."
그가 수십 수백 년 동안 단련한 것은 무술이 아니다. 애초에 찌르기만 반복하는 기형적인 단련으로 무술 실력이 상승될 거라고 믿는다면 그건 범재도 아니고 그저 머저리에 불과하겠지.
'그래, 나도 무술을 할 생각이 아니었어. 스킬 수련을 가장 효과적이고 빠르게 채우려고 시작했던 거야.'
그러나… 스스로 [꼼수]라고 생각했던 그 과정은 그의 무술 실력이 아닌 다른 것을 단련시켰다.
그것은 정신. 그리고 정신의 힘.

"내공이 아니라 오오라를 선택한 게 명답이었다는 건가. 만일 내공을 수련했으면 이렇게는 못 되었을 테… 니!"

펑!

콰득!

폭염으로 이루어진 검강이 동수의 심장에 박힌다. 그러나 전력을 다해 검을 휘둘렀던 볼케이노는 회심의 미소 대신 어이없다는 표정을 짓는다.

"아니, 이게 대체."

검을 잡고 있던 그의 오른팔을 포함한 그의 어깨가 마치 지우개로 지우기라도 한 듯 세상에서 [지워져] 있었기 때문이다.

"왜 가벼운 견제를 목숨 걸고 받아?"

어디까지나 탐색을 위해 검을 휘둘렀던 일격이 동귀어진(同歸於盡)의 수가 되고 말았다. 다만 볼케이노가 방심을 했다거나 안이했다고 말할 수 없는 것은 그 교환이 명백하게 동수의 손해라는 것이다.

화악—!

폭염의 강기가 일으킨 불꽃이 동수의 몸을 불태우기 시작한다. 그것은 육신은 물론이고 영혼마저 태우는 파멸의 불길. 물론 같은 등급의 초월자라면 그 힘에 저항해 피해를 최소화할 수 있을 테지만… 그는 마치 일반인이기라도 한 것처럼 너무나 간단히 불타더니 쓰러져 버린다.

"흠, 역시."

그리고 어느새.

"뜨거워."

동수가 멀쩡한 모습으로 서 있다.

"미쳤군."

"있을 수 없는 일이야."

[이해 불가.]

[이게 무슨…….]

강대한 힘을 가진 초월자들조차도 그 장면을 보고 아연실색한다. 그 어떤 경험, 그 어떤 이론으로도 설명할 수 없는 현상이었기 때문이다.

죽었다 부활하는 것조차 아니다.

"내가 미친 건가."

소멸해 버린 오른팔을 추스르며 볼케이노가 신음 소리를 내었다.

"마치… 마치 [소멸]했던 존재가 스스로 [창조]되는 것처럼 보이잖아?"

너무나 허황된 말이라서 스스로의 감각을 의심할 지경. 그러나 그는 이내 깜짝 놀라 고개를 돌렸다. 쓰러져 있던 멀린에게서 무지막지한 기세가 뿜어지기 시작했기 때문이다.

웅—

볼케이노는 물론이고 다른 초월자들 모두의 표정이 심각해진다. 같은 상황이 조금 전에 벌어졌다면 아무래도 상관없었을 것이다. 실제로 지금까지 멀린이 폭염의 루비를 사용하려 할 때 몇 번이고 방해하지 않았던가?

그러나 동수가 정체불명의 힘을 사용하기 시작한 지금 상황에서 벌어진 이 현상은 그들에게 있어 설상가상이나 다름없다.

"뭐야? 완전히 제압한 거 아니었어?"

[막아요! 이 힘은 아폴론을 강림시킬 때와 똑같은—]

퍼펑!

쓰러져 있던 멀린을 향해 접근하려던 모든 마스터가 사방으로 흩어진다. 어느새 멀린의 옆에는 은색의 장창을 든 동수가 서 있다.

"한번 해보고 싶던 말인데 이렇게 하게 되네."

가볍게 장창을 빙글 휘둘러 본 동수가 말한다.

"허락 없이 접근하는 놈은 죽는다."

폭발한다거나, 강렬하게 쏘아진다거나 하는 살기는 없다. 그는 그저 조용히 그 자리에 서 있을 뿐.

그러나.

'사라진다.'

그 자리에 서 있던 모든 초월자들은 동시에 거의 비슷한 감각을 느꼈다.

그렇다. 사라진다.

물리적인 시각으로 보면 달라진 바가 전혀 없겠지만… 지금 이 순간 동수가 서 있는 자리로 향하는 모든 기운과 간섭이 거짓말처럼 소멸하고 있다. 그들이 뻗어낸 감각조차도 사라졌기에 그들의 영적인 감지 영역 안에서 그가 있는 장소는 마치 뻥 뚫린 구멍처럼 보인다.

지금 이 순간 그는 예지를 포함해 모든 정보 습득 능력을 가진 존재들에게 극상성의 존재가 되어버린 것이다.

[있을 수 없어……. 그를 중심으로 모든 좌표가 소실되고 있

어요!]

　M-4가 경악하는 순간이었다.

　우웅-

　쓰러져 있던 멀린의 몸을 중심으로 공간이 일그러지기 시작한다.

　그것은 힘. 그것도 그저 거대하기만 한 힘.

　"미쳤군……."

　"우, 우와……. 아무리 그래도 그렇지 폐하만큼이나 거대한 힘이라고?"

　"허튼소리! 총량이 그럴 뿐 그 경지는 저열하기 그지없어!!"

　"하지만 아무리 경지가 낮아도 이 정도 규모는……!"

　그로테스크 전체를 진화시킬지도 모를 가능성을 지닌 [인자]를 가지기 위해 지구에 내려온 새드니스와 해피니스조차 흥미가 아닌 위기감을 느끼기 시작했다.

　그저 단순한 힘의 집중일 뿐이었지만… 멀린이 품은 기운은 그 정도로 상식을 벗어났고-

　또한 계속해서 늘어나고 있다.

　펑!

　탄환처럼 뛰쳐나갔던 새드니스가 폭음과 함께 바닥을 뒹군다. 세상 그 어떤 금속보다도 단단해야 할 그녀의 날개 중 하나가 소멸하면서 관성 제어에 실패한 것이다.

　"이게 무슨……."

　날렵하게 몸을 일으킨 새드니스가 심각한 얼굴로 이를 악물었다. 동수가 또다시 동귀어진의 수를 사용했기 때문이다.

'회피할 수가 없어!'

동수의 경지가 그녀보다 압도적으로 높은 것은 아니었지만 자신의 모든 것을 오직 공격에 특화시킨 그가 자신이 입을 피해를 전혀 신경 쓰지 않고 데미지를 교환해 버리면 그것을 피하거나 막는 게 거의 불가능에 가깝다.

물론 그 [데미지 교환]이라는 것에서 그녀는 압도적인 이득을 볼 수 있었지만.

털썩!

마치 장작이 쪼개지듯 세로로 갈라진 동수의 시체 너머로—

"흠, 역시 실력으로만 압도하는 건 여전히 불가능하군."

멀쩡한 모습의 그가 다시금 [창조]되었다.

"말도 안 돼."

"이건 대체 뭐야? 이런 건 불사신조차 아니야!"

초월적인 생명력을 가진 존재가 흔한 것은 아니지만 그렇다고 찾는 게 불가능한 수준은 아니다. 신의 가호를 받거나 초월적인 혈통을 타고난 몇몇 존재는 머리가 터져도 죽지 않고 온몸을 불태워 재로 만들어도 부활하는 게 가능할 지경이니까.

그러나 동수의 경우는 그것들과도 종류가 다르다.

"…저놈. 설마, 설마……."

자신의 수준을 가볍게 벗어난 전투에 한 걸음 물러서 있던 쉔의 얼굴이 경악으로 일그러진다.

"새겨 버린 건가……."

*　　　*　　　*

"나 저런 거 처음 봐."

[난 이야기도 들어본 적이 없는걸.]

하늘에 뜬 두 성계신은 소멸과 창조를 자유자재로 다루는 동수의 모습에 혀를 내둘렀다. 그녀들은 창조신의 위계를 가진 존재였기에, 다시 말해 이미 무속성을 다룰 수 있는 존재들이었기에 세상 누구보다 확실하게 파악할 수 있었다.

[하급 초월자가 존재감을 세계에 새겨 버리다니…….]

펭귄은 기가 차다는 듯 웃었다. 그건 절대 가벼운 의미가 아니다. 고위 신 중에서도 세계에 존재감을 새길 만한 존재는 극히 한정적이니까.

[나도 못 새겼는데…….]

[성계신이 새기긴 뭘 새겨, 바보야. 아니, 굳이 성계신이 아니더라도 상급 신위 정도로 세계에 존재감을 새기기는 힘들거든?]

핀잔을 주며 동수를 내려다본다.

'정말 뭐라 표현하기가 어렵군.'

비록 그는 하급 초월자에 불과하지만……. 그가 가지게 된 [신성]은 그야말로 대신격에 가깝게 커져 버렸다. 만물동조능력이 대차원 그 자체와 동화되어 버렸으니 오죽하겠는가? 말이 좋아 불균형이지 이쯤 되면 드높은 격이 나머지 두 요소를 강제로 끌어 올릴 정도인 것이다.

"흠, 하지만 놀랍네. 무속성의 재능을 타고난 녀석은 난생처음 봐."

[뭐?]

소녀의 말에 펭귄이 어처구니없다는 표정을 지었다.

[너 진짜 인간한테 관심 되게 없구나. 원래 인간종의 절반 이상은 무속성을 타고나거든?]

희귀하거나 그런 것은 아니지만 속성을 타고나는 것 또한 재능이다. 그 스스로가 가진 명확한 속성이 있다면 해당 계열의 이능을 빠르게 습득하는 것이 가능하니까.

마스터들이 죄다 속성을 보유하고 있는 것으로 보이는 것은… 어디까지나 그만한 [재능]이 없다면 일정 선을 넘기 힘들다는 한계가 있기 때문이다. 심지어 그 어떤 이능보다 속성이 중요한 오오라 능력자들의 경우 속성을 가지지 못한 이들은 5레벨을 넘지 못하는 경우가 절대다수이니 더 말할 것도 없으리라.

"즉… 저 녀석이 무속성을 깨달은 건 지금까지 그 어떤 속성에도 치우치지 않았기 때문이라는 거야?"

[그래. 그래서 지금 황당하다는 거야. 나는 저런 경우를 들어본 적이 없어.]

무속성의 힘은 창조와 소멸.

그것은 성계신과 같은 창조신의 위계들이나 다룰 만한 힘이다. 소멸이야 마법이나 다른 능력에서도 어떻게든 비슷하게나마 흉내 낼 수 있지만, 창조의 영역은 전혀 다른 차원의 문제이기 때문이다.

"회복(回復)이 아닌 창조(創造)의 영역이라면 그 한계는 어떻지?"

[정신… 아니, 의지(意志)가 바로 그 한계지.]

펭귄의 대답에 소녀의 표정이 굳는다. 왜냐하면 실로 경악스러운 일이었으니까. 지금 이 순간, 그는 그야말로 의지의 화신.

즉, 그의 부활, 아니, 재창조의 능력이 가지는 한계란 것은.

"정신이 굴하지 않으면… 멸하지 않는다?"

[그래.]

"맙소사……."

육신을 불태워도 영혼을 소멸시켜도 아무런 의미가 없다. 그의 정신과 의지를 굴복시키지 못한다면 결국 그는 다시금 세계에 창조될 테니까.

하지만, 스스로 위대한 정신을 완성한 그의 의지를 누가 굴복시킬 수 있단 말인가?

쿠우————!

순간 쓰러져 있던 멀린의 몸에서 다시금 어마어마한 힘이 터져 나온다. 멀린의, 그리고 인류의 적들은 전력을 다해 그를 제압하기 위해 몸부림치지만… 그들은 창조와 소멸의 힘을 자유자재로 다루는 동수를 넘어설 수 없었다.

[아, 그러고 보니 저 녀석도 있지.]

"사실 저놈이 제일 큰 문제야. 사실 상황이 이렇게까지 커진 건 다 저놈 탓이잖아?"

동수가 이뤄놓은 것이 '어찌 저런 일이 가능할 수 있을까'라고 평할 수 있는 인간 승리의 극이라면 멀린의 경우는 조금 다르다.

그는.

[대체 저놈 뭐야?]

"몰라……."

전지의 능력을 가진 그녀들조차도 알 수 없는. 완벽한 불가해(不可解)의 존재였으니까.

*　　　*　　　*

동수가 다시금 나타나자 경악과 불신의 표정들이 그를 반긴다. 보통 사람이라면 자기도 모르게 눈치를 보게 될 정도로 불편한 공기였는데 그래봤자 오직 하나의 화두(話頭)에 집중하고 있는 그에게는 상관없는 일이다.

'정신력이란 무엇인가?'

답은 금세 나왔다.

'그것은 의지(意志)를 관철(貫徹)하는 힘이다.'

극히 평범한 범재라고는 하지만 그에게는 분명 비범한 면이 있었다.

그것은 극도의 성실성.

공부를 하고자 하면 그는 하루도 빠짐없이 공부했다. 운동을 한다고 하면 절대로 중간에 포기하는 일이 없었다.

물론 그 역시 매 순간 유혹의 목소리를 듣는다.

수면이 모자란 상태에서 아침에 일어나면 모든 걸 때려치우고 5분만이라도 더 자고 싶다.

매일매일 공부를 하다 보면 오늘 하루쯤은 쉬고 싶어지는 날이 온다.

운동을 하거나 다이어트를 한다면, 그냥 포기하고 마음껏 먹고 싶은 날이 있다.

그것은 당연한 일이다. 그 또한 인간이기 때문이다.

하지만…….

그는 끝끝내 의지를 관철했다. 깨지고, 실패하고, 또 후회와 절망을 반복해 왔지만… 적어도 절대 포기하지 않았다.

그리고 그렇게 스스로 이겨내는 것[克己]에 진정으로 성공한 순간.

"하하. 하하하. 이게 뭐야. 뭐야아~! 재미없어 이거!"

[정말 믿을 수가 없군요.]

"돌아버리겠군."

그는 태생부터 비범한 자들이 절대로 닿을 수 없는 영역에 도달해 버렸다.

"너, 이름이 뭐였지?"

바사라의 12번 함 [불꽃]의 함장이자 강대한 무인인 볼케이노의 질문에 동수는 선선히 답했다.

"변동수. 뭐 랜슬롯이라고 불러도 좋고."

"그래, 변동수. 혹시 실례가 안 된다면… 네가 지금 이룬 깨달음을 말로 표현할 수 있겠나?"

초월지경에 오르게 된 이들은 전부는 아니어도 대체로 고유한 깨달음을 가지고 있게 마련이다. 명확한 길을 가지지 않은 채 목적지로 가기란 너무도 어려운 일이기 때문.

그리고 그렇다면 동수는 누구보다 선명한 [길]을 가지고 있다.

"정신일도(精神一到)."

그것은 오직 노력.

"하사불성(何事不成)."

수없이 깨어지며 단련된 영혼과 정신의 방향성.

"웃기지 마! 그딴 게. 그딴 게 무슨 깨달음이야……!?"

패배감에 가득한, 인정할 수 없다는 목소리로 한쪽에 밀려 있던 쉔이 고함을 지른다.

"당연한 소리잖아!"

그리고 그렇게 고함이 터져 나오는 순간, 여태껏 쓰러져 있던 멀린이 자리에서 일어났다.

* * *

덜컹덜컹. 덜컹덜컹.

멀린은 익숙한 소음과 진동에 눈을 떴다. 온몸이 무기력해 아무런 힘이 나지 않는다.

"이게 무슨……. 기차?"

그는 온몸이 푹 잠길 정도로 고급스러운 재질로 만들어진 좌석에 앉은 채 어안이 벙벙한 표정을 지었다. 좌석은 하나하나가 꽤나 널찍널찍해 한 량(輛)에 있는 좌석을 다 합쳐도 12개에 불과했으며, 그 안은 너무도 고요해 멀린은 자신도 모르게 목소리를 줄이고 말았다.

'나는… 분명히…….'

한껏 몸을 웅크린 채로 기억을 되새긴다. 그는 분명 연합의 대적들과 싸우다 기계종족 리전의 공격을 받고 쓰러졌었다. 어쩔 수 없는 일이다. 상대는 초월지경에 이른 지 오랜 시간이 지난 존재였고 그의 상태는 정상이 아니었으니까.

'그리고 그 상태에서 아폴론을 다시 부를 틈을 노리고 있었지.'

그러나 레비아탄을 상대할 때와는 달리 새로운 적들은 그가 불러낸 아폴론의 모습을 보았고 그것을 경계하고 있는 상황.

그리고… 일단 그들이 경계하기 시작한 이상 폭염의 루비를 사용하는 것은 불가능에 가까운 일이다. 그 스스로 [오롯한] 힘을 가진 무스펠하임의 핵은 최고 수준의 집중 상태가 아니면 어떤 식으로도 이용할 수 없었기 때문이다.

"…랜슬롯."

그제야 멀린은 그의 이름을 떠올렸다.

그렇다. 그다. 그가 모든 상황을 뒤집었다.

그가 있었기에 멀린은 고심 끝에 깨달은 하나의 [방법]을 사용할 수 있—

"뭐야 이 녀석은? 어떻게 여기에 탔지?"

"네?"

상념에 빠져 있던 멀린의 고개가 번쩍 들렸다. 어느새 그의 맞은편 좌석에는 트레이닝복 차림의 사내가 앉아 있는 상황. 전체적으로 시원시원한 인상의 그는 특이하게도 연두색의 머리카락을 가지고 있었다.

'어라? 분명 어디선가.'

뭔가 익숙한 인상에 그가 당황할 때 새로운 목소리가 들린다.

"그의 뜻이겠지."

"아니, 그거야 당연한 말이고. 애초에 그의 뜻이 아니면 누가 감히 여길 탈 수 있겠어?"

 멀린의 고개가 돌아간다. 거기에는 붉은색 장발을 가진 사내가 다리를 꼰 채 앉아 있었는데 그 시선은 회색 표지의 양장본에서 떨어질 생각을 하지 않는다.

 "…아!?"

 그리고 그 순간 멀린의 고개가 연두색 머리칼 사내를 향해 벼락처럼 돌아갔다.

 "뭐, 왜?"

 연두색 머리칼의 사내가 띠꺼운 표정을 지었지만 그는 그것을 눈치채지도 못했다. 왜냐하면 자신이 연두색 머리칼의 사내를 언제 봤는지 떠올렸기 때문이다.

 "50레벨……."

 멀린은 그와 그의 적이 충돌하며 은하계 하나가 통째로 말려들어가던 광경을 떠올렸다.

 그렇다. 그는 그를 본 적이 있었다. 그는 디오의 프롤로그 영상에 나왔던 바로 그. 그때 디오의 안내자 마리는 엄청난 전투신에 황당해하는 멀린에게 말했었다.

 "당연하죠. 저건 절대신. 그랜드 마스터도 20레벨인 세계관에서 50레벨이 넘는 괴물 중의 괴물들이라고요. 그냥 세계관 설명과 '이런 존재들도 세상 어디엔가는 있다' 라는 설정을 보여주기 위해 보여주는 영상이죠."

 디오의 레벨 시스템에 의하면 20레벨은 하급 초월자로 대마법사를 비롯한 그랜드 마스터들을 말하며 30레벨은 중급 초월자로 마왕급, 혹은 황제 클래스의 존재를 뜻한다. 대우주가 넓다고는 하지만 사실 30레벨 정도만 되어도 적이 없다는 이야기.

그런데 그 이상이라니. 심지어 40레벨도 아니고 50레벨이란 무슨 존재인가?

'절대신(絶對神)…….'

자신도 모르게 신음하는 멀린을 보며 연두색 머리칼의 사내가 놀란 표정을 짓는다.

"엥? 레벨이라니 이 녀석 설마."

"맞아. 제니카가 만든 2기 멤버다. 백경이지."

"헤에……. 제니카 녀석, 생각보다 제대로 만들었는데."

여전히 책에서 눈을 떼지 않는 적발 사내의 말에 연두색 머리칼의 사내가 신기하다는 눈으로 멀린을 바라본다. 멀린은 최대한 침착하려 노력하며 물었다.

"당신들은."

"맞아."

고개를 끄덕이는 그의 모습에 멀린의 표정이 굳는다.

'맙소사.'

그냥 거물 정도가 아니다. 지금 그의 눈앞에 있는 그들이야말로 모든 우주 모든 차원에서 가장 강한 존재 중 하나라고 해도 과언이 아닌 존재.

무의 신, 풍호.

마법의 신, 염룡.

12지신의 일원이기도 한 그들이 각각 전대 무의 신과 마법의 신을 쓰러뜨리고 절대신의 자리에 올랐다는 내용은 마스터들 사이에서 제법 널리 알려진 이야기이다. 디오의 개발자이자 염룡의 제자라고 알려진 마도황녀 제니카가 온갖 방식으로 정보를 남겨놓았으니 당연하다면 당연한 일. 심지어 풍호의 경우에는 프롤로그에 등장할 지경이니 더 말해 무엇하겠는가?

그러나 당장 중요한 문제는 그런 것들이 아니었다.

웅!

멀린은 정신을 집중해 에디터 블레이드를 꺼내 들었다. 스톡을 확인해 보니 다행히 그 내용물은 멀쩡한 상태다.

'일단 상황이 어떻게 될지 모르니……'

멀린이 아폴론에게 명령을 내렸을 때 그는 '네가 나를 천년만년 소환해 줄 수 있는 것도 아닌데 명령은 좀 아니지'라고 말했었다.

그러나 사실은 아니다.

'천년만년……. 뭐 날뛰지 않고 기운을 아끼며 살아야 가능하겠지만……'

이계에서 넘어온 악령을 지옥로로 불태워 그야말로 셀 수 없을 정도로 무수하게 많은 영맥 생성기를 생산할 수 있었다. 어찌나 많이 만들었는지 전 세계를 대상으로 판매가 가능할 지경이 아니었던가?

그러고도 모자라 행성을 대여섯 개는 팔아도 사기 어렵다는 무스펠하임을 100% 재현했고 다시금 무스펠하임의 핵을 재현해 내는 데 성공했다.

아무리 엄청난 악업을 지닌 악령이었다고는 하지만 단 한 개

불가해 255

의 영혼이 그만한 효율을 만들어낸 것이다.

'그런데 문제는 신대륙에……'

우웅—!

무스펠하임의 정수를 담은 폭염의 루비가 에디터 블레이드를 맴돌다가 멀린의 [안]으로 사라진다.

'노예계약자가 수천수만이라는 점이지.'

그리고 그들은 모두 지옥행이 예약된 극악의 존재들이었다.

우우웅—!

또다시 새로운 폭염의 루비가 멀린의 안으로 사라진다. 당연한 말이지만 멀린이 그것을 섭취했다거나 흡수한 것은 아니다. 무스펠하임의 엄청난 힘을 지금처럼 집어삼켰다가는 그의 육신은 물론이고 영혼까지 불타고 말았을 것이다.

"그렇군."

그리고 그 모습에 여태껏 시선조차 주지 않았던 염룡이 고개를 든다.

"네가 증폭술의 창시자였어."

"…창시자요?"

"그래. 하지만 우습군. 증폭술은 알 수 있는데 너에 대해서는 잘 알기 어렵다니……. 그럭저럭 잘 굴러가나 싶더니 고작 400년 만에 버그(Bug)인가."

"버그라니."

영문을 알 수 없는 소리에 의아해할 때였다.

[도착했습니다.]

"아, 이제야 왔나. 가자, 카인!"

"흠. 다크, 잠시만."

염룡 카인은 풍호 다크를 향해 손을 들어 보이더니 허리까지 내려오는 적발을 한 움큼 잡았다.

서걱.

가볍게 잘리는 머리칼. 그는 그것을 시장에서 파는 부추처럼 한 단으로 묶어 멀린에게 건넸다.

"…이건?"

"몸에서 잠시도 떼어놓지 마라. 지금 네 수준으로 [밖]에 나왔다간 그가 너를 잊어버릴 테니까."

"쯧쯧. 하여간 카인 이 녀석, 착해 빠져서는. 너무 신경 쓰지 말고 얼른 와. 네 말대로 그의 뜻일 텐데 뭐."

그렇게 말하며 다크가 먼저 기차에서 내리고 카인 역시 그를 따라 내린다. 당장 자신이 있는 곳이 어디인지도 모르던 멀린 역시 폭염의 루비를 안으로 집어넣으며 움직였다.

팟!

"옥!?"

그리고 그 순간 세상이 변했다.

[얼른 가자! 얼른!]

[재촉하지 마.]

전신이 불꽃으로 이루어진 거대한 용과 연두색 털의 호랑이가 빠른 속도로 멀어지고 있었지만 멀린은 그들을 쫓아갈 생각조차 못 했다.

[이게… 이게 대체 뭐야?]

모든 입체감이 사라졌다.

불가해

그의 눈에 비친 세상은, 말하자면 붓과 물감으로 그린 정물화 같았다. 가로세로는 있었지만 높이가 없는, 그러면서도 움직임은 존재하니 마치 특이한 화풍의 애니메이션 안에 들어온 것만 같다.

[오! 막내가 들어온 건가? 진짜로?]

그때 한쪽에서 대머리의 흑인이 총총거리며 다가온다. 다만 보통의 모습은 아니다. 머리 크기가 나머지 모두를 합한 것만큼이나 큰 SD캐릭터(Super Deformation Character. 2등신 혹은 3등신으로 표현되는 사람 형태의 캐릭터)였던 것이다.

[…당신은?]

[음? 에이, 뭐야. 새로운 5문명이 탄생했나 했더니 개인이잖아? 심지어 최상급도 아닌데 여기는 어떻게 왔어?]

[모릅니다.]

[몰라? 그럼 그분의 뜻이라는 건데……. 마침 심심했는데 잘됐어. 따라와.]

유쾌하게 웃은 그가 멀린에게 손을 내민다. 일단 악의는 느껴지지 않았던 만큼 멀린은 새로운 폭염의 루비를 [안]에 집어넣은 후 그가 내민 손을 잡으려 했다.

[어… 엇?]

그러나 멀린은 그 손을 잡을 수가 없다. 분명 눈앞에 있는 손을 잡으려고 해도 엇나가기만 하는 것이다.

[흠? 잠깐만. 너 이곳이 몇 차원으로 보이지?]

[2차원으로 보입니다. 심지어 색감도 마치 그림 같군요.]

[뭐? 그림? 으아… 아무리 그래도 그건 심하잖아. 카인 님의

비늘을 받았는데도 인지능력이 그거밖에 안 된다니.]

그는 '그분이 자신의 작품에 애정을 잃은 건 알았지만 이 정도였나' 하고 투덜거리다가 자신이 직접 손을 움직여 멀린의 손을 잡았다.

[뭐, '문장' 으로 인식되지 않은 것만 해도 어디냐.]

투덜거리는 순간이었다.

'무슨?'

순간 멀린은 한순간 그가 자신을 읽어낸다는 느낌을 받았다. 그의 내면을 파헤친다거나 한다는 느낌까지는 아니지만 뭔가 알 수 없는 거대한 시선이 그의 삶을 훑어 내려간 것.

그가 놀란 표정을 짓자 사내가 미안하다는 표정을 지었다.

[고의는 아냐. 다만 지금의 넌 펼쳐진 책 같아서 접촉까지 하면서 안 보기는 어려운지라.]

그는 '봐봤자 책 목차 정도야' 라는 변명 아닌 변명을 하더니 이내 고개를 끄덕였다.

[뭐 어쨌든 덕분에 상황은 대충 알겠어. 따라와.]

멀린은 성큼성큼 앞서가기 시작하는 그에게 이끌려 이동하기 시작했다. 저항하고 싶어도 어차피 그럴 수가 없다. 그가 잡아주지 않는다면 멀린은 이 기묘한 공간에서 단 한 발짝도 걸을 수 없으니까.

'어지러워……'

2차원으로 세상이 인식되는 그가 3차원의 움직임을 보이는 셈이다. 인지하지 못하는 영역으로 움직이며 느끼는 필연적인 혼란.

불가해

그리고 그렇게 혼란을 느끼고 있는 멀린에게 흑인 사내가 말했다.

[소개가 늦었네. 인간이라고 해.]

[저도 인간입니다만.]

[물론이지. 뭐 불편하면 인(人)이라고 불러.]

[네, 인.]

고분고분 고개를 끄덕인 후 멀린은 이 이상한 곳에서 깨어난 후 계속해서 가지고 있던 의문을 표현했다.

[이곳은 어딥니까?]

[이곳이 어디냐……. 좋아, 가는 길이 심심할 테니 이야기를 좀 해볼까?]

헤실헤실 웃으며 인은 말했다.

[보니 너희 인류는 현재 2문명이군. 그렇지?]

[네.]

[그렇다면… 어디 보자. 큰 사건 사고나 문명이 퇴보될 만한 대전쟁이 벌어지지 않는다는 전제하에 지금부터 15만 년에서 30만 년 정도면 너희 인류는 2문명, 3문명을 넘어서 4문명의 최종적인 단계에 이를 수 있을 거다.]

'물론 그러기는 힘들 테지만 어쨌든' 이라고 웃으며 인이 말을 이었다.

[그 단계 즈음에 이르고 나면 우주 전체가 완벽히 인지할 수 있는 영역이 되어버릴 거야. 우주의 정확한 크기를 측량하는 건 물론이고 우주의 끝에서 끝으로 이동하는 것조차 가능해지겠지. 우주의 거의 대부분의 항성들을 연료처럼 소모할 수도 있고

군대를 일으키면 신들조차도 잡아낼 수 있는 엄청난 힘을 가지게 된다.]

[엄청나군요.]

[끝없이 발전된 문명은 그렇게나 무서운 것이거든. 그런데, 그런데 말이야.]

후, 하고 인이 깊은 한숨을 내쉰다.

[문명 수준이 거기까지 이르게 되면 결국 알기 싫은 진실을 알 수밖에 없다는 게 문제야.]

[알기 싫은 진실?]

[그래. 세상에는 대우주와 모든 차원을 만든 창조주란 존재가 존재하며……]

계속 웃고만 있던 인의 얼굴이 처음으로 진지해진다.

[우리가 만들어낸 그 엄청나고도 엄청난 문명이, 역사가, 그리고 힘 전부가 그에게는 찰나나 다름없는 상념(想念)에 불과하다는 진실을.]

멀린은 어느새 그가 말하는 대상이 자신이 속한 인류가 아닌 그의 이야기가 되었다는 것을 알았지만 그것을 지적하는 대신 물었다.

[상념이라는 건 무슨 뜻이죠?]

[사실 우리는 실존(實存)하지조차 못했단 뜻이지.]

나직한 목소리와 함께 발걸음이 멎는다.

쏴아—!

순간 바람이 분다. 그곳은 거대한 나무가 있는 텅 빈 공간. 묘하게 전신을 압박하는 힘 때문에 위축되어 있던 멀린은 그 거대한 나무 주위로 십수 명의 아이들과 수십 마리의 작은 동물들이 서로서로 앉아서 놀고 있는 모습을 볼 수 있었다.

[다시 처음으로 돌아가서, 이곳이 어디냐?]

헤실헤실 웃는 표정. 2등신에 가까운 우스꽝스러운 외양.

그러나 멀린은 그의 모습에 어마어마한 압박감을 느꼈다. 왜냐하면 그에게서 도저히 상상할 수 없이 거대한 문명과 기나긴 역사를 느꼈기 때문이다.

[이곳은 우리가 태어나 자란 세계의 밖. 그에게서 독립해 오롯한 존재들만이 도달할 수 있는 곳이다.]

그가 처음 눈을 떴을 때 오직 그만이 있었다.

그리고 그는 그것이 쓸쓸해 세상을 만들었다.

하지만 아무것도 없는 곳에서 만들어진 세상은, 결국 그의 상상과 상념 안에서만 존재할 수밖에 없다.

[어떻게 올 수 있을까 했더니 네가 갔군. 후배라고 챙겨준 거야?]

그때 조용히 다가온 연두색의 호랑이가 말을 건다. 다만 그렇게 커다란 크기는 아니고 2등신의 인과 거의 비슷한 덩치를 가지고 있는 상태. 마찬가지로 그와 가까이 있는 붉은색의 용 역시 충분히 마주 볼 수 있는 덩치를 가지고 있다.

인이 답한다.

[이곳에 온 네 번째 인간인데 챙겨야죠.]

[네 번째 인간?]

뜻 모를 말에 멀린이 의문을 표하자 인이 한쪽을 가리킨다.

[나 말고 나머지 둘은 워낙 유명해서 너도 아마 알 텐데. 보니

까 너희 문명에도 잘 알려진 것 같고.]

[그게 무슨······.]

멀린은 고개를 갸웃거리면서도 그의 손길을 따라 고개를 돌렸다. 거기에는 차분한 표정으로 앉아 있는 차분한 인상의 꼬마 중과 천사 같은 미소가 어울리는 금발의 소년이 앉아 있었다.

[윤회자(輪廻子)와 구원자(Savior)다.]

[제가 저들을 안다고요?]

여전히 갈피를 못 잡는 그를 보며 인이 웃는다.

[알걸.]

[설마······. 아니, 설마? 인종이 다른데요?]

사실 전생자나 구원자라는 호칭에서 떠오르는 존재들이 없는 것은 아니었지만 그럼에도 믿기가 어렵다.

윤회자라니? 윤회가 불교의 개념인 것은 사실이지만 그만이 윤회를 한다는 그런 개념이 아닐진대 어찌 그를 대표할 만한 단어가 윤회자가 될 수 있는가?

게다가 금발에 백인이라니? 중동인. 정확히는 갈릴리 셈족인 그가 어떻게 백인일 수가 있는가? 그건 후대가 만들어낸 이미지일 텐데?

[그런 껍데기 따위 무슨 상관이냐. 네가 아는 건 그들의 진정한 모습이 아냐. 어차피 저 둘은 우리 문명에도 몇 번이나 들렀던 이들인데.]

[···네?]

이해할 수 없는 말에 멀린이 의문을 표하는 순간 꼬마 중이 자리에서 일어난다.

불가해

그리고 그대로 한 걸음 내딛는다.

저벅.

걷는다. 그리고 그러자 그 움직임에 따라 걸음걸음 연꽃이 피어났다. 그리고 연꽃이 열 개 열한 개를 넘어 열두 개가 될 때 즈음 어느새 그는 나무의 영역을 완전히 벗어나 [밖]의 존재와 얼굴을 마주하고 있다.

─끼긱! 끼기긱!

그것은 뭐라 표현하기 어려운 외양의 괴물이다. 덩치는 그리 크지 않아 작은 신장의 꼬마 중과도 얼굴을 마주하고 있을 정도였지만, 그것은 절대로 그냥 그런 괴물이 아니다.

[…뭐야, 저게.]

괴물의 눈동자가 선명하게 빛난다. 그 눈동자 안에서 무수하게 많은 별들이 태어나고 사라지고 있었고 그 회색의 몸통 안에는 셀 수조차 없이 많은 은하들이 핏물처럼 온몸을 휘돌고 있는 상황.

멀린은 꼬마 중 앞에 있는 괴물 하나면 우주 하나가 파멸에 이를 수도 있다는 사실을 알았다. 스스로가 하나의 우주나 다름없는, 그야말로 규격 외의 괴물.

하지만 그 순간 인이 멀린의 어깨를 잡으며 말했다.

[녀석은 미완성 장난감에 불과해. 그 뒤를 봐라.]

[그… 뒤?]

멍한 표정으로 멀린은 그의 말에 따라 고개를 들었다.

그리고.

그곳에 [그녀]가 있었다.

휘오오오오----!

거대한 나무의 반대편에 마치 대칭처럼 서 있는 강철의 탑, 그리고 그 앞에 앉아 있는 흑발의 소녀.

깔끔하게 그려진 정물화 같은 그의 주변과 달리 반대편에 서 있는 그녀의 주변은 광기에 휩싸인 표현주의 작가가 그려낸 것처럼 혼탁하게 일그러져 있다.

[다행으로 여겨.]

그녀를 직시하는 것은 그에게도 쉽지 않은 일이었던 만큼 약간은 피곤한 목소리로 인이 말한다.

[네가 하급만 되었어도 저걸 보는 순간 미쳐 버렸을 거다. 무식한 귀신이 부적을 몰라본다고 네 경지가 너무나 낮으니 오히려 괜찮은 거지. 사실 나도 똑바로 쳐다보기가 힘들 정도거든.]

[저건… 저건……]

멀린은 온몸을 떨었다. 왜냐하면 그녀에게서 끝없이 천진한 순수(純粹)를 느꼈기 때문이다.

웃으며 잠자리의 날개를 찢어버리는 순수한 아이 같은 악의가 그곳에 있었다.

[저건 대체 뭡니까?]

[바로 그녀다. 바로 그녀야말로 모든 문제의 시작이지.]

[문제의 시작?]

의문을 표하는 멀린의 말에 인이 고개를 끄덕였다.

[그래. 그녀야말로 유일(唯一)한 타자(他者)니까.]

그가 처음 눈을 떴을 때 오직 그만이 있었다.

그리고 그는 그것이 쓸쓸해 세상을 만들었다.

그리고 정녕 그러하다면.

그가 세상을 만든 이유가 외로워서였다면.

어쩌면—

[설마 400년 전의 전쟁은……]

[오! 거기까지 단번에 파악하다니 똑똑한데? 어제, 아니, 네 말대로 400년 전 대우주 전체로 퍼졌던 전쟁은 사실 있을 수 없는 일이었지. 왜냐하면 그는 자신의 피조물들을 사랑하고… 그렇기에 항상 대우주를 잘 관리해 왔으니까.]

과거에는 창조신의 이면이라 불리던 아수라라는 존재가 있어 대우주 전체의 질서를 관리했다. 그의 통제력은 실로 강력해서 초월적인 힘을 가진 신들조차도 아주 한정적인 수단이 아니고서는 우주의 운명에 간섭할 수 없을 정도였다고 한다.

[하지만 이제는 아니라는 겁니까?]

[그래. 이미 그는 자신의 작품과 구상에 예전만 한 관심이 없어. 아수라라고 하는 자신의 '이면'을 순순히 없앤 것도 사실은 그런 이유 때문이지. 그는……]

인이 쓴웃음을 지었다.

[그는 이제 혼자가 아니니까.]

멀린은 그녀를 보았다. 그녀는 웃고 있다.

당연한 말이지만… 그녀가 멀린을 보고 웃는 것은 아니다. 일그러진 모습을 가지고 있는 그녀가 보는 것은 오로지 단 하나뿐이었으니까.

멀린은 흔들림 없이 고정되어 있는 그녀의 시선을 따라 고개를 돌렸다.

그곳에 [그]가 있다.

"왔군, 버그."

마주 선 멀린의 신장이 그의 무릎을 넘어서지 못할 정도로 거대한 사내가 나무 밑동에 몸을 기대고 앉아 있다. 분명 이 장소에 처음 도착했을 때 나무를 보았는데 어떻게 그를 못 본 것인지 이해가 가지 않을 정도의 존재감을 지닌 사내.

그의 주변에는 온갖 동물들이 있다. 눈부시게 빛나는 새와 화려한 깃털의 새. 염룡을 비롯한 가지각색의 용들. 귀여운 인상의 원숭이. 풍호. 사자. 심지어 뱀이나 고양이까지.

그 외에는 누가 봐도 인간으로밖에 보이지 않는 소년 소녀들이 있었는데 그들은 모두 그의 몸에 기대어 잠이 들어 있는 상태다.

[버그라니.]

멀린이 자기도 모르게 반문했지만 그는 멀린에게 눈길조차 주지 않는다. 아니, 정확히 말해서 그의 시선은 [그녀]에게서 단 한순간도 떨어지지 않았다.

"작은 권한을 주겠다. 그리고 자격도."

거기까지 말했을 때 펑! 하고 멀린의 손 위로 두꺼운 책자가 나타나 잡혔다. 여전히 그를 쳐다보지도 않는 그가 말을 잇는다.

"룰(rule)에 따라 움직여라."

그것으로 끝.

그는 아무것도 설명하지 않았다. 멀린을 [버그]라고 부르면서 왜 벌을 주지 않는지. 또 왜 스스로 그것을 수정하지 않는지 말할 생각조차 없어 보인다.

　아마 이제부터는 멀린이 무릎 꿇고 그에게 관심을 애걸한다 하여도, 혹은 적의를 불태우며 공격을 한다 하여도 그는 더 이상 관심을 보이지 않을 것이다.

　'…미친 건가.'

　그리고 그 순간 멀린은 큰 충격을 받았다.

　'마음이 아프다.'

　이곳에 오면서까지도 멀린은 그에 대한 외경이 없었다. 창조신? 그래서 뭐 어떻단 말인가? 모든 것의 아버지? 그래서 뭐 자기를 도와준 거라도 있는가?

　그러나 그럼에도… 그가 자신에게 아무런 관심이 없다는 것을 느낀 그 순간 지극한 슬픔이 밀려온다. 스스로의 감정보다도 우선하는, 그의 영혼 깊은 곳에서부터 느껴지는 슬픔이다.

　[인.]

　[그래, 후배. 많이 출세했군.]

　[그런 말은 필요 없습니다. 저것, 아니, 그녀는……]

　[나도 안다. 위험하다고?]

　멀린은 그녀를 바라보았다. 아름답고도 추악한. 선량하면서도 사악한. 순수하면서도 타락한. 거대하면서도 가녀린…….

　그녀를 한마디로 표현하는 건 불가능하다. 그러나 그럼에도 그녀를 보며 떠오르는 하나의 단어가 있었다.

　파멸(破滅).

　[어째서 제거하지 않습니까?]

　[누가 감히? 우리가? 오롯한 존재가 되었다고 해도 그녀는 그

이상의 존재야.]

인의 말에 멀린이 그를 돌아보았다.

[그라면?]

[물론 그라면 가능할지도 모르지. 그 역시 그녀가 위험한 존재라는 것을 알고 있는 상황이기도 하고.]

그녀의 사악함과 악의를 모를 수는 없다. 멀리 갈 것도 없이 지금 이 순간에도 그녀가 만들어내는 괴물들이 계속해서 침식을 시도하는 상황이 아닌가? 모두 [밖]에 나와서 물질계 안에 최상급 신들이 거의 남지 않았을 정도.

그러나 그럼에도.

[하지만 그가 왜 그런 일을 하겠어.]

인은 깊이 한숨 쉰다.

[저렇게 온정신이 팔렸는데.]

* * *

"웃기지 마! 그딴 게, 그딴 게 무슨 깨달음이야……!?"

패배감에 가득한, 인정할 수 없다는 고함 소리에 멀린이 눈을 뜬다.

"당연한 소리잖아!"

머리가 멍하다. 들어갈 때처럼 너무나 난데없이 쫓겨나 버렸기에 2차원에서 3차원으로 변한 세상이 어색하게 느껴진다.

"멀린, 괜찮아? 머리 위의 그건 뭐야?"

"머리 위?"

뜬금없는 아크의 말에 멀린의 고개가 들린다.
거기에는 이런 텍스트가 떠 있다.

[GM 멀린]

"이건 또 뭐야······."
 멀린이 투덜거리며 몸을 일으키자 뭔가가 툭 하고 바닥에 떨어지더니 쩌적 하고 갈라졌다. 내려다보니 붉은색의 비늘이다.
 "머리카락이었는데. 뭐, 상관없지."
 멀린은 가볍게 몸 상태를 살펴보았다. 아주 좋다. 랜슬롯이 벌어주었던 시간으로 시도했던 [그것] 역시 성공해 버렸다. 이능학의 역사에 획을 그을, 그 누구도 흉내 낼 수 없는 기적을 만들어내는 데 성공한 것이다.
 그러나 어째서일까? 별로 기쁘지 않다.
 "스케일이 너무 크잖아······."
 멀린은 허무한 표정을 지으며 주변을 둘러보았다. 연합의 삼대 적들이 그를, 그리고 그의 일행을 포위하고 있다. 하나하나가 하위의 문명에서는 신으로 추앙받아도 이상할 게 없는 힘을 가진 초월자들.
 그러나.
 '이렇게 작았나?'
 [정지.]
 [잠깐. 잠시 멈춰주세요.]
 두 대의 리전이 그를 불렀지만 그는 대답하는 대신 한 손에는

두꺼운 책을, 한 손에는 보석으로 만들어진 검을 들고 걷기 시작한다. 그가 네다섯 발짝쯤 걸었을 때 한 손에 들려 있던 보석검. 에디터 블레이드가 원 모양의 문양으로 변해 책의 표지에 새겨졌다.

"규칙(rule)에 관한 책이니… 룰 북(Rule book)이라고 부르자."

"너 뭐야. 어떻게 신위도 신격도 신성도 없이 그런 힘을 다루는 게 가……."

"하하하, 잠깐 멈… 으으?"

두 그로테스크가 막아서려 했지만 무시하고 그 사이로 지나간다. 마지막으로 그의 앞에 나서려고 했던 볼케이노 역시 그를 막지 못한 것은 마찬가지였다.

"이게… 뭐야. 어째서 공격할 수 없지?"

볼케이노는 일단 두 다리를 베어내겠다고 마음을 먹었음에도 검을 휘두를 수가 없는 자신의 상태에 혼란에 빠졌다. 그의 몸에는 아무런 문제도 없다. 정신 공격을 당한 것도 아니고 어떠한 방해를 받는 것도 아닌데 어째서인지 스스로의 의지를 실현할 수가 없다.

"뭐 당연한 일인가. 근육 좀 크고 싸움 잘한다고……."

멀린이 팔랑팔랑 소리가 나도록 룰 북의 페이지를 넘긴다. 수없이 많은 정보가 그의 머릿속으로 빨려 들어가고 있다.

"9급 공무원이 장관을 팰 수는 없는 일이니까."

이것이 [그]가 멀린에게 준 자격이 가지는 효과. 결국 그의 상상 안에 존재하는 상념에 불과한 이들은 이 자격이 가지는 효과를 거부할 수 없다. 심지어 당하면서도 그 자격을 인지조차 못한다는 점에서 꽤나 악질적인 힘이라 할 수 있으리라.

[끄으으……. 밉다… 밉다…….]

그때 한쪽에 쓰러져 있던. 마치 거대한 산맥과도 같은 레비아탄의 몸이 들썩이기 시작했다. 당장 죽어도 이상할 게 없는 상태인데 움직인다는 건 그저 필사적인 의지 하나로 설명할 수 없는 종류의 것이다.

그뿐이 아니다.

뿌득! 뿌득!

거대한 육신이 점점 작아지기 시작한다. 그것은 육신의 파괴가 아닌 압축. 더불어 검청색에 가깝던 색도 붉게 변하고 있다.

'…그렇군.'

그리고 그 모습에 멀린은 깨달았다.

'그가 나에게 관심을 가지게 된 건 에디터 블레이드 때문이기도 하지만… 이 녀석 때문이기도 했어.'

율법 그 자체라 할 수 있는 그가 혼세도 말세도 아닌 지구에서 이미 몇 번이고 선을 넘은 것은 [그]의 관심이 자신의 작품에게서 멀어졌기에 가능한 일이다. 이 대우주 전체가 [느슨해]졌다는 증거이기도 하다.

[그녀]가 태어난 지 물질계의 시간으로 400년에서 500년 사이.

대우주의 다른 존재들뿐 아니라 [율법]에 묶여 있는 존재들도 변하기 시작한 것이다.

'탄 녀석이 문제가 아니군. 진짜 문제는 오히려…….'

멀린은 등줄기를 타고 올라오는 오한을 느꼈다.

'성계신들이야.'

그러나 그것에 대해 길게 고민할 틈은 없다.

고오오오오———!!!

작아지고 작아진다. 색 역시 점점 더 붉어져 이제는 숫제 불타는 것만 같다.

[밉다.]

그것은 종말. 말세(末世)에 접어든 세계에 임하여 모든 것의 끝을 고하는 존재.

사탄(Satan).

"미쳤군."

[대체 왜 종말이……]

탄. 레비아탄. 사탄.

그것은 모두 그의 다른 얼굴에 불과하다.

특정한 세계가 타락에 빠지면[混世] 그는 레비아탄이 되어 그들에게 시련을 내려 문명의 재건에 필요한 자들을 선별하고 그 타락이 정도를 넘으면[末世] 그는 사탄이 되어 그들에게 종말을 내린다.

당연한 말이지만 그것을 판단하는 것은 그 스스로가 아니다. 그는 창조주의 충실한 종이자 도구. 오직 율법에 따라 움직이는 존재.

그러나 지금… 그는 스스로 자신의 제약을 깨뜨리고 모든 힘을 꺼내고 있다. 창세 이래 한 번도 없었던 일이었다.

"이게 뭐야? 아까부터 이해되는 게 하나도 없어! 이건 왜 이

러냐를 넘어서 이럴 수가 있냐 하는 수준이잖아!?'

 종말의 힘이 발현하자 먹구름이 몰려와 회색의 하늘마저 가린다. 땅 위에 고여 있던 물웅덩이가 시뻘겋게 색이 변하더니 피 웅덩이가 되었다.

 [후퇴.]

 [저도 거기에는 동의하는데 게이트가 안 열려요!]

 "지원! 긴급 리콜을 시작해라! 지금… 이봐? 지원? 제길, 통신이?"

 "와아, 이건 망한 거 같은데."

 연합의 대적들조차 공포에 질린다. 그럴 수밖에 없다. 그야말로 상정조차 안 했던 최악의 상황이 아닌가?

 "이럴 수가. 분명히 영락(零落)했을 터인데."

 작아지는 덩치와 반대로 기운은 끝도 없이 커져간다. 단순히 힘의 규모만이 커지는 것도 아니다. 아득할 정도로 드높은, 그리고 강대한 신성은 자리에 있는 모두를 짓누른다.

 "절대신이라니……."

 지금껏 상황을 관망하던 두 성계신조차 놀라 권능을 사용하기 시작했지만 제대로 먹히지 않는다. 진작 움직였다면 또 모르지만 이제 상황이 바뀌었다. 말세에 강림하는 사탄의 힘은 성계신이라도 어찌할 수준이 아니니까.

 "어째서 귀환이……."

 "허억… 허억……."

 외계의 백경 쉔과 수천 년의 삶을 살아온 하이 엘프 찬은 특히나 상태가 심각하다. 사탄이 뿌리는 기세가 실질적인 힘이 되어 그들을 짓눌렀기 때문. 한껏 경직된 표정의 볼케이노는 그들을 지켜줄 기색이 아니다.

"흐음. 격 자체가 차이 나버리면 백경이라도 별수 없는 건가."

"애송이가……! 닥쳐라!"

노호성과 함께 폭발하는 마력이 멀린의 몸을 후려친다. 멀린은 깜짝 놀란 표정으로 그것을 막아냈다.

"공격을 하잖아?"

초월자들조차도 멀린에게 적대 행위를 하지 못했는데 그 아래의 존재가 창조신의 상념을 벗어났다는 것은 있을 수 없는 일. 놀란 멀린이 룰 북을 펼친다.

생각하는 것만으로 필요한 내용이 떠오른다.

'자격 있는 자들에게 권위를 가진다.'

"아 이거……."

그도 눈치가 느린 것이 아니었던 만큼 대충 상황을 파악한다. 아무래도 그의 [권위]라는 것은 초월자 이상의 존재들에게만 통용되는 모양이었다.

'왜 굳이 이런 제약이 있는 거지? 설마 그 자식 초월자가 아니면 소설 속 엑스트라처럼 인식도 잘 못 하는 건 아니겠지?'

털썩!

그가 내심 투덜거리는 순간 쉔과 찬이 마침내 바닥으로 쓰러지는 모습이 보인다. 절대신의 힘을 가진 사탄의 압력을 이겨내지 못했기 때문이다.

불가해

"뭐가 어떻게 흘러가는 거야?"

"아니, 그보다 그 GM이라는 건 뭐예요? 현실에서 머리 위에 아이디가 뜰 수 있다니."

대신 살아남은 일행들이 그의 주변으로 모여든다. 갑주가 다 박살 나고 전신이 상처투성이지만 그래도 비교적 양호한 상태의 은혜와 정신 공격을 주로 당한 탓에 외양은 멀쩡한 미호. 그리고 전력이 가장 떨어진 데다 폭염의 강기를 다루는 볼케이노와 싸웠던 탓에 전신이 그을린 리프까지.

그리고.

우우우———

그 모든 일행을 완전하게 보호하고 있는 랜슬롯이 있었다.

"와."

멀린의 표정이 미묘하게 변한다. 주변에 있는 다른 초월자들과 다르게 그의 모습 위로 다른 모습이 겹쳐 보였기 때문이다.

마치 정물화 같은……

"죽겠군."

순간 팟, 하고 시야가 정상으로 돌아온다. 이제야 제대로 멀린의 시야 안으로 들어온 동수는 바짝 긴장된 표정이다.

"괜찮아, 오빠?"

"그래. 괜찮으니까 너무 붙지 마. 갑자기 귀여운 척을 하다니."

"뭐, 뭐라고!? 그런 거 아니거든!?"

발끈한 크루제가 새빨갛게 달아오른 얼굴로 버럭 소리를 질렀지만 랜슬롯은. 아니, 이제는 현현조차 필요 없는 동수는 그 말에 대답하지 못한다. 변형을 거의 끝내가는 사탄에게서 감당하기 힘들 정도의 압력이 전해졌기 때문이다.

"감당이 어렵다. 물리적인 무언가가 아닌 그저 기세일 뿐인데도… 진이 다 빠지고 있어."

연합의 대적이라는 세 세력의 초월자들마저도 공포를 느끼는 상황에서 일행이 멀쩡할 수 있는 것은 동수가 소멸의 힘을 발휘해 사탄의 압력을 지워내고 있기 때문.

하지만 공격도 아니고 기세조차 지우기 힘들다면 어찌 그 대상에 대적할 수 있겠는가? 불사신이나 다름없는 그야 어떻게든 살아남을 수 있겠지만 그것이 상대를 이겨낼 수 있다는 뜻은 아니다.

"체급이 너무 다르단 말이지."

"뭐, 별로. 겁먹을 필요 없어요."

기막혀하는 동수의 모습에 멀린이 오른손을 들었다.

"그냥."

눈을 감는다.

"열폭 찌질이니까."

원래 제1계, 혹은 2계까지만 있어야 하는 무유생계는 멀린이 수성, 금성, 지구, 화성, 목성, 토성까지 만들어내면서 최초의 내공을 2의 6승, 그러니까 64배까지 증폭시키는 비상식적인 기술로 진화했다. 영능학에 대해 아는 자들이 듣는다면 허풍이라 믿지 않을 정도의 성능을 가지게 된 것이다.

비초월자인 멀린이 초월자인 이그니스를 일격에 해치우는 게 가능할 정도였으니 그 위력은 더 말할 필요조차 없는 수준.

그러나… 당연히 거기에는 한계가 있다. 증폭 그 자체에는 한계가 없지만 그 증폭을 펼쳐내는 멀린의 육신이 견뎌내지 못하기 때문이다. 디오 안에서야 운영자의 권한으로 스스로에게 비파괴(非破壞) 설정을 걸 수 있지만 현실에서도 그런 일을 할 수는 없지 않겠는가?

그러나.

화악—!

후끈한 열풍이 몰아친다. 그의 안에서 감히 짐작하기조차 힘든 무지막지한 기운이 끓어오른다.

당연한 말이지만 멀린이 무스펠하임의 핵을 복용한 것은 아니다. 무스펠하임의 핵이 자체적으로 품고 있는 영격이 멀린의 수준을 상회하는데 어찌 그런 일이 가능하겠는가? 복속시켜 흡수하기는커녕 오히려 그 불꽃이 그 스스로를 태워 버리고 말겠지.

때문에 그는 무스펠하임의 핵을 흡수하는 대신 오히려 그것들을 수백수천 개나 뭉치고 뭉쳐 하나의 존재로 재탄생시켰다. 이전에는 상상조차 못 하던 개념이지만, 성계신이 내려준 영웅의 운명은 그에게 그것을 가능하게 할 영감을 선물했다.

'이걸… 오의(奧義)라고 부르기도 어렵겠군. 내 이후로 이걸 만들 수 있는 녀석이 또 있을 거라고 생각하기는 어려우니.'

우우우———!

보석마안과 금령안이 각각 적광과 금광을 찬란하게 뿜어낸다. 그의 육신에 있는 기운에는 여전히 한계가 존재했지만 그의 안에 품은 거대한 힘의 잔향만으로 그의 모든 영능이 미친 듯이 진화하고 있었다.

금단선공(金丹仙功).
환상기(幻想技).

압축이 끝났다. 수백수천 개나 되는 무스펠하임의 핵이 하나의 존재로 완성된다.

영겁태양(永劫太陽).

멀린이 쏘아낸 심령에 금단선공의 내단이 각성한다. 사용할 수 있는 내력은 과거와 비교조차 할 수 없이 늘어서 단지 그 여파만을 수습했을 뿐인데도 내공이 10갑자를 넘어서고 있는 상황.

멀린은 그 모든 내력을 쏘아냈다.

화악—!

멀린의 내면세계에 거대한 불꽃이 피어오른다. 하필이면 그가 손에 넣었던 것이 불꽃의 힘을 가진 무스펠하임이었다는 것도 기연이라면 기연이다. 만약 다른 속성을 가지고 있었다면 아무리 그라도 태양의 이미지를 완성하기가 힘들었으리라.

우웅!

10갑자의 내공이 태양을 통과해 수성으로 나아간다. 과거에는 내공이 내력으로 변하는 그 모든 부담을 멀린이 감당해야 했지만 이제는 다르다. 나머지 모든 외계를 다 합친 것보다 압도적으로 강력한 영겁태양의 기운이 강한 인력으로 힘의 흐름을 통제하고 있었기 때문이다.

10갑자의 내력이 수성을 거쳐 20갑자의 내력으로 변한다. 이어 금성, 지구, 화성을 거쳐 40, 80, 160갑자의 내력이 되었다.

[주인님의… 명대로.]

[며, 명령… 명령대로…….]

"말도 해?"

생각지 못한 두 염체. 영휘와 샤이닝의 반응에 멀린의 표정이 기묘해진다. 물론 중요한 문제는 아니다. 중요한 것은 그들이 목성과 토성으로 화했다는 것이니까.

웅!

160갑자의 내력이 목성을 거쳐 320갑자의 내력으로 변한다.

320갑자의 내력이 토성을 거쳐 640갑자의 내력으로 변한다.

"미쳤군."

[아, 아아……. 이게 대체…….]

[불가능. 불가능. 불가능…….]

끓어오르는 기운에 모두가 압도된다. 그것은 고작 일격에 들어가기에 너무나도 엄청난 규모의 힘이었으니까.

내공 사용자로 초월경에 이른 볼케이노가 황망한 표정으로 말한다.

"돌아버리겠군. 내 최대 내공도 천 년에 불과한데……."

640갑자.

3만 8,400년.

4만 년에 가까운… 내공이라는 이능이 생겨난 이후로 무수한 시간이 지난 지금까지 그 누구도 다루지 못했던 규모의 내력에 모두가 경악해 그를 돌아본다.

하지만 무슨 상관이겠는가?

"커억!"

[오류. 충격. 비상.]

[맙… 소사.]

신음과 비명이 터져 나온다. 허공에 둥둥 떠 있던 M-4의 몸체에서 연기가 피어오르며 바닥을 굴렀고 강기로 육신을 보호하던 볼케이노조차 신음을 토하며 쓰러졌다. 새드니스와 해피니스는 피를 토하며 주저앉아 있다.

그러나 그 모든 것들은… 말하자면 여파에 불과하다.

[…어이가 없군.]

한결 차분해진 목소리가 흘러나온다. 너무나 큰 충격 때문일까? 조금 전의 광기와 분노는 사라지고 없다.

[고작 권기(拳氣) 따위가 권능조차 뚫다니.]

그는 고개를 숙여 자신의 가슴을 내려다보았다. 압축되고 압축되어 작아졌다고는 하나 여전히 수백 미터나 되는 그의 가슴에 거대한 손바닥이 새겨져 있다. 이어서.

찌억!

붉은색 날개를 활짝 펼쳤던 사탄의 등 뒤로 거대한 균열이 생긴다.

쿠구구구———

차원장이 뒤틀리고 갈라지자 그 너머로 드문드문 다른 세상의 모습이 보인다. 10레벨만 되어도 사용할 수 있는 유형화된 마나가 그 규모만을 끝도 없이 키워 차원조차 찢어버린 것. 만일 땅으로 떨어졌다면, 행성을 파괴했어도 이상할 게 없는 일격이다.

[뭐냐. 네놈, 어째서…….]

사탄은 이해할 수 없다는 표정으로 멀린을 보았다. 이미 그 목소리에는 분노도 증오도 없이 오직 의문만이 가득하다.

[왜, 왜 나를…….]

쿠우우ㅡㅡ!

그의 가슴이 움푹 파이더니 주변의 모든 것을 빨아들이기 시작한다. 그 기운은 멀린에게도 매우 익숙한 종류의 것이다.

"아더."

사탄의 심장에 박혀 있던 아스칼론이 그의 심장을 연료 삼아 그의 육신을, 영혼을, 그리고 신성을 소멸시키고 있다. 아스칼론을 심장에 박은 채로 너무나 거대한 변화를 이끌어낸 그였기에 세계에 [새겨져] 있는 그조차 최후를 막을 수가 없었다.

[왜 나를 그런 눈으로…….]

뿜어내던 기운이 사그라진다. 그리고 이내 그의 몸이 쓰러지고.

파스스스스…….

태초부터 존재했다는 종말의 마수가 세계에서 지워져 버린다.

"……."

멀린은 그가 사라진 자리를 조용히 바라보았다. 승리의 쾌감은 별로 느껴지지 않았다. 단지 허무할 뿐이었다.

'그는 [밖]을 몰랐구나.'

그 역시 절대신의 힘을 가지고 있던 존재였을 테지만 그 역할은 철저한 도구였다. 새로이 만들어질 문명들에게 시련을 내리고 또 종말을 고하는 일종의 시스템. 언제나 원망받고 또 패배해야 하는 역할을 강요받는 존재.

"그래서 결국 도달한 종착지가 종족차별주의라는 게 좀 한심하긴 하지만."

멀린은 한숨 쉰 후 사탄이 사라진 자리를 살펴보았다. 사탄의 영혼과 융합하여 그 존재조차 지워 버린 아스칼론의 모습은 어디에도 보이지 않는다.

'같이 소멸한 건지 아니면 뒤틀린 차원으로 떨어져 나간 건지 알 수가 없군.'

쿠구구……

먹구름이 몰려가며 다시 회색의 세상으로 복구된다. 본래 이 세상을 가득히 채우고 있어야 할 마족과 마수들은 싸움의 후폭풍만으로 다 쓸려 나가서 어니에서도 볼 수가 없다.

"아아, 죽는 줄 알았어."

잔뜩 지친 표정의 미호가 멀린의 옆으로 다가온다. 아크는 이미 그의 오른편에 서 있는 상황. 리프는 그들의 모습을 잠시 지켜보다가 이내 한숨 쉬며 바닥에 늘어진다.

[이제는 손에 닿지도 않겠군.]

여태껏 리프의 전투를 보조했던 태공망은 멀린을 보며 웃더니 이내 사라져 버렸다. 그의 존재는 선계 전체가 비상에 빠질 정도로 이질적이었음에도, 그는 오히려 개운한 표정이다.

"용노."

은혜의 목소리에 멀린의 고개가 돌아간다. 그녀가 물었다.

"다 끝일까?"

"끝이라……."

멀린의 표정이 가라앉는다. 물론 지구의 상황은 끝이다. 하급을 금세 넘기고 중급 초월지경에 올라설지도 모르는, 심지어 불사신에 가까운 동수와 다른 이도 아닌 창조신에게 권한을 받은 멀린이 함께 있는 지구를 감히 누가 건드릴 수 있겠는가?

하지만.

'변하고 있어.'

400년 전 [그]가 자신의 이면이었던 아수라를 회수했을 때 대우주 전체가 소란스러울 정도의 대전쟁이 일어났던 것은 아수라의 억압에 의해 강제로 억눌리던 갈등과 원한들이 폭발했기 때문이었다.

그 거대하고 사나운 전쟁에도 대우주가 여전히 무사할 수 있던 것은 율법에 따라 움직이는 존재들이 최소한의 선을 유지시켰기 때문.

그런데 그 율법이 느슨해져 버린다면…….

'어쩌면 자기 행성에서 신으로 군림하려는 성계신들이 생길지도 모르겠군. 아니, 그보다는 명계(冥界)의 동향이 더 문제인가.'

머릿속이 복잡해지는 것을 느끼며 멀린은 고개를 흔들었다.

"이제 시작이지."

나직한 목소리와 함께 세계가 일렁인다.

하나의 전쟁이 끝나가고 있었다.

에필로그

쿠르르— -

잔뜩 쌓여 있던 정석들이 수챗구멍으로 빨려 들어가는 물처럼 흑색의 보석 안으로 빨려 들어간다. 이내 빛이 번뜩이고, 흑색의 보석을 장착하고 있던 검이 진동했다.

"오, 오오……."

"으아아, 나 못 보겠어."

"이게 몇 억짜리였지?"

"그냥 몇 억도 아니지. 10억이 넘을 테니…….

모두가 숨죽인 채 검과 그 검 앞에 위치한 사내의 모습을 지켜보고 있다. 얼마나 긴장한 것인지 40대 초반으로 보이는 중년 사내는 식은땀까지 뚝뚝 흘리며 현장을 지켜보고 있다.

그리고.

> 강화 실패!

그야말로 얼어붙어 있다고밖에 표현할 수 없는 침묵 속에 헛.
하고 누군가 헛숨을 들이켜는 소리만이 울려 퍼진다. 땀 흘리던 사내의 얼굴은 도화지로 써도 될 정도로 새하얀 상태.

그러나 그의 얼굴색 같은 건 상관없다는 듯 이어진 텍스트가 쐐기를 박는다.

> 강화에 실패하여 +9마환검이 +7마환검이 되었습니다!

> 2년 8개월간 강화를 할 수 없습니다!

"아, 안 돼! 내, 내 +9마환검이!!"
눈앞에서 부모님이 죽는다고 이렇게 슬플까!!
도저히 이겨낼 수 없는 충격과 슬픔에 무너져 내리는 사내였지만 지켜보던 수백의 사람이 모두 그와 같은 감정을 느끼는 것은 당연히 아니다.
"와아 맙소사! 진짜 터졌어! 13억이 한자리에서 펑!!"
"으아, 자살하고 싶겠다……."
"지나친 지름……. 아아, 넘나 위험한 것……."
"3년 강화 불가 옵션이 달린 이상 시세도 떨어질 테니 사실 13억 이상의 손해겠는데."
"9강이면 충분히 개사기 무기인데 그냥 쓰지."

멀린이 새로이 만들어낸 건물. 강화소가 시장 통처럼 시끌시끌해진다. 심지어 개중 한 명은 망연자실해 있는 사내를 옆으로 밀어내고 자신의 검과 주문이 담긴 스크롤을 벽난로처럼 생긴 거대한 기계, 강화기(强化器)에 집어넣었다.

> 제작 성공!

> 제작에 성공하여 강검이 +ㅁ 타격검으로 변경되었습니다!

제작에는 확률이 없기에 무난하게 성공하는 모습까지 확인한 멀린이 몸을 돌린다.
"잘 굴러가는군."
"잘 굴러가다니. 망했잖아?"
고개를 갸웃거리는 미호의 물음에 멀린이 답힌다.
"그거야 그 사람이 운이 없던 거고 시스템 자체에는 문제가 없어. 이대로라면 15강까지도 문제가 없겠지. 물론 거기까지 하는 미친놈이 있을지는 모르겠지만……."
탄이 지구에 쳐들어오고, 그래서 결국 죽게 된 지 어느새 1년이 지났다.
그때의 전쟁. 혹은 전투는 지구 문명의 주인이 바뀔지도 모를 정도로 중대한 종류의 것이었지만… 인류는 그것을 크게 실감하지 못했다. 전투의 절반 이상을 지구가 아닌 다른 장소로 날려져 행했기 때문이다.
대신.

전쟁이 끝난 후 그들은 자신들의 알던 세계의 질서가 완전히 재편되었다는 것을 알았다.

"저거 봐. GM이야."

"멀린 님······."

"와 교과서에서나 보던 사람을······. 그러고 보니 옆에 두 명은 아크랑 미호 님 아냐?"

"사인 못 받을까? 사인?"

사람들이 멀린을 발견하고 수군수군거렸지만 그는 아랑곳하지 않고 건물을 나섰다.

"웃차! 조심하세요!"

"이요오옵! 날아라 머큐리!"

멀린은 예상했다는 듯 발걸음을 멈춰 미끄러지는 비행접시를 피해냈다. 길가에는 훤칠한 흑인이 마이크를 들고 있다.

"내 노래를 들어!!!"

> 마이클 잭슨 님께서 광역 마법 [힐 더 월드]를 시전하셨습니다!

"아 별 도움도 안 되는 버프 집어치워!"

"시끄럽기만 겁나!"

거리는 언제나 그렇듯 시끌벅적하다. 날아다니는 사람. 말을 타고 뛰는 사람. 벽을 걸어 올라가는 사람. 환상 마법을 구현해 온갖 영상을 만들어내는 사람. 노래하는 사람. 아니면 다 때려치우고 장비를 단단히 갖춰 사냥터로 향하는 사람들까지.

그리고 그들 중에는 제법 이질적인 분위기의 무리가 있다. 어띤 노인의 사진을 든 채 대로를 행진하는 백여 명 정도의 사람들.

어쩐 일인지 잔뜩 소란스럽기로 유명한 시작도시 스타팅(Starting)의 플레이어들조차 그들의 위로 날아가거나 몸을 날리거나 하는 행위는 조심하는 게 느껴진다. 심지어 개중 몇은 모자를 벗거나 눈을 감거나 하며 예를 표하고 있다.

"장례식…… 슬슬 시작되는구나."

"사냥터에 나갔던 것일 수도 있지. 밖에서 [죽은] 사람이 죽게 되면 명계에서 영혼을 회수해 부활이 불가능하니."

디오의 운영자 '였던' 탄은 디오 그 자체를 태양계에서 빼돌려 대규모 강제 접속 사태를 일으켰고 그 와중 수많은 희생이 있었다.

운전을 하던 사람. 비행기를 탔던 사람. 전철을, 기차를 탔던 사람. 공장에서 일하거나 온갖 위험한 장소에 있던 사람들까지. 그야말로 억 단위의 사람이 죽어나간 것.

그러나 진짜 문제는 그렇게 죽게 된 사람들이 디오 안에서 여전히 살아 있었다는 점이다.

'명계가 기겁할 만한 일이긴 했지.'

한두 명도 아니고 억 단위의 영혼이 흐름에서 벗어났으니 그냥 넘어갈 수 있을 리가 없다. 디오 안에 갇힌 그들의 영혼은 별다른 대가나 조치조차 없이 [영생]을 살게 되었으며……. 심지어 미션이라는 이유로 다시 물질계에 현현해 운명에 재진입하는 것조차 가능하게 되어버리지 않았는가?

때문에 멀린을 찾아온 [저승사자]는 그와 거래를 했다. 디오에 접속해 있는 영혼들이 서서히 나이를 먹고 천수를 다하게 되면 명계로 가게 하는 대신, 앞으로 지구에서 죽는 디오의 가입자들은 디오에서 일정 시간 머물게 한다는 조건.

별 전체의 운명이 뒤바뀔 정도로 큰 변화를 일으킬 문제였지만…… 결국 명계는 받아들일 수밖에 없었다. 멀린은 책임 소재에서 완전히 자유로웠기에 율법을 철저하게 지키는 명계로서는 강제력을 발휘할 수도 없었으니까.

"완성되었네."

난데없는 아크의 말이었지만 멀린은 순순히 고개를 끄덕였다.

"그래."

디오의 가입자는 현 인류의 99%.

이제 디오의 영향력은 인기 있는 게임 정도가 아니다. 특히나 현실에서 죽게 되면 자동으로 디오에 접속되는, 흔히 후생(後生)이라 부르는 과정이 1년에서 10년, 체감 시간으로는 6년에서 60년이나 주어지면서(사망 시 나이가 어릴수록 길어진다) 지구의 모든 존재가 디오라는 시스템에 종속될 수밖에 없게 되었으니까.

디오는 이미 현실과 맞먹는 또 다른 삶이며.

멀린은 그 삶의 주인이다.

그가 원한다면 전 세계 그 누구도 범접할 수 없는 어마어마한 권력을 휘두를 수 있을 것이다. 지금 당장에라도 마음만 먹으면 디오에 존재하는 모든 유저를 강제 로그아웃시키는 게 가능한 것이 바로 그이니 누가 감히 거스를 수 있겠는가?

하지만 그럼에도.

"떠날 준비가 완성되었어."

멀린은 그것들에 관심이 없다.

퐛!

 한순간 공간이 갈라지고 그 안에서 백발의 소녀가 모습을 드러낸다. 훤칠한 키와 늘씬한 몸매. 그러나 그러면서도 풍성한 가슴과 오목조목한 이목구비를 가진 디오의 슈퍼스타. 설화련이다.

"앗! 마리 양!"

"마리오넷 홀드 님이다!"

"여기 좀 보세요!"

"꺄아!"

 한순간 소란이 일어난다. 멀린의 모습을 발견했을 때와는 확연히 다른 반응이었고 멀린과 다르게 화련은 그 반응을 신경 쓰는 듯 환한 미소를 띤다.

"성원에 감사드립니다! 하하하!"

 그러더니 휙 하고 몸을 돌려 멀린의 손을 잡는다.

퐛!

 삽시간에 배경이 변한다. 어느새 일행 모두를 디오 안에 있는 자신의 거처로 안내한 화련의 표정이 딱딱하기만 하다.

"나한테 운영권이 주어졌어."

"그렇겠지."

 멀린은 순순히 고개를 끄덕였다. 전부는 아니지만 그는 디오를 운영하기에 충분할 정도의 권한을 화련에게 공유했다. 자체적으로 완성되어 알아서 굴러갈 시스템이긴 하지만 비상시를 대비하는 것이다.

"고생해서 강화기를 만들 때 짐작하긴 했지만……. 역시 그렇구나?"

"맞아."

그가 원한다면 전 세계 그 누구도 범접할 수 없는 어마어마한 권력을 휘두를 수 있을 것이다. 이는 막대한 재화에서 나오는 기업들의 힘과도 다르고 국민을 대변함으로써 발생하는 권력자들의 힘과도 다른 절대 권력.

그러나 멀린은 그러지 않는다. 그는 그런 것들에 관심이 없었다.

"할 일이 생겼거든. 급한 건 아니라서 미뤘지만……. 계속해서 미루기에는 찝찝해서."

"그게 뭔데?"

화련의 질문에 멀린이 잠시 침묵에 잠겼다. 그는 [그]에게서 받은 룰 북의 내용을 떠올렸다. 그리고 거기에서 주어진 임무[mission]도.

무시한다고 어떤 불이익을 준다고 한 것은 아니지만 그것을 무시하기도, 그 내용을 떠벌리기도 부담되었다.

"그건……."

"그건 비밀♡."

"뭣!?"

"무슨!?"

순간 일행 전부가 거의 일순간에 전투태세로 돌입한다. 특히 멀린은 경악해 자신의 안에 있는 영겁태양까지 일깨웠다. 디오 안에서 '운영자'인 자신의 눈을 피하는 존재에 대한 경각심이 일어났기 때문.

그러나 느닷없이 터져 나온 화련의 비명이 그녀의 정체를 비롯한 모든 것을 설명한다.

"제니카 님! 살아계셨군요!"

"하하하 놀랐어? 와, 진짜 오랜만에 본다."

흑발을 허리까지 늘어뜨린 화려한 인상의 미녀가 호탕하게 웃으며 화련의 등을 팡팡 하고 친다. 그녀의 옆에는 멀린도 아는 존재가 서 있다.

"무황……."

"안녕. 아크도 오랜만."

"네 스승님."

"아, 그 스승 소리 부담이라고. 그냥 내력 때려 박아주고 몇 수 가르쳐 준 게 전부인데 뭐 스승까지야."

누구에게나 호감을 살 수 있을 것 같은 시원시원한 인상의 레이그란츠가 파닥파닥 손바닥을 흔든다. 멀린과는 한번 싸웠던 사이이지만 별로 신경 쓰는 기색은 아니었다.

"마침 잘 왔군요."

"응? 뭐가?"

"디오의 운영권을 되찾기 위해 온 것이 아닙니까?"

마도황녀 제니카는 노블레스들의 지원을 받아 디오를 만들어 낸 개발자이다. 탄의 배신으로 죽었다는 정보가 있어 그녀가 돌아올 가능성을 무시하고 있었을 뿐 디오에 가장 큰 권리를 가졌다고 할 수 있는 존재인 것.

그러나 어째서인지 그녀는 고개를 흔들었다.

"아니, 그건 됐어. 결과보다 과정이 더 중요한 물건이었거든. 게다가 지금 와서 내가 이걸 되찾아봤자 귀족 녀석들이 돌려달라고 찡찡대기나 할 테고."

"그럼… 어째서 여기에?"

"심부름이지. 심상치 않은 녀석인 건 알았지만 설마 초월지경에 들지도 않고 스승님 눈에 들 줄이야."

그녀는 투덜거리며 품속에서 검은색의 티켓을 꺼냈다. 분명 종이로 만들어져 있음에도 강력한 힘을 품고 있는 티켓이었는데 그 표면에는 꼬리를 무는 뱀의 문양이 그려져 있다.

"우로보로스……."

우로보로스(Ouroboros). 그것은 대우주 최고의 학문 기관으로 일개 학원인 주제에 신들조차도 함부로 하지 못하는 특수한 집단이다. 대마법사만 해도 100명이 넘게 상주하는 걸로 유명하고 특히나 교장인 미스터리(Mystery)는 11클래스에 도달한 대우주 최강의 마법사로 상위 신들조차 능가하는 전력을 가지고 있다고 알려져 있다.

"당연한 말이지만 입학증 같은 건 아니야. 임명장이지."

"임명장?"

"그래. 스승님께서도 인정하더라고. 중폭술의 창시자라면 능히 자격이 있다나. 학생이 아니라 교수로 시작하는 거지."

멋대로 흘러가는 이야기에 멀린이 눈을 가늘게 뜬다.

"즉 디오의 상황에는 신경 쓰지 않겠다는 말인가요?"

"어차피 잘 관리하고 있었잖아. 게다가 내가 신혼살림을 차린 상태라 좀 바쁘기도 하고."

"뭔 신혼살림 같은 소리를 하고 있어. 녀석은 그런 생각 1g도… 우억!"

펑! 하고 폭발이 일어난다. 모두가 놀라 고개를 돌리자 활활 불타고 있는 레이그란츠의 머리가 시선에 들어온다.
"닥치고 있어."
"네네, 마님."
투덜거리며 손을 휘젓자 불이 다 꺼진다. 얼굴에는 그을음조차 없다.
"뭐 어쨌든."
피식 웃으며 제니카가 멀린을 돌아본다.
"준비는 다 끝났겠지?"
"준비라……."
지난 1년간 그는 마치 죽기 전의 환자처럼 자신의 모든 신변을 정리해 왔다. 밖으로는 세계 각국의 권력자들과 만나 여러 가지 협의들을 맺었고 안으로는 디오의 시스템 대부분을 자체적으로 운영되도록 만들었으니까.

어디 그뿐인가? 탄과의 전투에 희생된 사람들에게 합당한 보상을 해주었고 가진 재물과 영향력을 아낌없이 행사해 파괴된 문명을 복구했다. 그리고 재단을 설립해 지금, 그리고 앞으로 벌어들이게 될 막대한 재화를 관리할 시스템 역시 만들었으니, 지금 당장 그가 사라져도 지구에는 아무런 문제가 없을 정도다.
'오늘 온 게 우연은 아니라는 거겠지.'
가족들을 떠올린다.
그의 친부 석우는 결국 정계에 투신했다. 다만 의외인 것은 그가 멀린에게 도움을 요청하지도, 그렇다고 그 존재를 앞으로 내세우지도 않았다는 점. 물론 현 지구에서 멀린의 존재감은 너무나도 크니 어떤 경로로든 틀림없이 도움이 되었을 테지만 어쨌든 지금은 평범(?)한 국방부 장관으로서의 역할에 충실하고 있다.

친형인 태웅은 여전히 엘리트 군인으로서 승승장구 중이고 친누나인 보람은 언론인이 되었다. 그중 보람은 계속해서 멀린과 만나고 대화를 나누려 하고 있었지만 멀린 쪽에서 의식적으로 피해오고 있다.

동료들을 떠올린다. 동료… 라고 하지만 사실 그 숫자는 그리 많지 않다. 멀린은 제대로 길드 생활을 해보기는커녕 파티조차 거의 맺지 않는 게임 플레이 방식을 고수하며 살았으니까. 그나마 제법 친해진 마스터 레벨의 유저들조차도 탄과의 전투에서 대부분 영혼을 소멸당한 상태가 아닌가? 랜슬롯은 멸혼기에 당한 후 스스로의 힘으로 부활했지만 그건 전 우주를 뒤집어도 흔치 않은 사례고 일반적으로 멸혼기에 당하면 언데드로도 되살릴 수가 없다.

결국 최후의 최후까지 살아남았던 일행을 제외하고 살아남은, 혹은 부활할 수 있던 이는 다른 지구의 이면세계로 끌려가기 전에 리타이어되었던 마스터들과 그저 죽기만 해 성계신의 도움을 받을 수 있었던 브루스 정도다.

그중 멸혼기에 저항했지만 영혼의 일부가 소실되어 리타이어되었던 아돌은 다리안교의 성기사에서 사제로 클래스를 변경해 선행을 쌓는 중이고 브루스는 다음 대선에 출마한다고 기별을 보냈었다.

"확실히……."

불현듯 멀린이 고개를 끄덕인다.

"준비는 끝났죠."

그렇다. 준비는 끝났다. 사실 지금까지의 행보 모두가 떠나기 위한 것이었으니까.

"그럼 움직이자."

"당장 말입니까?"

"그럼 내가 여기서 너 기다리고 있으랴? 아, 그리고."

팟! 팟! 팟!

공간이 일렁이고 세 명의 남녀가 그들의 옆으로 떨어진다. '꺅?!' '왁!?' 하는 비명이 들리는 것을 보아서는 강제로 끌려온 모양이었는데 그중 한 명에게는 비명 소리 대신 벌 날갯짓 소리가 울려 퍼진다.

웅—!

펑!

순간 제니카가 어안이 벙벙한 표정을 짓는다. 그리고 그녀의 모습을 확인힌 멀린의 눈이 휘둥그레진다.

그녀의 오른팔이—

없다.

"하, 하하……. 이것… 이것……."

잠시 멍하니 있던 그녀의 눈꼬리가 사납게 휘어 올라간다. 그녀의 긴 장발이 올올이 일어났다.

"이것 봐라?"

쿠오오오————!!!!

무지막지한 마력의 폭풍이 몰아닥친다. 인간의 몸으로 마왕의 경지를 넘어서 대우주 전체에 그 이름을 널리 알린 마도황녀(魔道皇女)의 본성이 그 모습을 드러낸 것이다.

쩌적! 쩍!

"멈춰요! 다이내믹 아일랜드가 파괴됩니다!"

디오의 시스템이 내는 경고음과 함께 대지가 찢어져 달의 표면이 드러나는 모습을 확인한 멀린이 비명을 지른다. 그들이 있는 장소는 비파괴 설정을 한 상태지만 외부의 존재라 할 수 있는 제니카의 힘에는 아무런 소용이 없기 때문이다.

문제는 그런 살벌한 기운에 정면으로 얻어맞으면서도 랜슬롯, 아니, 접속도 하지 않은 채 끌려온 동수가 털끝 하나 다치지 않고 있다는 점이다.

제니카의 무지막지한 마력이 그에게 접근조차 못 한 채 모조리 소멸하고 있다.

"오호! 막는다 이거지? 이야, 후배님 대단한데!"

우우우우———

차원이 찢어지고 그 안에서 수많은 눈동자가 모습을 드러낸다. 공간이 짓눌리고 왜곡되어 디오 안에 새로운 공간이 만들어지기 시작한다.

"흠."

그 무지막지한 기세에 랜슬롯의 표정 역시 신중해진다. 소멸의 기운을 전신에 두르고 있음에도 그것을 투과하는 힘이 느껴졌기 때문.

그러나 그 순간.

"아, 이 또라이 년, 이거."

뻑! 하는 소리와 함께 제니카가 엎어진다. 마도황녀에 버금가는 힘을 가진 무황 레이그란츠가 매서운 주먹질로 제니카의 뒤

통수를 후려친 것이다.

　쿠우우…….

　이어 그가 강기로 둘러싸인 두 팔을 휘휘 휘젓자 찢어졌던 차원이 복구된다. 어느 정도 상황이 안정되자 레이그란츠가 사람 좋게 웃는다.

　"아아, 이해해 줘. 애가 좀 멍청해서 그래."

　"으으……. 이 아메바 같은 놈이 위대한 마도황녀께 멍청이라니."

　그냥 때린 정도가 아닌 듯 제니카가 머리에서 피를 철철 흘리며 몸을 일으킨다. 그나마 다행이라면 몰아치던 마력이 가라앉았다는 점이다.

　"무슨 일이야, 멀린?"

　이제는 제법 친해진 동수의 물음에 멀린이 답한다.

　"아아, 미안 형. 디오의 원 운영자인 제니카 님이야."

　"운영자든 뭐든 난데없이 끌고 오다니."

　미리의 손이 슬며시 자신의 소매를 잡는 것을 느끼며 동수가 혀를 찬다. 분위기를 보아하니 나쁜 의도가 있는 것 같지는 않지만 너무 제멋대로가 아닌가? 상대에게 동의조차 구하지 않은 채 끌고 올 생각을 하다니.

　한편 둘의 격돌에 살짝 주눅이 든 리프는 조심스러운 동작으로 멀린에게 다가갔다. 공연 중이었는지 하얀색의 무대의상을 입고 있다.

　"저기, 지금 무슨 일이야?"

　"그건."

"아, 정말 체면이 말이 아니네."

제니카는 마음에 안 든다는 듯 짜증을 냈지만 이성은 돌아온 듯 흥분을 가라앉히고 설명했다.

"의사를 확인하려고 불렀어."

"무슨 의사 말입니까?"

"요번에 멀린이 지구를 떠나 우주 제일의 학문 기관으로 갈 예정이거든. 겸사겸사 살펴보니 너희도 입학 자격이 있어서."

그렇게 말하며 티켓 세 개를 만들어 그들에게 던진다. 그러나 랜슬롯은 가볍게 그것을 쳐냈다.

"생각 없다."

"그곳에 가면 많은 걸 배울 텐데?"

"나에게는 지켜야 할 사람들이 있거든. 그리고 무엇보다……."

어느새 창조된 창을 들고 동수가 말한다.

"난 스스로에게 배울 것도 까마득하거든."

"아주 잘나셨군… 그럼 넌 됐고, 나머지는?"

슥 고개를 돌리는 제니카의 시선에 크루제, 아니, 미리의 몸이 움찔한다. 그녀 잠시 고민했지만 이내 동수와 마찬가지로 고개를 흔든다.

"여기서도 할 게 많아서……. 만들던 우주선도 아직 멀었고."

"거기 선계 끄나풀 너는?"

"끄, 끄나풀이라니."

좋지 않은 호칭에 잠시 머뭇거리던 리프가 묻는다.

"그 학교? 학원? 거기에 가면 언제 돌아올 수 있죠?"

"빛이 달려도 수백억 년이 걸릴 정도니 금방은 어렵지. 빨라도 10년."

제니카의 답에 리프의 표정이 어두워진다. 그녀는 잠시 고민하다 고개를 돌려 멀린을 바라보았다.

"정말 가야 해? 용노 넌 지구에서 모든 걸 다 이뤘잖아. 강하기도 충분히 강한데."

그녀의 말에 멀린이 잠시 눈을 감았다. 그러나 그것이 고민을 한다는 뜻은 아니다.

룰 북의 미션은 사실 핑계에 불과하다.

이미 너무나 넓은 세계. 우주. 그리고 그 이상의 세상을 깨달아 버린 그는 더 이상 지구에 눌러앉아 권력자로서의 삶을 살 수가 없었다. 지구에 있으면, 그저 디오 안에 있으면 그의 마음을 태우는 무료함을 견뎌낼 수가 없기 때문이다.

그는 타고난 모험가.

그 옛날 레벨업도 수련도 없이 그저 즐겁다는 이유만으로 온 바다를 헤엄치고 다닐 때와 똑같이 그는 온 우주를 돌아보고 싶었다. 모든 종족을, 우주의 비밀을, 온갖 문명과 세상을 두 눈에 담고 싶다.

그리고 최후의 최후에는······.

"밖······."

"뭐?"

"아니, 아니야. 미안."

쓰게 웃는 그의 모습에 리프의 눈이 글썽글썽해진다. 그녀는 멀린이 좋았다. 그는 그녀의 삶을 구해준 구원자였고 그녀가 본 그 어떤 이보다 더 빛나는 존재였으니까.

그러나… 그녀는 지구에 아직 많은 것이 남아 있었다. 남보다도 못했던 가족이나 친인척들을 말하는 것이 아니다. 마치 부모처럼 그녀를 돌봐준 대표님, 언제나 그녀를 아껴준 지인들, 그리고 무엇보다 그녀를 사랑하는 수많은 팬들까지.

결국 그녀는 아무런 말도 하지 못한 채 고개를 숙였다.

"좋아 그럼 이야기는 끝났군. 아, 그러고 보니 영민이가 안부 전하라고 하더라."

"…네?"

뜻밖의 말에 일행의 표정이 기묘하게 변한다.

여태껏 조용히 있던 미호가 묻는다.

"저기, 영민이는 자기 차원으로 돌아간 거 아니었나요?"

영민과는 탄과의 전투가 끝난 직후 헤어졌다. 성계신이 탄과 함께 그들을 끌고 간 이면세계가 바로 그의 고향이었기 때문이다.

[제가 차원균열을 통해 이쪽으로 넘어왔던 것도 그렇고 어쩌면 두 행성이 뭔가로 이어져 있는지도 모르겠네요.]

[아, 가서요? 뭘 하든 이런 우주적인 싸움은 그만하겠지요. 다만……]

[다만 평범한 국가 간의 전쟁으로 돌아가겠네요.]

마지막으로 했던 그의 말을 떠올리고 있는 멀린을 보며 제니카가 어깨를 으쓱한다.

"그것까지 너희가 알 필요는 없지. 뭐 어쨌든."

팟! 하고 리프가 사라진다. 이어서 리아와 동수 역시 사라진다. 아까완 다르게 뭔가 동의를 구한 듯 별다른 저항은 없다.

웅!

멀린과 미호. 그리고 아크는 바로 그다음 차례였다.

"에휴."

흐릿하게 사라져 가는 멀린의 모습을 보며 화련이 가볍게 한숨 쉰다.

"다녀와, 이 나쁜 놈아."

"잘 부탁해."

팟!

배경이 변한다.

덜컹덜컹. 덜컹덜컹.

익숙한 소음에 멀린의 눈이 가늘어진다. 익숙한 감각.

그는 시선을 움직여 주변을 살폈다. 이것은 분명히 그가 한번 경험했던 장소다. 온몸이 푹 잠길 정도로 고급스러운 재질에 하나하나가 꽤나 널찍널찍해 한 량(輛)에 있는 걸 다 합쳐도 12개에 불과한 좌석. 정체 모를 짐승의 털로 만들어져 있는 바닥의 카펫까지.

"기차라니……."

"수백억 광년을 가야 한다더니 뭔 기차야. 은하철도인가."

다른 이들과 다르게 의견조차 받지 않은 채 이동된 은혜와 미호가 이해할 수 없다는 표정으로 주변을 둘러본다.

그리고 그때였다.

"아, 뭔데 이렇게 시끄러워? 공공장소 모르나, 공공장소?"

앞좌석에 앉아 있던 누군가가 슥 몸을 일으킨다. 1.8미터의 훤칠한 키. 몸에 착 달라붙어 양팔과 어깨가 드러나는 조끼 모양의 상의가 인상적인 회색 머리칼의 여인.

'뭐지, 이 여자는.'

기본적으로 아름다운 외모다. 마치 갈기처럼 야성적으로 풀어 헤친 회색 머리칼과 팔 전체는 물론 턱 아래까지 잔뜩 새겨져 있는 수십 개의 흉터조차도 흠이 아닌 개성이 될 정도로 야성적인 매력을 가진 여인.

그러나 문제는 그녀의 외모 따위가 아니다.

'맙소사.'

멀린은 그녀가 품고 있는 어마어마한 힘과 예기에 기겁했다. 마치 잘 단련된 한 자루의 검처럼 날카로운 기세는 조금 전 동수와 한바탕할 뻔했던 마도황녀 제니카에 비교해도 크게 뒤떨어지지 않을 정도였기 때문.

그러나 새로운 목소리가 그녀의 움직임을 막는다.

"자꾸 피곤하게 굴지 말고 앉아, 카우스트."

"하지만 명, 이 녀석들이……."

"그 녀석들이 뭐. 전세 낸 것도 아닌데 행패 좀 부리지 마."

투덜거리며 몸을 돌린다. 그리고 그 순간―

"아…….."

"와."

순간 사내의 모습을 본 일행이 넋을 잃는다.

아름답다.

틀림없이 그는 사내였음에도 그렇게밖에 표현할 수 없는 외모다. 환하게 웃으면 천진난만한 아이와 같고 인상을 굳히면 믿음직스러운 수호신과 같을, 누가 봐도 남자답고 또 시원시원한 인상이지만 여장을 하면 그 어떤 여자보다 뛰어난 미색을 자랑할 것만 같은, 이게 정말 현실에 존재하는 것인지 의심이 갈 정도로 모순적인 모습.

그는 흑단 같은 머리칼을 질끈 묶은 채 너무나 깊어 빠져들 것 같은 흑색의 눈동자로 일행을 바라보았다. 그리고 그 모습에 한순간 일행 전체가 할 말을 잃자 반대편에 앉아 있던 페르시안 고양이가 고양이라는 이미지에 안 맞는 걸걸한 목소리로 크게 웃는다.

"하하하! 새로운 탑승자들이 색황을 보고 넋이 나갔구먼!"

"아 좀, 아저씨, 색황 색황 하지 말라니까요!"

"하지만 현 우주의 색황은 너잖아?"

야옹. 하고 혀를 할짝거리는 고양이의 모습에 사내가 고개를 푹 숙인다.

"으으……. 검도 마법도 천 년 넘게 수련했는데 결국 결과는 색황이야……."

"뭐, 뭘 실망하고 그래! 정 뭣하면 내가 검황 칭호라도 줄까? 명도 검을 쓰잖아."

"그게 준다고 넘어가는 거냐, 이 바보야……."

뭔가 알 수 없는 이유로 절망한 사내를 달래기 위해서인지 일행에게 흥미를 잃고 자리에 앉는 여인. 멀린은 잠시 멍하니 있다가 내심 웃음을 터뜨렸다.

'과연 대우주. 시작부터 흥미진진하군.'

지구에서는 무얼 해도 따분하고 가라앉기만 하던 기분이 점점 들뜨기 시작한다. 창밖을 본다. 같은 칸에 무의 신과 마법의 신이 타고 있을 때와 달리 창밖으로 수없이 많은 별들이 보인다.
"재미있겠다."
"병이 도져."
"맨날 재미없다는 말을 입에 달고 살더니……. 에휴, 내 팔자야. 구미호가 우주여행이 웬 말인지."
투덜거리는 두 소녀를 보며 멀린이 웃음을 터뜨린다. 카우스트라는 여인이 그를 향해 눈을 부라리는 것이 보였지만 신경 쓰지 않는다.
좌석에 몸을 깊숙이 묻는다.
기차가 우주를 달리고 있었다.

『디오(D.I.O)』 完.

작가 후기

제가 처음 글을 쓰기 시작할 때부터 몸 안에 키우는 벌레 두 마리가 있습니다. 그 이름은 [설명충]과 [설정중]이라고 하는데 사실상 제 작가 인생의 뼈대를 이루는 두 기둥(…)이라고 해도 할 말이 없는 녀석들이죠.

그리고 두 기둥의 힘을 빌려서 디오의 길고 긴 여정이 마침내 끝났습니다.

작품을 마칠 때는 언제나 그랬지만 이번에는 특히나 아쉬움이 크군요. 결말이 마음에 들지 않아 고치고 또 고치다 결국 장고 끝에 악수를 둔 기분이 들어서 더욱 그렇습니다. 아 그래도 최초 상태보다는 낫다고 해야 하나(…)

 사실 아실 분들은 다 아시겠지만 저는 명확한 스토리를 잡고 글을 쓰는 스타일은 아닙니다. 제 작품이 [설명충]과 [설정충]이 서식하기에 최적의 환경이 될 수 있었던 건 캐릭터와 세계관을 잡아두고 나머지는 알아서 굴러가게 내버려 두기 때문이니까요.

 덕분에 작년까지 쓰던 분량에서는 로안. 그러니까 명(明)의 비중이 훨씬 크게 잡혀 있었습니다. 멀린과 레이그란츠가 의견이 안 맞아 싸우는 장면도 넣었었고… 시간 자꾸 돌리다 명이 크로노스한테 털리는 장면도 있었고…….

 그러다 결국 다 갈아엎은 건 까메오들이 너무 심각하게 설친 (사실 지금도 심함)다는 문제 때문이었지요. 무엇보다 이미 구상하고 있던 랜슬롯 각성(?) 씬을 도저히 넣을 타이밍이 안 나오기도 했고요. 제천대성을 위시한 선인들이 설치는 부분도 너무 개판이라 결국 빼고… 정천한테 무스펠하임을 먹여서 피닉스로 각성시키는 부분도 빼고…….

 사실 그것들이야 어차피 밀어버렸으니 어쩔 수 없고 가장 아쉬운 부분은 누가 뭐라고 해도 [밖]의 이야기입니다.

 [가장 거대한] 세계관에 대한 생각은 예전부터 해오고 있기는

했습니다. 다른 소설들에서 흔히 나오는 [태초에 빛이 있었다] 같은 전개에 대한 불만이 있었거든요.

왜냐하면 그 모든 거대한 전개는 항상 멈춰 있고 변화란 게 없다는 생각이 들어서입니다. 그래서 거대한 세계관도 [진행]되어 가고 있다는 모습을 보이고 싶었는데.

으, 으으. 또 후회된다.
물론 보여야 할 전개였지만 그게 꼭 지금일 필요가 있었을까. 으으으…….

뭐 어쨌든 많은 분들께 죄송합니다. 특히 담당분 ㅠㅠ 여러모로 헛고생 많이 시키고 ㅠㅠ

작가 수정을 위해 이미 분량을 다 보내놓고—

[저기 보내드린 것들은 다 없는 셈 쳐주세요, 앞에서부터 고쳐야 할 거 같아요 ㅠㅠ]
[저기 2화까지만 남겨주시고 나머지는 다시…….]
[다시…….]
[저기 5화전부터…….]

하… 이래놓고 여전히 또 결과가 마음에 안 드는군요. 사실 지금도 귓가에서 악마가 속삭이고 있습니다. [밖]분량 빼고 그냥 랜슬롯이 벌어준 시간으로 영겁태양 만들어서 무리수 갈기고 탄이 지저스 슈퍼스타 때문에 열폭하는 배경 설명이나 하고 끝내자는… 훨씬 심플하지 않겠냐고… 아마 이미 연재된 분량이 아니고 2~3월 때처럼 시간적 여유가 있었다면 또 갈아엎어 버렸겠지요;;;

아 물론 이 내용에 오해를 하시면 안 됩니다. 도자기 장인이 아주 약간의 흠결이 있는 도자기를 들고 [이건 아니야!] 하면서 깨는 거랑은 경우가 다릅니다. 그 도자기는 적어도 3자가 보기에는 훌륭한 작품이겠지만 이 경우는 누가 봐도 객관적이고 보편적인 문제가 심각ㅡ_ㅡ했으니 상황이 다르지요.

아아 아쉽고 아쉽네요. 올마스터 때처럼 분량을 1권. 또 1권. 이렇게 늘려 가면 그나마 좀 정리할 수 있을 거라는 미련도 계속해서 들고요.

그러나 결국 디오의 이야기는 이렇게 끝내고자 합니다.

다시 생각해도 미련과 회한이 몰아치겠지만 정말 문제는 제 능력과 필력 부족이니까요. 디오의 완결권을 쓰면서 계속해서 저를 괴롭힌 건 다른 것들이 아니라 제 역량이 스스로의 기대에 못 미치는 게 아닐까 하는 불안감이었거든요.

저는 제가 글을 써가면서 계속해서 성장할 수 있을 것이라는 기대감이 있었는데 그런 막연한 [레벨 업]에 대한 기대보다는 제가 잘하고 좋아하는 글을 쓰는 것이 독자분들에게도 저에게도 좋은 일이라는 생각이 듭니다. 후회만 계속 가지고 가는 것보다는 더욱더 나은 글을 쓰기 위해 노력해야겠지요.

쓰다 보니 작가의 말이 대책 없이 늘어났군요 ㅠㅠ

다음에는 더 좋은 작품으로 뵙겠습니다. 일단 [당신의 머리 위에]부터 신속하게 시작해야겠군요.

죄송합니다.
감사합니다.

2016년 6월 10일
박건 올림.

이제부터 전자책은
이젠북
www.ezenbook.co.kr

새로운 세계가 열린다!

김재한 『성운을 먹는 자』　철백 『대무사』
니콜로 『마왕의 게임』　가프 『궁극의 쉐프』
이경영 『그라니트:용들의 땅』　문용신 『절대호위』
탁목조 『일곱 번째 달의 무르무르』　천지무천 『변혁 1990』
강성곤 『메이저리거』　SOKIN 『코더 이용호』

이름만 들어도 황홀할 정도의 별들의 향연!
이들의 "유료연재"가 시작됩니다!

검색창에 **이젠북**을 쳐보세요! ▼ 🔍

초대형 24시 만화방

신간 100%, 샤워실, 흡연실, 수면실(침대석), 커플석, 세탁기 완비

■ 강북 노원역점 ■

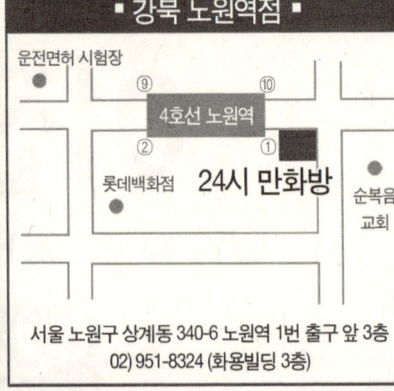

서울 노원구 상계동 340-6 노원역 1번 출구 앞 3층
02) 951-8324 (화용빌딩 3층)

■ 일산 정발산역점 ■

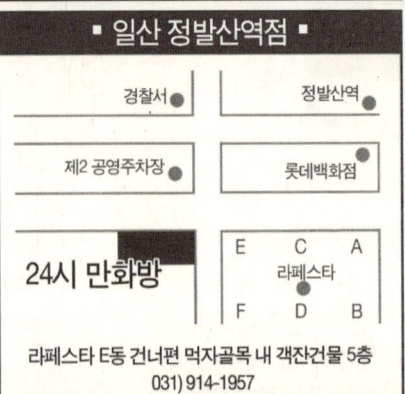

라페스타 E동 건너편 먹자골목 내 객잔건물 5층
031) 914-1957

■ 일산 화정역점 ■

경기도 고양시 덕양구 화정동 984번지 서일빌딩 7층
031) 979-4874 (서일사우나 건물 7층)

■ 부천 역곡역점 ■

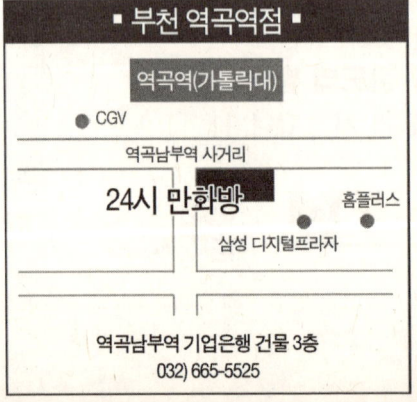

역곡남부역 기업은행 건물 3층
032) 665-5525

■ 부평역점 ■

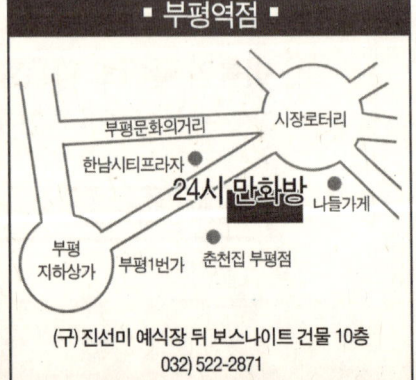

(구) 진선미 예식장 뒤 보스나이트 건물 10층
032) 522-2871

이경영 판타지 장편소설
FANTASY FRONTIER SPIRIT

그라니트

용들의 땅

GRANITE

사고로 위장된 사건에 의해 동료를 모두 잃고 서로를 만나게 된 '치프'와 '데스디아'.
사건의 이면에 상식을 벗어난 음모가 있음을 알게 된 둘은
동료들의 죽음을 가슴에 새긴 채 각자의 고향으로 돌아간다.
2년 후, 뜻하지 않게 다시 만난 두 사람은 동료들의 복수를 위해
개척용역회사 '그라니트 용역'을 설립해 다시금 그 땅을 찾게 되는데……

용들이 지배하는 땅 그라니트!
그곳에서 펼쳐지는 고대로부터 이어지는 운명적 만남,
깊어지는 오해, 그리고 채워지는 상처.

『가즈 나이트』시리즈 이경영 작가의 미래형 판타지 신작!

Book Publishing CHUNGEORAM

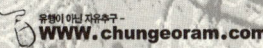

MAJOR LEAGUER

메이저리거

FUSION FANTASTIC STORY
강성곤 장편 소설

꿈꾸는 자에게 불가능은 없다!

『메이저리거』

불의의 사고로 접어야만 했던 야구 선수의 꿈.
모든 걸 포기한 채 평범한 삶을 살던
민우에게 일어난 기적!

"갑자기 이게 무슨 일이지?"

그의 눈앞에 나타난 의미 모를 기호와 수치들.
그리고 눈에 띈 한 단어.
'타자(Batter)'

**특별한 능력을 얻게 된 민우의
메이저리그 진출기가 시작된다!**

Book Publishing CHUNGEORAM

유행이 아닌 자유추구 -
WWW.chungeoram.com

이계진입 리로디드

임경배 퓨전 판타지 소설

FUSION FANTASTIC STORY

『권왕전생』 임경배의 2015년 신작!

『이계진입 리로디드』

**왕의 심장이 불타 사라질 때,
현세의 운명을 초월한 존재가 이 땅에 강림하리라!**

폭군으로부터 이세계를 구원한 지구인 소년 성시한.
부와 명예, 아름다운 연인…
해피엔딩으로 이야기는 끝인 줄 알았건만
그 대가는 지구로의 무참한 추방이었다.
그리고 10년 후……

"내가 돌아왔다! 이 개자식들아!"

한 번 세상을 구한 영웅의 이계 '재'진입 이야기!

Book Publishing CHUNGEORAM

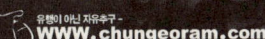
유행이 아닌 자유추구 -
WWW.chungeoram.com

FUSION FANTASTIC STORY

고고33 장편소설

세무사 차현호

대한민국의 돈, 그 중심에 서다!

『세무사 차현호』

우연찮게 기업 비리가 담긴 USB를 얻은 현호는
자동차 폭탄 테러를 당하게 되는데…….

그런 그에게 주어진 특별한 능력과 두 번째 삶.
하려면 확실하게, 후회 없이 살고 싶다!

"대한민국을 한번 흔들어보고 싶습니다."

대한민국의 돈과 권력의 정점에 선
세무사 차현호의 행보에 주목하라!

Book Publishing CHUNGEORAM

유행이 아닌 자유추구-
WWW.chungeoram.com

박선우 장편소설
FUSION FANTASTIC STORY

멋진 인생
Wonderful Life

태어나며 손에 쥔 것이라고는 가난뿐.

그러나 내게는 온몸을 불사를 열정과
목숨처럼 소중한 사랑이 있었다.

『멋진 인생』

모두가 우러러보는 최고의 직장이자 가장 치열한 전쟁터,
천하그룹!

승진에 삶을 바친 야수들의 세계에서 우뚝 서게 되는
박강호의 치열하지만 낭만적인 이야기!

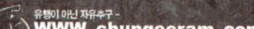

철순 장편소설

FUSION FANTASTIC STORY

괴물 포식자

지구 곳곳에 나타난 차원의 균열.
그것은 인류에게 종말을 고하는 신호탄이었다.

『괴물 포식자』

괴물을 먹어치우며 성장한 지구 최강의 사내, 신혁돈.
그는 자신의 힘을 두려워한 인류에 의해
인류의 배신자라는 낙인이 찍히고 죽게 되는데…

[잠식이 100%에 달했습니다.]
[히든 피스! 잠들어 있던 피닉스의 심장이 깨어납니다.]

불사의 괴물, 피닉스의 심장은
신혁돈을 15년 전으로 회귀하게 한다.

먹어라! 그리고 강해져라!
괴물 포식자 신혁돈의 전설이 시작된다!

Book Publishing CHUNGEORAM

유행이 아닌 자유추구 -
WWW.chungeoram.com